La muerte es mía

La muerte es mía

Pilar Sánchez Vicente

rocabolsillo

Primera edición en este formato: septiembre de 2021

Av. Marquès de l'Argentera 17, pral.
08003 Barcelona
actualidad@rocaeditorial.com
www.rocabolsillo.com

Impreso por BLACK PRINT CPI IBÉRICA S. L.
Torre Bovera 19-25
Sant Andreu de la Barca (Barcelona)

ISBN: 978-84-17821-53-1
Depósito legal: B. 11623-2021
Código IBIC: FF; FH

RB21531

El más terrible de los males, la muerte, nada es para nosotros,
porque cuando nosotros somos, la muerte no está presente,
y cuando la muerte está presente, entonces ya no somos nosotros.

Epicuro

Mostradme la manera en que una nación se ocupa de sus muertos
y yo os diré, con precisión matemática, cuán delicadas
y compasivas son sus gentes.

William Gladstone

Solo podemos ver un poco del futuro, pero lo suficiente
para darnos cuenta de que hay mucho por hacer.

Alan Turing

Esta historia transcurre en un *no lugar*
de un país reconocible.
Sus protagonistas son de ficción.

Índice

Preámbulo ... 13

Cuando la vida te pone a prueba ... 15
La muerte y yo ... 27
El Tanatorio de la Villa ... 36
La Vieja Guardia ... 42
Juez y parte ... 47
Memento Mori ... 59
Dining room ... 64
El Tanatorio de la Corte ... 74
La buena muerte ... 83
La Fuente del Diablo ... 90
Cámara oculta ... 97
El desembarco ... 99
De analfabeta digital a *influencer* ... 111
La escritora digna ... 117
Inauguración de postín ... 127
Cortesía y carácter ... 132
El sueño de una noche de verano ... 140
Viejas y nuevas calabazas ... 143
… y viene el diablo y sopla ... 151
La funcionaria eficiente ... 157
Aniversarios ... 160
¿Una trabajadora desleal? ... 169

El sótano de los secretos 172
Una visita sorprendente 178
Llamadas intempestivas 183
Sospechas generalizadas 187
Noche lúgubre 197
Del turismo rural y sus sorpresas 207
Explicaciones insuficientes 217
Flores tronchadas 231
Mala conciencia 240
Encerrona televisada 244
Coincidencias notables 254
La fiesta de la democracia 260
Rupturas 279
Tierra quemada 287
Distopía deletérea 304
Despedida de la vida 311
Inteligencia artificial 316
Estación término 321
Acoso y derribo 331
Carpe diem 336
Genio y figura 346

Agradecimientos 349

Preámbulo

Está escribiendo, más bien emborronando las hojas. Las lágrimas la ciegan a ratos, pero no quiere dejar nada en el tintero. Pase lo que pase, lo sabrán. Cómo fue engañada y, sobre todo, quién lo hizo. Su mano llena un folio y luego otro, tiene mucho que contar. Siente alivio cuando termina y no duda en el nombre que ha de poner en el sobre. Porque sabe quién lo va a encontrar. Y dónde.

Sus pasos la encaminan hacia el sótano, trémulos pero decididos. Tiene la extraña intuición de que alguien la observa, que la siguen, pero se da la vuelta varias veces y no ve a nadie. Cuando alcanza la puerta del almacén y la abre, el olor familiar a flor cortada la envuelve. Esa fragancia intensa, que siempre ha sido garantía de tranquilidad y refugio ante las adversidades, le proporciona seguridad.

Abre y cierra cajones rebuscando algo. Un chasquido la pone en alerta. Se asoma al pasillo, no ve movimiento alguno, está sola. En realidad, siempre lo ha estado... Se siente paranoica, ridícula, y vuelve a su tarea. Una sombra fugaz cruza a sus espaldas, descalza para no hacer ruido. El aire que desplaza ese movimiento le provoca un escalofrío. Pero esta vez ni se gira. Al fin, encuentra lo que busca.

En la cámara hace frío, no más del que tiene ella por dentro, y la luz de uno de los fluorescentes parpadea, se da cuenta cuando se sitúa a su altura. Toma nota de que hay que llamar a Mantenimiento. Respira hondo, alejando esa banalidad de su cabeza y ajustándose a lo práctico. Las coronas funerarias despiden un penetrante aroma, pero casi ni lo nota. Tan concentrada está subida al taburete que no percibe su presencia hasta que asoma por la puerta.

La última persona que esperaba.

Al ver el sobre en su mano, entiende que todo está perdido, que no le resta ni el perdón de sus seres queridos. En un arrebato de lucidez, se da cuenta de que ha estado a punto de cometer una tontería. Pero, de pronto, desaparece el soporte bajo sus pies. Y grita, al sentir el vacío. Y llora, arrepentida. Y ruega, deseando vivir. Y le pide que la salve, o eso cree, pues solo emite sonidos guturales entre aspavientos. Quien tiene enfrente la mira sin inmutarse, no mueve un dedo, no dice nada.

Cuando se da cuenta de que no va a recibir ayuda, ya es demasiado tarde.

El zumbido intermitente del tubo estropeado recobra protagonismo cuando cesa su agonía. Sin embargo, el vaho producido por sus lamentos tarda en dispersarse, flota dentro del frigorífico hecho jirones. Cuando comprueba que se ha extinguido el último aliento, la sombra abandona el almacén de flores.

El espejo del ascensor refleja su cara sonriente.

Cuando la vida te pone a prueba

Tanatorio de la Villa
Se busca tanatopractor
Interesados enviar currículum
Ref.: don Olegario Marañón

Era la segunda vez que me topaba con esa palabra: «tanatopractor».

Encontré ese cartel en la secretaría de la facultad de Medicina, donde hacía cola para solicitar un certificado de los años cursados. Colgaba de un tablón con una chincheta, entre anuncios de pisos, venta de apuntes y perros extraviados. Mi padre se había matado tres años atrás en un accidente laboral, y no había olvidado el excelente trato recibido en ese tanatorio, donde le efectuaron una magnífica reconstrucción del rostro. Fue entonces cuando descubrí que existía tal profesión.

Tanatopractora.

Sonaba fatal, pero estaba buscando trabajo desesperadamente y consideré aquel anuncio una premonición, así que lo arranqué sin que nadie me viera, terminé de realizar la gestión y me fui al Tanatorio de la Villa con el papel en la mano.

ϒ

Mi padre estaba soldando a veinte metros de altura. Una viga lo golpeó, rompió el arnés y lo tiró del andamio. Murió en el acto. Se lo llevaron al Instituto Anatómico Forense para practicarle la autopsia, y yo me encargué de reconocer el cadáver. Fui con Susi, mi novia por aquel entonces. Me temblaban hasta las piernas. A ella no la dejaron entrar, ni cuando argumenté que era el primer muerto que iba a ver en mi vida.

Estaba despedazado.

Hasta sus calcetines, unos ridículos de Snoopy que yo le había regalado hacía años para el Día del Padre y que no imaginaba que siguiera usando, estaban hechos trizas. Debajo de la funda mortuoria asomaba una de sus camisetas de los *All Blacks.* El cuerpo estaba relativamente entero, pero la cabeza se había convertido en un amasijo irreconocible de carne, sangre y hueso.

Me fijé en su diente de oro. «Es él», confirmé casi sin voz.

Rocé el tatuaje de su pecho, con el nombre de mi madre y el mío dentro de un corazón atravesado por una flecha. Se lo hizo al poco de nacer yo y, de pequeña, me encantaba sentarme en sus rodillas y contemplarlo. Al volver a tocar el dibujo con los dedos, me recorrió un calambrazo, los oídos empezaron a pitarme y se me nubló la vista.

Vi a papá sentado en el andamio, en lo alto, con los auriculares puestos, los pies colgando, tarareando *Strangers in the night,* mirando el horizonte más allá de los edificios, comiendo su bocadillo. Pude oler las sardinas en tomate, sentir el calor del sol y el crujir del pan entre sus dientes antes de oír las voces que le avisaban del peligro. La empresa nos dijo que, con el casco puesto y el ruido del soplete, no pudo oír los gritos de advertencia de sus compañeros.

Pero él estaba con la cabeza descubierta.

La visión duró apenas un par de segundos. Creí que me

había desmayado, pero seguía de pie junto al forense, que me miraba impasible. Aquel episodio fue una maldita locura, porque no era un delirio ni una pesadilla, sino como si me desdoblara y habitara en dos dimensiones paralelas. Había entrado en trance por primera vez y aún tardaría en aceptar que, por un incomprensible misterio, mi mente era capaz de establecer una conexión entre ambos mundos, pasado y presente.

Le pregunté a mi madre. El bocadillo de aquel día, efectivamente, era de sardinas en tomate, su favorito. En el funeral interrogué a sus compañeros. El más íntimo me confirmó que papá había infringido las normas de seguridad y la empresa no quería que se supiera. Incapaz de asimilar mi visión, no dije nada a nadie. ¿Cómo explicar que lo vi morir después de muerto?

Lo llevamos al Tanatorio de la Villa. Nos habían recomendado la incineración, pero mi madre quería a toda costa que fuera enterrado en el nicho familiar, donde ya estaban mis abuelos. Cuando subieron el féretro a la sala, se empeñó en ver el cuerpo. Toqué el timbre y apareció don Olegario, al que tomé por un simple empleado. Nos sacó por la puerta trasera y accedimos al cubículo donde estaba el catafalco. Corrí las cortinas para que nadie pudiera vernos temiendo que mi madre se desmayara.

«¿No lo quieres ver, Claudia?»

«No, mamá, ya tuve que pasar por ello. Y tú te quedarías mejor con el recuerdo…»

«Déjela que se despida, señorita, los duelos son menos sin remordimientos.»

Estuve por mandarlo a la mierda, pensando en el impacto que mi madre se iba a llevar. Me mordí los labios y apreté los puños, anticipando su grito de horror. Para mi sorpresa, dejó escapar un lánguido suspiro:

«¡Qué guapo! Parece que esté vivo...»

Me giré como un rayo.

Los ojos estaban en su sitio, la nariz ocupaba su lugar en el centro de la cara y, algo increíble, parecía sonreír. Sin las gafas puestas y con el brillo del cristal que lo cubría, mi madre no se percató de las costuras ni del maquillaje que le daba aspecto de maniquí. Don Olegario sonreía sin mover la vista del suelo, con las manos entrelazadas. La viva imagen de la modestia. Salí de allí más aturdida que de la morgue.

Regresé unos días después, para felicitarle.

«Mi madre es dueña de un salón de estética, sé distinguir un buen trabajo, y el suyo ha sido excepcional. Trasládele mi admiración y nuestra gratitud a quien corresponda.»

Y ahora lo tenía otra vez delante.

—No sé si me recuerda…

—¡Cómo no, señorita! Pocas personas aprecian los esfuerzos que hacemos. ¿Viene por la oferta de trabajo? —Señaló el anuncio en mi mano.

—Exacto. Espero que no exijan una titulación específica…

—No existe como tal, por lo menos en nuestro país. Pero creo que se ha confundido: este es un trabajo para hombres.

—En el anuncio no especifica que sea para hombres o mujeres, sería anticonstitucional.

—¡Por supuesto, no pretendo discriminarla! —dijo don Olegario ofendido—. Solo hacerle constar que quizá esté influenciada por los espectaculares resultados obtenidos con su padre y no tiene en cuenta que, hasta llegar a ese punto, la preparación es muy desagradable.

Ni puto caso.

—¿Se ha presentado mucha gente?

—Si decide seguir adelante, tres personas con usted, los otros dos son varones. Y, dada su naturaleza, seguro que la ganan en fortaleza física. —Sonrió disculpándose.

—Cargo a diario con mi madre de la cama al sofá y de ahí

al baño. Y vuelta. Son cuarenta y dos kilos a plomo en cada viaje, aparte de bregar con la casa. Dudo que esos hombres me ganen a ejercicio diario. Si mira mi currículum, además de formación médica, yo tengo algo de lo que seguramente carecerán: muchas horas a la espalda de peluquería y estética.

Él seguía erre que erre:

—Mientras que en el extranjero hay alguna tanatopractora, en nuestro país ninguna mujer trabaja en esto, y conozco muchos tanatorios. Será por algo, de corazón se lo advierto…

—No estará intentando amedrentarme... ¡Háganos una prueba práctica! La misma para los tres.

—¿Cómo? —Me miró desconcertado.

La indemnización se había ido tapando agujeros y la pensión apenas daba para cubrir nuestros gastos. No podíamos permitirnos ni un extra. Mi sueño era liquidar los créditos y continuar mis estudios y, para ello, debía encontrar un trabajo. Aquel estaba bastante más relacionado con la medicina que el de peluquera o cajera de supermercado, las únicas ofertas que se me habían presentado hasta entonces.

—Una prueba igual para todos los candidatos: arreglar un cadáver y presentarlo.

Intenté mostrarle mi porte más recio, pies firmemente anclados al suelo, brazos en jarras y mentón amenazador. Si me estiraba, era más alta que él. Los rebeldes rizos me asomaban bajo la gorra de cuadros escoceses, a juego con los pantalones y las botas Dr. Martens. Don Olegario me calibró con regocijo y le brillaron los ojos.

—Nunca se me hubiera ocurrido. No es mala idea… Acepto su propuesta, pero no se haga ilusiones. La prueba se celebrará bajo la supervisión de don Abelardo, el titular; él se ocupará de controlarles.

Le di las gracias, dispuesta a aprovechar la oportunidad.

Nos fueron llamando según se iban produciendo los decesos. Coincidí con uno de mis contrincantes cuando yo entraba y él salía. Me miró con superioridad, riéndose de medio lado. Si lo hizo adrede para achicarme, no lo consiguió. ¡Menuda era yo! Me introdujeron en una sala donde me indicaron cómo ponerme un equipamiento de astronauta que me quedaba enorme. Con guantes, botas, mono, delantal y mascarilla me sentí empequeñecida, una liliputiense. Cuando les avisé de que ya estaba vestida, me llevaron a una instalación aséptica de paredes blancas y revestimiento lavable, con suelo impermeable e inclinado para que las aguas corrieran al sumidero. Al fondo había un armario frigorífico con cuatro puertas y, en el centro, dos mesas de metal. Sobre una vi un ataúd vacío y en la otra, un cuerpo enfundado. Una vitrina de cristal y un carrito auxiliar, llenos de material, completaban el sobrio escenario. Las superficies relucían bajo la luz de los fluorescentes y un fuerte olor a formol impregnaba el aire.

Hacía frío.

El Doc de *Regreso al futuro* me esperaba en medio de las dos mesas. La película acababa de estrenarse y don Abelardo me recordó a Christopher Lloyd, estirado como una vara, de pelo blanco alborotado y ojos saltones, con el ceño permanentemente fruncido y la bata blanca. Creí ver bailar la risa en sus pupilas y eso me enfureció. ¿Se reía de mí? ¿También este me consideraba incapaz por ser mujer?

¡A buena parte!

Mi madre siempre quiso que yo fuera una tetera; sin embargo, le salí una taza. De pequeña íbamos a misa todas las semanas y fiestas de guardar, como manda el precepto. En una de las habituales confesiones previas, interrogada hábilmente por el cura de la parroquia, le conté que a mí, lo que se dice gustar, me gustaban las niñas. El cabrón, saltándose el secreto de confesión, se lo dijo a mi madre e intentó convencerla de que lo mejor era que me llevara a una terapia de conversión sexual e incluso le comentó la posibilidad de someterme a una lobotomía. Afortunadamente, mi padre impuso la razón y desactivó la amenaza. Sin embargo, ahí quedaron como un poso el miedo, la culpa, la sensación de fracaso que quisieron imbuirme al tratarme como una anomalía en plena adolescencia. Sobreviví al atropello por los pelos y no volví a pisar una iglesia excepto para los funerales de mis progenitores, donde viví el ritual de la misa ya como algo ajeno. Esa religión que me condena no es la mía.

Aún me duele aquella herida.

Después conocí a la dueña de un bar de ambiente en el cual descubrí que no era la única *desviada.* Había muchas como yo. Y una teoría equitativa que nos legitimaba, que avalaba nuestra pertenencia al mundo. El feminismo me ayudó a construir mi identidad en una sociedad donde las historias de amor entre mujeres, ya fueran en cine o televisión, jamás tenían un final feliz. Y me abrió los ojos ante la desigualdad y la diferencia de oportunidades. Di rienda suelta a mis sentimientos y a mi sexualidad y dejé atrás a mis viejos para ser libre. Viajé, amé, comí… y no volví a rezar.

Después de ese itinerario vital, no pensaba amilanarme ante el desconocido oficio de tanatopractora. Podrían con otra, no conmigo, ese puesto iba a ser para mí.

Antes muerta que vencida.

—¿Eres Claudia? —preguntó don Abelardo.

—Sí, señor.

Me acerqué y fijé la vista en el cárdeno y desencajado rostro del cadáver. Aquella chiquilla no cumpliría los quince.

—Mala suerte. —No sé si lo dijo por ella o por mí.

Contuve el aliento.

—¿Qué le ha sucedido?

Él bajó la cremallera y apareció una franja negra en su amoratado cuello de cisne.

—Ahorcada… —musité.

—Suicidas, recibimos uno o dos a la semana. Es un drama

del que se ocultan las cifras —dijo en tono neutro—. Lo primero es lavar el cuerpo, ¿está preparada?

Enchufé la manguera sin pensarlo, conmovida. Don Abelardo me dijo algo, pero yo no lo escuchaba.

Semanas antes, mi madre había intentado quitarse la vida arrojándose al tren. Se salvó porque no contaba con la huelga del ferrocarril, tan encerrada estaba en sí misma que ni leía los periódicos. Según la psicóloga, el impulso obedecía a un afán inconsciente por reunirse con su marido emulando un accidente. Existían posibilidades de que lo volviera a intentar y eso me hacía vivir en un hilo. Yo me consideraba fuerte y no comprendía cómo alguien podía encontrar suficiente valor para matarse.

Aquella adolescente, por ejemplo.

Apliqué el hidroaspirador para secarla. Sin parar de cavilar. ¿Habría perdido a su padre o a su madre? ¿Un amor no correspondido? ¿Un embarazo no deseado? ¿El cambio climático? ¿La paz mundial? ¿Suspensos? ¿Las malas compañías? ¿Era una inadaptada? ¿Una superdotada? ¿Sufría acoso? ¿La habían violado o maltratado? ¿Sería lesbiana como yo? ¿Transexual? ¿Había un chico dentro de su cuerpo de mujer? ¿Se sentía sola, infeliz, abandonada, diferente, excluida...? ¿Alguna vez pidió ayuda y nadie respondió a su llamada? O jamás dijo nada y le fueron creciendo dentro el odio, la ira, la rabia, el miedo, el cansancio de una vida no deseada, la incomprensión de ver amanecer cada día. Vivir es más que respirar, y muy difícil si no se intuye, aunque sea lejana, la felicidad.

—Ahora procederemos al drenaje del cadáver. ¿Sabe usted cómo acceder a la arteria? ¿Se atreve a efectuarle una incisión?

Me temblaron las piernas y el sudor resbaló por mi espalda como un frío cuchillo.

—¿Está indispuesta? Si prefiere abandonar...

Deduje por su tonillo de impaciencia que mi supervisor no tendría más miramientos si fallaba.

—Bisturí, por favor —pedí muy seria.

Contuve la respiración mientras efectuaba la incisión.

—Correcto.

Respiré.

Más complicado me resultó bombearle la formalina, aquí la práctica no se correspondía con la teoría, y el líquido rebosaba. Entonces no existían los tutoriales de YouTube y todo lo que había conseguido era un manual con fotografías en blanco y negro en la biblioteca de la facultad.

—El *rigor mortis* desaparece moviendo las articulaciones, dele masajes para que circule el líquido y salga la sangre por la vena subclavia. No ha tenido suerte con el orden de convocatoria, a esta joven hay que trasladarla a su pueblo y toca un embalsamamiento más complejo. Pero no se preocupe, lo tendré en cuenta en su valoración.

En las salas donde se efectúa la tanatopraxia, la temperatura se mantiene bajo mínimos para retrasar la putrefacción del cadáver. Pero yo tenía cada vez más calor debajo de aquel buzo de astronauta y me hormigueaban los brazos por el esfuerzo de mover aquel peso muerto. Nunca mejor dicho.

—Proceda usted ahora a succionar los humores.

Realicé la incisión en el abdomen con seguridad, como si fuera a operarla de una apendicitis, pero cuando le extraje los restos de orina y heces casi me desmayo del hedor.

Resistí. Como una campeona.

—Obture ahora los orificios, deje solo la cara y manos al descubierto y esmérese en el maquillaje. Para ser bueno, no se ha de notar, ahí es donde se aprecia la excelencia. Antes, córtele las uñas y los pelos de nariz y orejas, la carne se retrae, por eso dice la leyenda que a los muertos les crecen, pero no es cierto.

Ya lo sabía, pero permití que se anotara el punto.

Tras barnizarle las uñas, pasé a la cara. Le puse unas lentillas adherentes para impedir que sus párpados se retrajeran y le depilé las cejas, aplicando abundante rímel en sus largas pestañas. La maquillé con delicadeza y pegué sus labios por dentro para que no se abrieran, pintándolos de un tenue color rosado. Era una hermosa muchacha, me dio pena que, embutida en el sudario, se le viera solo la cara, como si fuera calva. Su familia merecía un recuerdo hermoso. Algo me decía que las amigas y los compañeros de clase habían tenido mucho que ver con su final. Y seguramente pasarían a despedirla… ¡Que su imagen los persiguiera en sueños!

Sería su venganza.

—¿Tengo libertad de acción?

Don Abelardo me escrutó intentando adivinar mis intenciones.

—Este es un examen práctico y a la vez real. A ver qué hace, señorita, no me gustaría tener que desandar lo andado. Y no se trata solo de mostrar respeto por las personas fallecidas, existen unas normas…

Haciendo caso omiso de su actitud reprobatoria, le saqué la melena castaña, que seguía siendo larga, lisa y suave. Doblé dos tiras de tela blanca y le puse una en el cuello, tapando la marca de la soga, y otra en la cabeza, a modo de conjuntado turbante. Sobre los hombros, la brillante cabellera enmarcaba un rostro apenas mellado por la muerte.

—Conoce el reglamento, ¿verdad? ¿Es consciente de que se está excediendo?

—Si fuera mi hermana, me gustaría más verla así que como una momia.

Él intentó recoger de nuevo el cabello dentro de la mortaja. Impulsiva, le detuve la mano.

—¿Qué hace? ¿Cómo se atreve? ¡Nunca he visto tal…!

—¿Por qué no esperamos a ver qué dice la familia? —propuse esperanzada.

Contemplamos a la difunta. Su imagen parecía flotar emergida de la nada.

—Hay que reconocer que cambia mucho…

—Recuerda a la dulce Ofelia, solo le faltan las flores flotando alrededor… Déjeme completar el cuadro.

—Don Olegario no daría nunca su permiso… —dijo reblandecido.

—¡Intentémoslo!

Por primera vez en los años que llevaba embalsamando cuerpos, se animó a romper el protocolo. Luego me diría que yo le devolví la ilusión de los primeros días y que quiso compensar mi amor por el arte funerario y el prurito de las cosas bien hechas. Aquella adolescente bien merecía una atención especial, en eso estaba de acuerdo, pero nunca se hubiera atrevido a prestársela sin el beneplácito de don Olegario.

Llamó al dueño, que acudió tan presto como sorprendido.

—Aunque ya le he explicado que así no se hace, lo cierto es que ha conseguido un resultado excelente, parece estar dormida. Ahora le quiere poner flores alrededor y yo digo que…

—¡Flores! ¡Dentro del féretro! ¡La familia pensará que profanamos su cadáver! ¡Debería usted traer los deberes hechos de casa! La norma es la sencillez. Y esas cintas de *hippie…*, ¡menudo disparate!

Le eché un último vistazo a mi hermosa prerrafaelita reconociendo que me había dejado llevar. Recogí mis cosas y avancé hacia la puerta compungida. La voz de don Olegario, suavizada, me detuvo en seco:

—Haremos la prueba, no obstante. La familia de esta chica está destrozada, son vecinos míos. Y también la conocía a ella. —Contempló enternecido su cadáver—. Se llama…, se llamaba Virginia y era la niña más hermosa del barrio. Le ha hecho usted justicia, la felicito.

Me emocioné.

—Lo siento, no sabía que…

—Eso es lo peor que le puede pasar cuando trabaje aquí: tarde o temprano entrará por esa puerta un ser querido.

—¿Ha dicho *cuando trabaje aquí*? ¿Es mío el puesto?

—Esperaremos a escuchar la opinión de sus deudos, ellos tendrán la última palabra. A la menor queja, la descartaremos sin remisión.

—Entonces, déjeme terminar mi obra. No suban el féretro a la sala todavía.

Me miraron como si estuviera loca y se cruzaron las miradas. Se entendían sin palabras. Capté el hilo conductor entre ellos y sonreí. Y ellos se percataron de mi intuición.

Hay claves invisibles para el resto.

—Cinco minutos —les rogué.

Don Abelardo hizo un gesto imperceptible con la ceja y don Olegario asintió.

—Cinco minutos.

Subí corriendo a la floristería del tanatorio. Rosa contaba siempre que no me entendió por cómo jadeaba al llegar. Cuando se aclaró de lo que le pedía, elaboró en un santiamén una sencilla guirnalda de margaritas y caléndulas. Bajé volando, con ella en las manos, y se la coloqué alrededor a la ninfa yacente. El efecto resultó conmovedor.

Sus allegados, felices por disponer de una última imagen que no fuera la tenebrosa de un cuerpo colgando, no tuvieron más que palabras de alabanza. Quisieron incluso fotografiarla. A don Olegario no le quedó más remedio que felicitarme.

Fui la elegida.

Y la muerte se instaló en mi vida.

La muerte y yo

—Mamá, por fin he encontrado un trabajo estable. ¡Con contrato indefinido!

—Qué bien, hija.

—Y un buen sueldo, podremos saldar las deudas y vivir sin tantas estrecheces.

—Muy bien, muy bien.

—¿No te interesa saber de qué?

—¿De qué, hija?

—Seré tanatopractora.

Podía haberle dicho prostituta, camionera o sexadora de pollos.

Mi madre era de las que se santiguaba cuando pasaba un coche fúnebre. Ya me había preparado para oír sus gritos de espanto. Sin embargo, recibió la noticia con absoluta indiferencia. En aquel pozo sin fondo en que habitaba, nada despertaba su interés. Resultaba agotador cuidar a una persona en ese estado, y más con nuestro largo historial de desavenencias, frecuentes incluso cuando ella estaba bien. Había vuelto con ella pocos meses después de morir mi padre, en parte acudiendo a su llamada y en parte porque no encontraba un alquiler que me pudiera permitir yo sola.

¡Cuántas veces me arrepentiría!

Convertida a su pesar en el muro de mis lamentaciones, Susi me dejó y no tuve mejor ocurrencia que regresar al hogar familiar. Me había ido al cumplir los diecisiete, desde entonces habían transcurrido cinco años y tres novias, toda una vida. Había alternado los estudios de Medicina con trabajillos temporales, el más estable en la carnicería del barrio.

Sin contrato, claro.

Jaci bebía los vientos por mí y yo me dejaba querer por la carnicera sin darle alas, pues no me gustaban ni su bigote ni su halitosis, por no hablar de su estrabismo. Me llamaba los días de mayor apuro —viernes, sábados y vísperas de festivo— y yo acudía veloz, pues era un trabajo bien pagado. Llegué a convertirme en una artista descuartizando pollos, preparando chuleteros y cortando filetes. Aquella actividad me daría mayor confianza y seguridad a la hora de manipular a los muertos; al fin y al cabo, una vez que de nosotros solo queda el recuerdo, poco nos diferencia de los animales.

Lo peor de mi regreso fue encontrar a mi madre sumida en una honda depresión.

«¿Y la peluquería?»

«Es un salón de estética», precisó malhumorada.

Lo había remodelado un par de años antes de morir mi padre, en un pretencioso intento de atraer nueva clientela.

«Ya lo sé. ¿Está la esteticista atendiéndolo?»

«Tuve que despedirla el mes pasado.»

«¿Entonces? ¡Son las once de la mañana y estás en la cama! Es viernes, día de máxima afluencia, ¿lo tienes cerrado?»

«¿A ti que te parece?»

«Pero, mamá...»

«Si Dios me llevara con tu padre...»

Me fui para no oírla.

Cuando entré en el local y vi dos cucarachas correteando, deseé que fuera lo peor que me encontrara. Los lavabos, sin limpiar, tenían dentro los rulos de la última clienta con sus pelos pegados, y las toallas sucias estaban en un montón en el suelo. Productos abiertos, medio usados y para tirar se juntaban con envases nuevos y útiles de limpieza en una esquina. Arrimado a la pared, el carrito de peluquería con sus bandejas medio sacadas y revueltas. Hacía bastante más de un mes que no pasaba nadie por allí.

El primer arqueo reflejó un balance negativo demoledor y comprendí que aquel negocio era una ruina. Si la lista de proveedores por cobrar era larga, la de clientas morosas no tenía fin. Me pasé allí dentro el día entero, recopilando papeles y poniendo un mínimo de orden. Al anochecer volví a casa con un cartapacio bajo el brazo y encontré a mi madre donde la había dejado. Le expuse el desalentador panorama mostrándole una a una las pruebas del caos, sin lograr traspasar su apatía. Al final, me pudo la irritación.

Le grité. Como una loca.

Terminamos en Urgencias, con mi madre presa de una angina de pecho y yo al borde de un ataque de ansiedad. Me consideré culpable por haberla llevado al límite, así que, atiborrada de tranquilizantes en aquella inhóspita sala de espera, entre mujeres meditabundas y hombres cabizbajos, botellas de agua vacías, restos de sándwich y revistas abandonadas, juré no levantarle nunca más la voz.

Me costó un mundo volver a adaptarme al papel de hija, aunque en nuestro caso los papeles se invirtieran. Nunca llegó a desaparecer del todo el odio que sentía por el trato que me dio en la adolescencia, pero aquella mujer ya no era mi madre: se había convertido en una niña caprichosa que no comía si no le ponías delante el plato y no se duchaba si no la metías en la bañera. Haciendo de tripas corazón, me encargué de ella.

La carrera de Medicina no era prioritaria, la estaba cursando de forma laxa, así que la abandoné a falta de quince asignaturas con el propósito de retomarla algún día. Intenté que Jaci me hiciera un contrato a jornada completa, pero quiso cobrárselo en especies y me negué. Solo por ser lesbiana, no significa que me vaya con cualquier mujer. Salvo que pretendiera sexo sin amor, que no era el caso. Llevé a cabo otro par de frustrados intentos por buscarme la vida y, al final, no me quedó más remedio.

Me puse al frente del Salón Maribel.

Al principio pretendí racionalizar el desastre, negociando descuentos con los acreedores y subiendo los precios, pero las clientas habituales ya se habían acostumbrado a otros centros y pocas regresaron. Para colmo, se instaló una franquicia enfrente y hasta las más fieles desaparecieron, atraídas por las ofertas de apertura. Mi madre, sentada tras la caja cuando no estaba en la cama, daba cabezadas sin enterarse de nada debido a las muchas pastillas que el médico le había recetado, como si por andar drogada fuera a menguar el duelo.

Para colmo, yo siempre he sido de engordar en cuanto permanezco inactiva. Al año, convertida en una foca y tras muchos malabares, tuve que cerrar el negocio. Con el banco agobiando por las deudas y aquella mujer postrada sin visos de recuperación, reinicié el periplo de buscar trabajo por cuenta ajena. Estaba dispuesta incluso a enrollarme con Jacinta, pero la carnicera ya me había sustituido en su corazón y, muy amablemente, me dijo que no me necesitaba ni los fines de semana.

Un auténtico cuadro de terror. Del que solo me salvaría trabajar con los muertos.

Mi madre no estaba para vivir sola y las residencias privadas eran un lujo —o un infierno—, así que la mantuve junto a mí. Un día llegué agotada del tanatorio y la encontré en su mecedora, donde solía echar la siesta. Ya no salía a la calle y había retirado todos los visillos: las ventanas eran su único acceso al mundo exterior. Tenía la frente apoyada en el cristal y un rayo de sol iluminaba su pelo blanco. Estuve tentada de volver a salir sin despertarla, pero la posición antinatural, o quizá la ausencia de ronquidos, me pusieron en alerta.

La creí dormida. Pero no lo estaba.

Una embolia la dejó en coma profundo.

Pese a considerarla clínicamente muerta, la trasladaron a la Unidad de Vigilancia Intensiva —así se llamaba antes la UCI—, esperando algún síntoma de recuperación, un hálito de vida. Nada. Encefalograma plano. Algún espasmo involuntario y engañoso. «*¿Evoluciona?* ¿Cómo está hoy?» «Traiga colonia y crema hidratante y dele friegas.» Diagnósticos sin esperanza ni solución entretenían el desenlace. Estaba muerta *de facto*, pero se negaban a desenchufarla. Y allí permanecía, conectada como un globo a una sonda nasogástrica que supuestamente la alimentaba y que solo servía para inflar aquel menudo cuerpo donde ningún órgano vital tenía vida más allá de la inducida por las máquinas.

Les pedí, por piedad, que aceleraran su fin. Me dijeron que «tan pronto» no era posible, había que esperar. Rogué que la sedaran. Se negaron en redondo. Pasaba las horas escuchando aquel ruido sordo, aquellos pitidos alarmantes, viendo cómo se deformaba, cómo iba desapareciendo cualquier rasgo identificativo de mi madre. Le hidrataba la piel, lo que no impidió la aparición de llagas. La presión del respirador le provocó úlceras dentro y fuera de la boca.

Los acusé de encarnizamiento terapéutico.

Volvió a reunirse el gran sanedrín. Volvieron a darme largas. En un aparte, una médica piadosa y quién sabe si traficante, me ofreció morfina de extranjis, podía llevármela a casa e inyectársela yo misma. La rechacé dudando de si me arrepentiría. Otro doctor insistía en los milagros: me pidió que rezara, me dio una estampita del Cristo Redentor con una oración al dorso y me ofreció cinta adhesiva por si quería colgarla en el monitor. Llegué a pensar que estaban todos locos. La que mejor me caía era la neurocirujana más joven, por lo menos manifestaba empatía, además de cordialidad. Ella me explicó la ignorancia que rodea a los asuntos de la muerte.

—En otros países se lo conoce como Últimas Voluntades o Testamento Vital, y es un trámite bien simple. Aquí, como no existe, estamos obligados a mantenerle artificialmente la vida al paciente. Y si decides iniciar la vía judicial, chocarás con la cárcel: es la conjura de los necios. ¡No puedes hacer nada!

—¡Cómo puede ser que alguien confunda la vida con la muerte en vida! —Me debatía entre el lamento y la indignación.

—Tenemos una legislación obsoleta, las evidencias científicas actuales contradicen el uso de sondas en casos como este, cualquier código bioético impediría que tu madre estuviera así. El problema subyacente está en la religión católica, que te denuncia por practicar eutanasia si le quitas la alimentación. Aquí, el cura del hospital anda más atento a ver si nos pilla en un renuncio que a administrar la extremaunción. Por eso hay tanta prevención, no creas…

—¡Con la Iglesia hemos topado! —Me ahorré decirle que, en mi caso, no por vez primera.

Lo último que quería era verme algún día como mi madre. No soportaba sus ojos vacíos, impenetrables, no comprendía, no perdonaba a aquella hipócrita sociedad. Estaba cegada, atrapada en un vértigo de soledad y desamparo que me mantenía despierta por las noches y atrofiada durante el día. Un mes pasó y con visos de seguir. Llevaba ya un par de años ejerciendo como tanatopractora; tan apenado ante mi desesperación como desesperado con mis ausencias, don Olegario movió sus contactos.

Una amistad hasta en el infierno vale.

Así conseguimos concertar el fin, tras hacerme rellenar mil papeles eximiéndoles de toda responsabilidad. Hubiera firmado mi propia pena de muerte. Aquel día debería haber sido lluvioso y gris, como mi ánimo, pero lucía un sol esplendoroso mientras iba al hospital por última vez. Estuve a punto de no permitir la entrada del cura para echarle el responso, pero don Olegario y don Abelardo, que no se separaron de mí, me lo impidieron alegando que a ella le hubiera gustado así. Cuando el sacerdote salió, con el hisopo y el rosario en la mano, quiso acercárseme y menos mal que lo frenaron o tenemos una desgracia. Magnicidio en la UVI. Por fin pude pasar a despedirme de ella.

Pensé que ya lo había llorado todo. No era cierto.

El tan ansiado fin fue cuestión de segundos. Cuando su cuerpo exhaló los últimos residuos de aire y gases —los 21 gramos de alma, como dice la leyenda urbana—, respiré con ella.

En el tanatorio, yo misma me encargué de acicalarla con mimo y esmero.

No hubo visión alguna.

A esas alturas seguía sin saber de dónde provenían aquellas alucinaciones, pero había comprobado que solo se producían cuando mediaba una muerte violenta. Llegué a acostumbrarme a ellas, aunque es algo que todavía mantengo en secreto, solo faltaba que me tacharan de loca. Puedo visionar, como si fuera una película, los instantes previos al suceso, mas no evitarlo ni cambiar el destino. Resulta frustrante.

La mala muerte de mi madre se convirtió para mí en una obsesión. Me volví una activista furibunda y no hubo acto proeutanasia que no contara con mi presencia. Participé en varias autoinculpaciones colectivas, e incluso formé parte de la cadena que proporcionó a Ramona Maneiro el cianuro potásico para facilitar el tránsito a Ramón Sampedro, el heroico tetrapléjico que inmortalizaría Javier Bardem en *Mar adentro*. Logramos presentar un millón de firmas para regular la eutanasia, sin que los partidos políticos nos hicieran caso. Pesaba más el concordato con la Iglesia católica —en un país teóricamente aconfesional— que la voluntad popular. Al final, conseguimos que se aprobara una Ley reguladora de la autonomía del paciente, tan básica que no generaba más que contradicciones y problemas.

En aquella época salía con Eva y le ofrecí venirse a mi casa para vivir juntas. No duramos mucho, se marchó a los pocos meses. Como había pasado con Susi, tampoco esta vez me extrañó. Aquel piso invadido por los restos sin liquidar de la peluquería y que empezaba a parecer un camposanto no era un lugar demasiado romántico. Y yo tampoco debía ser la pareja ideal, obsesionada como estaba con mi nuevo oficio. En eso don Olegario llevaba razón: era la primera mujer tanatopractora. Y no aspiraba a ser como otro colega cualquiera: pretendía convertirme en una experta.

Quería ser la mejor.

Tenía las paredes empapeladas con láminas de esqueletos y modelos anatómicos a tamaño natural, con las venas y los órganos en relieve, y solo hablaba de embalsamar cadáveres y de la proporción de formaldehído de las soluciones. Me apuntaba a todos los cursos que se convocaban de Tanatoestética y Tanatopraxia, la mayoría fuera del país. Perfeccioné las técnicas del embalsamamiento y el maquillaje y me hice una especialista en reconstrucciones posaccidentes, algo que le debía a mi padre.

Viajaba solo para conocer distintos ritos funerarios y en cuanto llegaba a una ciudad lo primero que visitaba era su cementerio. Para estudiar la ceremonia hindú estuve en Katmandú, el templo de Pashupatinath es el principal crematorio para los adoradores de Shiva. Allí, a la orilla del río Bagmati, aturdida por la infinidad de olores a maderas, sándalo y especias, y envuelta en el pegajoso calor procedente de las piras funerarias, comprobé que la muerte golpea con igual pie las chozas de los pobres que los palacios de los ricos, como decía Horacio, pero sus enterramientos distinguen a unos de otros. Y también que, en todos los funerales, ya vayan los deudos vestidos de negro o de blanco, hay quien reza, quien llora y grita de dolor, y quien hace gala de una absoluta irreverencia. Diferencias y similitudes que se mantienen en todas las culturas.

Fascinante.

La idea de escribir un compendio sobre las distintas manifestaciones mortuorias nació también de aquella reveladora visita a Nepal. En la muerte había encontrado el sentido de la vida, se había convertido en una cuestión apasionante para mí. Aunque quizá no tanto para los demás, lo reconozco.

El Tanatorio de la Villa

—Don Olegario, ahora mucha gente se incinera…

El dueño del Tanatorio de la Villa era menudo como un pájaro. Unas gafas de montura dorada destacaban sus ojillos, incisivos y brillantes, y lucía bajo la nariz aguileña un bigote preconstitucional y una sonrisa indeleble. Iba siempre impecable, con un pañuelo de seda italiana con estampado de cachemir al cuello. No hacía concesiones a la novedad, ni en la ropa ni en el resto de los asuntos de su incumbencia.

—No pienso instalar un horno crematorio, estoy en contra de ellos, me recuerdan prácticas nazis. En mi tanatorio se ofrece la atención funeraria debida y luego los cuerpos se inhuman como manda la tradición. Quien quiera modernidades, que vaya a la competencia. Además, ¿tú sabes cuánto vale? Ampliar las instalaciones implica compra de terrenos, permisos, edificaciones, maquinaria… No pienso perder el tiempo metiéndome en gastos y líos; con lo que hay, cumplimos a la perfección nuestro cometido.

En los años que estuve trabajando allí, nuestras prestaciones habrían sido muy bien valoradas, si entonces se hubiesen realizado encuestas de calidad. Trabajábamos a turnos seis días seguidos librando tres y valíamos todos para todo. Una gran familia. Pero la competencia era cada vez más dura y veíamos peligrar nuestros puestos de trabajo. En especial yo, que ya había observado en mis viajes cómo la modernización de los servicios funerarios era un hecho imparable. Bendición Eterna era la muestra.

Las dos compañías de seguros más grandes se habían juntado para levantar, enfrente del nuestro, un nuevo tanatorio más grande, mejor dotado y con incineración. Al principio, por la novedad, la muerte cambió de barrio.

—Si no nos modernizamos, iremos a pique, don Olegario.

—Que no, Claudia, no seas pesada. ¡Podrás quejarte tú por falta de trabajo!

En efecto, trabajo era lo que nos sobraba y las aguas no tardaron en volver a su cauce. Pese a la apertura de otros establecimientos, incluso de un nuevo cementerio en las afueras, el de don Olegario, vinculado a la villa histórica, seguiría siendo llamado El Tanatorio a secas, como si fuera el único. Quizá por haber sido el primero, por su céntrica ubicación en el casco antiguo o por su aspecto *vintage*, estaba siempre lleno.

Y sin duda también por eso, el dueño de Bendición Eterna había planteado la fusión desde el primer día, obteniendo reiteradas negativas por parte de mi jefe. Cada vez que se encontraban, le insistía:

«¡Eres un cabezota, Olegario! Al fin y al cabo, no te queda mucho al frente. ¿Qué vas a hacer luego? ¿Vendérmelo por dos duros cuando te retires? ¿Dejárselo en cooperativa a tus currantes? De ellos ya me encargo yo, sabes que no los trataré mal y un poco menos de paternalismo no sobraba, que te pasas.»

«Con mi equipo no te metas, que son como unos hijos para mí. Si lo vendo, ten claro que será al mejor postor, no al más pesado.»

«Cederás, es cuestión de tiempo.»

Y chocaban sus copas fraternalmente. Los dos sabían distinguir una bravuconada.

He de constatar una contradicción: para trabajar con muertos, el sector funerario está muy vivo. Dudo que en otro ámbito se realicen tantas innovaciones, ni que a su alrededor se celebren tantas ferias, congresos, conferencias... Al principio, a mí me convocaban como *cuota,* por la novedad de contar con una mujer en el oficio. Con el tiempo, incentivada siempre por don Abelardo, me especialicé en dar cursos de formación y exitosas charlas prácticas. Siempre aparenté más edad y eso me vino bien en aquel mundo de hombres.

Don Olegario era una institución, pues representaba mejor que nadie la evolución del sector, y también solían invitarlo como conferenciante. En ocasiones coincidíamos en el mismo evento y ambos nos exhibíamos con orgullo: pese a nuestras diferencias, cada uno nos habíamos ganado la fama de peso pesado en nuestro terreno.

Yo llegué a ser considerada una vaca sagrada, y lo de vaca no lo digo por mi exagerada tendencia a coger kilos, a fuerza de dieta y deporte la tengo controlada; es más, diría que no estoy mal para mis cincuenta y tantos. Aludo al componente de pionera, de precursora, que me ha acompañado siempre en esta profesión.

Mientras yo era la modernidad, las charlas de don Olegario ofrecían una perspectiva histórica. Lo suyo sí que era la *ceremonia de la palabra,* nunca utilizó apoyo audiovisual, ni una triste filmina ni una transparencia.

Agua a pequeños sorbos y nada más.

«Yo soy el último representante de una familia de carpinteros —introducía con su parsimonia habitual—. En el siglo XIX mi tatarabuelo inició la tradición de fabricar ataúdes por encargo. A principios del XX, mi bisabuelo, un fino ebanista, harto de vender más féretros que muebles con la sangría de las guerras coloniales y africanas, decidió especializarse. Mi abuelo compró un coche funerario para prestar el servicio completo y en los años de la posguerra no le faltó el trabajo. El desarrollo industrial atrajo la emigración y se instauraron los seguros de decesos para aquellas personas que, tras abandonar su pueblo en pos de una vida mejor, soñaban con volver a enterrarse en él, sin tener en cuenta que el ser humano, si lo plantas, echa raíces y sus frutos ya pertenecen a otra tierra.

»Mi padre mantuvo la visión de futuro de sus antecesores y buscó aliados en las aseguradoras, invirtiendo en un segundo vehículo. Cuando yo nací, las ganancias de la familia provenían casi por completo del negocio mortuorio. Cuando falleció mi padre, cerré la mueblería y me dediqué por completo a las pompas fúnebres. Siempre me gustó viajar y cuando vi el primer tanatorio en el extranjero me pareció algo civilizado, digno de poblaciones avanzadas.

»Los velatorios en el domicilio, propios del mundo rural, resultaban incongruentes en la gran ciudad, donde todo era más rápido, había mayor mortalidad y las familias carecían de arraigo. Para más inri, los pisos no estaban adaptados para instalar el féretro y menos los que no tenían ascensor, que eran mayoría. Las visitas desbordaban las escaleras y el portal. Recibir los pésames en esas condiciones añadía incomodidad al dolor. Los tanatorios eran la solución a ese problema.

»Así que visité tres o cuatro, adopté un modelo intermedio y busqué un equipo pequeño pero eficiente. Tuve la suerte de encontrar una parcela al lado del cementerio y allí construí el primer tanatorio de la villa. Y con esa instalación, nuestra empresa familiar cerró un ciclo de casi doscientos años.»

Grosso modo, esa era la historia.

Se trataba de un edificio funcional: mármol en el suelo, un gran lucernario y seis salas de vela con acceso privado al catafalco. En su discurso, mi jefe nunca obviaba decir quién le había dado el impulso definitivo:

«No existe un tanatorio sin tanatopractor, y mi suerte fue tropezar con Abelardo, maestro de tanatopraxia en París».

Se conocieron un atardecer a orillas del Sena, digo yo que los dos andarían buscando lo mismo, pues al día siguiente volvieron a coincidir en unos urinarios públicos. Terminaron comiendo en una *brasserie* cercana cuando descubrieron su vinculación. Ambos habitaban un oscuro armario lleno de sexo frustrado, remordimientos y soledad, en un tiempo en que empezaban a abrirse los balcones.

El tanatopractor buscaba una oportunidad de regresar a España para aliviar la viudez de su madre, que vivía en un caserón en la montaña y mantenía en uso un telar tradicional heredado de sus antepasados. Sus blondas eran famosas, pues su bisabuela había servido a la Casa Real. Cuando ella, ya muy mayor, enfermó, él redujo la jornada en el tanatorio para dedicarle más tiempo. Entonces se propuso encontrar un sustituto al que pudiera formar personalmente. Nunca imaginó que sería una mujer, pero se sentía orgulloso de mí. Y fue el mejor maestro que pude tener.

Paciente y sin reservas, don Abelardo me transmitió su sabiduría, su delicadeza para tratar los cuerpos. Hay muchas formas de hacerlo; a mí me gusta recrearme, cuidar los detalles, tratarlos con mimo. A veces las prisas te obligan a ir rápido, pero procuro esmerarme con cada uno como si fuera el único del día, como si tuviera todo el tiempo del mundo para dedicárselo. Un mundo que acaba de abandonar ese ser humano, cuya carcasa manipulo con piedad. Raro es que no piense en la persona que fue, intentando descubrir en su piel el paso de los años, compadeciéndome de sus taras o sufriendo con sus cicatrices. E imaginando las que llevaba en el alma, los golpes de la vida, esos que no dejan huella visible, pero nos cambian para siempre.

Un cadáver tiene mucho que decir. Solo hay que permitirle hablar.

Con el tiempo recibiría tentadoras ofertas, pero las fui rechazando a cambio de negociar con don Olegario sucesivos aumentos de sueldo. Cuando la madre de don Abelardo abandonó el mundo de los vivos, este, ya jubilado, se empeñó en continuar la tradición confeccionando sudarios en encaje de bolillos.

Don Olegario planeaba retirarse al pueblo con él cuanto antes. Se pasaba el día haciendo cábalas y a nosotros nos tenía en vilo.

Como siempre, actué de delegada.

—Don Olegario, de cara a su venta, el tanatorio se revalorizaría con un horno y justo en este momento los precios están bajando.

—Ahora estoy en otra etapa. La muerte es cierta, pero su hora incierta, Claudia, hay que aprovechar la vida y disfrutarla como viene. Si nos vamos a vivir a la casona familiar de Abelardo habrá que hacer grandes obras, tiene casi trescientos años y apenas se ha reformado. Por no contar que algún viaje haremos... ¿Por qué no formáis los trabajadores una cooperativa?

Había quedado con mis tres compañeros para ir de concierto y les conté su propuesta. Ya lo habíamos comentado entre nosotros: la cooperativa sería una ruina si teníamos que realizar aquella inversión nada más montarla, por eso queríamos que nos dejara la instalación hecha. Caminábamos formando una piña para no perdernos entre la multitud y era difícil mantener la atención.

—No hay manera, colegas —sinteticé—. ¡Todavía vamos a quedarnos en la puta calle!

—¡Venga, olvídate! ¿No ves dónde estamos? —me recriminó Inés.

Si ellos no se preocupaban, yo tampoco.

La Vieja Guardia

El concierto prometía ser apoteósico.

Bruce Springsteen había agotado las entradas. Como siempre, yo me había encargado de sacarlas, al igual que me hacía cargo de la peña de la lotería, de organizar la cena mensual o de administrar el grupo de wasap, al que habíamos bautizado como La Vieja Guardia.

—¿Os acordáis cuando hacíamos cola para entrar los primeros? —preguntó Víctor.

Víctor, Rosa, Inés y yo trabajábamos en el Tanatorio de la Villa y habíamos encontrado en aquella camaradería festiva un nexo más de unión. Los cuatro éramos muy distintos. Nuestra amistad se fue forjando en el Brujas, un pub irlandés del Casco Viejo cercano al tanatorio donde solíamos reunirnos algunos días al acabar la jornada y todos los viernes sin faltar uno. Aquellos momentos eran tan nuestros como la mesa del rincón. Si llegábamos y estaba ocupada, el dueño la desalojaba sin mediar palabra. Nuestros temas de conversación solían referirse al trabajo y poca gente está preparada para escuchar anécdotas y chistes sobre la muerte. Eso nos unía tanto como la Guinness.

—Ahora estamos mayores, yo no soportaría los apretujones de antaño —admitió Inés—. Con acercarme un rato al escenario para verlos de cerca me sobra. La calidad y el tamaño de las pantallas que gastan ayuda mucho…

—Aún me acuerdo de cuando me junté con vosotros, que ni sabía distinguir el pop del rock, hasta entonces solo conocía rancheras… —añadió Rosa.

—¡Pues enseguida le cogiste el gusto! —exclamó Inés divertida—. Me perdí yo más conciertos que tú por culpa de los críos. ¡Tengo unas ganas de que crezcan!

—¡No les eches la culpa a los chiquillos! La culpa era del cabrón de tu marido, que durante años te impidió salir con tus compañeros de trabajo —le dije molesta—. Mira a Víctor, cómo deja a su mujer y su hija en casa sin problemas.

—Bueno, ellas han hecho su plan aparte. Ay, Inés, menos mal que te separaste —terció Víctor—. Por cierto, ¿qué es de su vida?

—Ahora está liado con un pibón, eso dice él; recauchutado, eso lo añado yo. Dejó de llamarme tanto, pero me envía uno o dos wasaps diarios. La abogada me dice que podemos denunciarlo por acoso, pero yo solo quiero hacer borrón y cuenta nueva. A veces veo casos de esos hombres que matan a su mujer o a sus hijos y los familiares dicen: «Es que se volvió loco». De eso nada. Nadie se vuelve loco de repente. Yo pasé verdadero miedo...

Afortunadamente, llegamos a los tornos de entrada y calló para ponerse a la fila. Cuando sale el tema del ex de Inés me pongo de los nervios. Es un futbolista engreído y gilipollas, un maltratador, y lo estuvo aguantando durante años, por más que la advertimos.

Observé entretenida alrededor mientras llegaba mi turno de enseñar el bolso. Cada vez que se celebraba un macroconcierto rogábamos porque la mortalidad cayera aquel día, pues no era fácil mover el cuadrante de nuestros turnos y buscar suplentes. Mientras no cerrara el tanatorio… Decidí no hacerles partícipes de mi agobio, por lo menos hasta el día siguiente.

Fueron tres horas inolvidables de buena música. Nos situamos al fondo del campo, cerca de la salida, la barra y los baños y allí plantamos el campamento base. Rosa llevaba un equipamiento que le hubiera permitido pasar una semana en una isla desierta: tiritas por si el calzado le hacía daño, aspirina por si le dolía la cabeza, bocadillo escondido —que no dejaban pasar pero siempre metía—, clínex por si no había papel en el baño, abanico por si hacía calor, un sillín plegable por si se cansaba, chubasquero por si llovía…

Yo siempre insisto en que, con un trabajo como el nuestro, donde estamos obligados a mostrarnos contenidos y circunspectos, es terapéutico bailar para liberar energía. Y celebrar que estamos vivos. Aquella noche lo cumplimos con creces.

Al finalizar, nos tomamos la última haciendo tiempo hasta que el tráfico despejara.

—¡Bueno bueno bueno, qué conciertazo! Por algo es el Jefe, está claro —dije entusiasmada y sudorosa, con la voz rota.

—A mí me gustó Silvio Dante, el de *Los Soprano,* con ese pañuelo pirata —a Rosa le brillaban los ojos—. En la pantalla se veía con todo detalle, mejor que en la tele.

—¡Ese es el personaje de la serie, mujer! Él se llama Little Steven —dijo Inés con una carcajada.

—En realidad, se llama Steven Van Zandt y acompaña a Bruce desde los años 70. —Víctor, siempre prolijo en sus explicaciones, consultó su móvil—. Desde 1975, exactamente. Empezaron a tocar juntos con *Born to run*. La banda es fundamental en un concierto…

—Nosotros somos la Banda de la Muerte —le interrumpí levantando la botella.

Brindamos.

Finalizado el exorcismo, tocaba retornar cada mochuelo a su olivo y yo me había ofrecido a llevarlos en mi viejo coche. Reconozco que es difícil aparcar un vehículo funerario, pero aquel tenía tantos abollones que daba igual uno más, esa era la suerte. Al retirarlo del servicio, don Olegario me lo vendió a precio de saldo, se lo llevé a un amigo para que me lo tuneara y lo pinté de violeta con un paisaje de palmeras. Podría anunciar viajes (al otro mundo) o una agencia turística, pero el volumen trasero seguía resultando elocuente.

Rosa fue la primera en bajarse del coche funerario. Nuestra florista vivía en el centro, en un antiguo edificio de techos altos y pasillos largos. Un primer piso sombrío, enorme, de habitaciones descabaladas plagadas de muebles nobles y recuerdos. Lo habitaban ella y su soledad, con Andrés y Mirlitón como parejas de baile.

Le habíamos regalado para su cumpleaños una fotografía a tamaño natural del modelo Andrés Velencoso, recortado en un plóter en cartón pluma. Con el torso al aire y el vaquero por la cadera, sus abdominales de cartón dejaban boquiabiertas a las visitas. A veces lo dejaba apoyado en una puerta, y si se levantaba de noche medio dormida, le daba unos sustos tremendos.

Y Mirlitón era un gato de peluche sintético tamaño natural que daba el pego, incluso sus ojos de cristal parecía que te miraban. A veces los arrimaba a los dos a la ventana y las vecinas le decían: «*¡Vaya! ¡Qué bien acompañada estabas ayer!*» o «Ese minino tuyo es muy bueno, no se le oye maullar».

A Rosa le sobraba la realidad.

Nos despedimos de ella y me desvié hacia casa de Inés.

La administrativa del tanatorio vivía en uno de los barrios más ricos, se lo pudo permitir cuando se casó con el futbolista. La urbanización era un vergel con guardia privado, piscina, canchas de tenis... y estaba tan alejada del centro que Inés echaba casi una hora de autobús al trabajo. Tenía un coche cochambroso heredado de su padre, pero era demasiada distancia y la gasolina estaba muy cara.

Poco después dejé a Víctor.

—Dale recuerdos a Beatriz, dile que se anime a la próxima. Y a tu niña.

—De tu parte, Claudia. Y te recuerdo que mi niña tiene veintitrés añazos, ¡ya ha acabado Derecho!

Enfilé hacia el primer anillo del cinturón obrero, donde a mi padre le dieron facilidades para comprar una vivienda cuando entró en la empresa de montajes. Acostumbrada a la soledad, nada más entrar me quité el calzado y fui dejando las prendas tiradas por el pasillo. No busqué ni las zapatillas, pasé descalza al baño. Como no suelo pintarme, ni siquiera me limpié el cutis; me bastó hacer un pis para caer rendida. Solía hacer el mismo chiste: «*¡Para qué me voy a maquillar! Eso es para las que ya no tienen sangre*».

Si hay algo que odio, es el despertador; o más bien, el día después.

Con una resaca y un cansancio mayúsculos, nos saludamos los cuatro a primera hora en la cafetería del tanatorio.

—Café doble.

—¡A la vena, por favor! ¿Alguien tiene ibuprofeno?

Tras pasar el trago, Víctor y ellas dos se vistieron el uniforme azul marino ocultando tras la gorra de plato y el colorete, los efectos del trasnoche. Nadie diría que aquellos amables empleados, tan discretos que nadie reparaba en su imprescindible presencia, eran los mismos que el día anterior daban saltos sobre el césped. Inés y Rosa se habían echado esas ampollas efecto *flash* que acostumbraban a usar, convencidas de que aumentaban su lozanía, pero yo ni eso. Debajo de la bata blanca y con la mascarilla puesta, no me hacía falta.

—Siempre tendré mejor cara que los muertos.

En mi oficio todo son ventajas.

Juez y parte

Jaime tenía un doble fondo.

Y una frágil apariencia.

Desde niño sufrió una salud precaria que no le impidió desarrollar una memoria envidiable y una inteligencia fuera de lo común. Obtuvo los títulos de Derecho y Matemáticas con las máximas calificaciones. A distancia, pues no pisaba un aula desde los trece años. A esa edad casi se lo lleva al otro barrio el virus varicela-zóster. Estuvo a punto de quedarse ciego y, ante su propensión a las enfermedades y el miedo a nuevas infecciones, sus padres decidieron aislarlo.

El médico de la familia les advirtió:

«Esa prevención es excesiva y a la larga puede resultar perjudicial. Unida a la misantropía natural del chaval, no sería raro que derivara en un trastorno hipocondríaco».

Cambiaron de médico.

Y contrataron a un profesor particular.

Su padre, un veterano fiscal jefe del ala más conservadora, había recorrido el escalafón esquivando acusaciones de parcialidad y su nombre aparecía en las ternas últimamente como candidato a fiscal superior de la Comunidad Autónoma. Tres veces lo habían propuesto para ese cargo y ninguna lo había logrado. Él consideraba que el puesto era suyo y no estaba dispuesto a renunciar. Costase lo que costase. Era el camino natural para llegar a fiscal general del Estado, su máxima ambición.

La madre de Jaime, sin ocupación conocida y pese a tener servicio doméstico, no salía de casa si no era acompañada de su marido. Pasaba horas mirando por la cristalera al jardín; quien la observara a diario no podría decir si estaba viendo crecer la hierba o esperaba un misil destructor que la sacara de aquella abulia. Cuando hablaba con su madre, a Jaime le daba miedo encontrarse con aquellos ojos vacuos donde parecían rebotar las palabras ajenas.

El chalé familiar tenía, en el extremo del jardín más alejado de la piscina, un pabellón concebido para invitados; al cumplir Jaime la mayoría de edad no tuvieron inconveniente en prescindir de ese uso para que se independizara en él. Le dieron carta blanca para acondicionarlo y, una vez instalado, apenas abandonaba su refugio excepto a la hora de las comidas, y eso porque lo obligaban a que las hiciera en la casa principal. Las criadas tenían prohibido molestarle; aprovechaban esas salidas para limpiar y le acercaban una bandeja con su ración si sus padres estaban ausentes.

Con los años, había convertido el espacio central de su vivienda en una sala futurista, cercana estéticamente a *Minority report,* con seis pantallas gigantes integradas en la pared y una gran mesa con varios mandos y teclados desde donde las manejaba acomodado en un sillón que simulaba un asiento de Fórmula 1. Solía tenerlas encendidas, visionando en cada una algo diferente, pues era capaz de estar a la vez jugando *online,* viendo una serie, descargando una película y buscando nuevas cotas para estimar la constante de Grothendieck, el reto matemático sin resolver enunciado por aquel genio visionario y excéntrico del siglo XX del que tan cerca se sentía.

En su refugio era feliz.

A veces le resultaba inevitable algún desplazamiento, o su padre lo obligaba a acudir a algún acto social, y esa alteración de la rutina le provocaba una sudoración excesiva. Raro era que estrechara una mano ajena, y no solo para evitar contagios: era consciente de que su tacto escurridizo y frío resultaba desagradable. La hiperhidrosis se acusaba también en las axilas, por eso en público jamás se quitaba la chaqueta, aunque estuviera asado de calor.

A Jaime no le gustaba la ropa informal ni vestir zarrapastroso. Metódico donde los hubiera y de naturaleza insomne, todos los días se levantaba a la misma hora, se duchaba y se vestía con cinturón y zapatos. Y, ¡ay!, si la camisa no estaba bien planchada o la raya del pantalón se veía torcida. Más de un despido hubo por esa razón. Y eso que, de día, solo veía a sus padres y al servicio.

De noche, no.

Hay agencias que atienden a los solitarios excéntricos. Pidan lo que pidan. A todas horas.

Fan de *Star Wars*, se sabía de memoria las películas y las novelas, y atesoraba fieles reproducciones de los trajes de sus protagonistas que hubieran hecho las delicias de cualquier coleccionista y serían el delirio de los fetichistas. Le pagaba a escondidas a la modista de su madre, y era en el sótano del pabellón, habilitado como el camerino de un teatro, donde Jaime guardaba los vestidos que, con esmero y a buen precio, le cosía la señora. Más de cincuenta le había encargado basándose en modelos de películas, cómic y videojuegos, y otros tantos había comprado por Internet. Cada uno con sus correspondientes complementos: zapatos, cinturones, capas, pelucas, guantes, espadas... Universo Marvel.

Tenía una máquina especial para envasarlos al vacío cada vez que los usaba, le aterrorizaba que pudieran coger polvo. Había ganado decenas de concursos *online* de *cosplayer* bajo seudónimo, grabándose siempre bajo una máscara, y los organizadores y jurados solían animarlo a que se presentara a las competiciones presenciales o participara en los festivales y desfiles, con resultado negativo. Aunque él pudiera ser clasificable en la tribu de los frikis, los despreciaba.

Una vez finalizadas las dos carreras, realizó sendos másteres sin mayor esfuerzo, mientras se dedicaba a su otra gran afición: los horarios de los trenes. Conocía, sin haberse movido del sofá, las líneas del metro de Nueva York tan bien como las estaciones entre Calcuta y Bombay. En una mesa adosada a la pared había construido pieza a pieza una maqueta colosal, con dos raíles por los que podían circular trenes en sentido contrario, a la que poco a poco iba añadiendo detalles, como el perro meando en una farola o el borracho dormitando en el apeadero. Tenía una pared cubierta por un mapamundi sobre el que chinchetas fluorescentes reflejaban el avance de sus conocimientos ferroviarios. Europa y las principales capitales de los cinco continentes estaban cubiertas. Aspiraba a rellenarlo, excepto glaciares y desiertos, claro está.

Al llegar a la treintena, su padre le puso las cosas claras:

«Se acabó la sopa boba, Jaime. Estás ya suficientemente preparado y los especialistas dicen que no hay ninguna razón para que sigas encerrado. Incluso la inmunización te podría venir bien. Te puedo conseguir un puesto de ayudante en el bufete de un amigo. —Jaime frunció el ceño—. Tendrías despacho propio, aunque no podrás evitar a los clientes. Es mejor que el Partido, a ti en política no te veo, no tienes media hostia. Es la alternativa que te puedo ofrecer hasta que salgan las próximas oposiciones a Justicia. Preparándolas un mínimo, no habrá problema. —El fiscal le guiñó un ojo cómplice».

El hijo conocía de sobra los *poderes* de su padre y, consciente de que algún día tendría que empezar a trabajar, decidió aceptar la oferta. Siempre sería mejor que convertirse en tramitador o auxiliar en una oficina llena de funcionarios. O aún peor, que le tocara el archivo, cajas llenas de legajos y polvo. Había visto un documental y metía miedo. Y eso que llevaban décadas hablando de la modernización judicial…

Se incorporó al despacho de abogados. Limpio y aséptico, como le gustaba.

El bufete estaba especializado en sucesiones y donaciones, y allí entró en contacto con los corredores de seguros, siempre quejosos sobre la dispersión y escasez de los tanatorios existentes.

«Si Europa se pone estricta, ninguno cumple los requisitos legales para la incineración. El Tanatorio de la Villa no tiene, pero el de Bendición Eterna parece un horno de pan, cualquier día lo cierran. Sus respectivos dueños son dos viejos incapaces de entenderse y no comprenden que es necesario modernizarse. El resto han crecido a la sombra de estos dos y no acaban tampoco de dar el salto.»

«Cualquier día nos juntamos y construimos uno; si encontráramos un inversor decidido, mañana mismo.»

La idea no cayó en saco roto, era justo lo que Jaime buscaba: una salida honrosa que le permitiera trabajar sin ver a nadie o, mejor aún, practicar el teletrabajo desde su pabellón de lujo, a resguardo de la contaminación humana. Imaginaba el sector funerario como lo más aburrido, monótono y rutinario que pudiera existir. Siendo él dueño de la empresa, su presencia no resultaría imprescindible, con delegar el gobierno en una persona de confianza y controlarla, sobraría. El dinero para montar el negocio no sería problema. Nunca lo había sido en su casa.

Lo planteó durante una cena familiar:

—Papá, he pensado montar una empresa de servicios funerarios, me gustaría llamarla Memento Mori.

—¿Recuerda que has de morir? ¿Es una broma de mal gusto? —El fiscal lo miró con severidad por encima de las gafas.

Jaime suspiró armándose de paciencia antes de explicárselo:

—La ciudad ha crecido y los tanatorios existentes no cubren las necesidades actuales, son pequeños y dispersos. Las propias aseguradoras se quejan, sería fácil implicarlas y, teniéndolas de tu parte, la clientela está asegurada. Ninguna legislación me lo impide, lo tengo muy estudiado.

—Trabajo no ha de faltar —concedió su padre riendo—. ¿De qué inversión estamos hablando?

—Depende de la participación, podríamos crear una sociedad anónima. Tú presumes de tener grandes inversores entre tus amigos. Algunos miembros de tu partido han hecho fortunas con los negocios, si los convencieras de que es una buena idea…

Su padre lo miró con recelo.

—No la descarto. Lo consultaré con alguien adecuado.

—¡Papá! ¡Trabajo en un despacho especializado en temas mortuorios! ¡Y soy licenciado en Matemáticas y Derecho!

—Como si fueras catedrático de Física Nuclear, Jaime, no tienes ni idea de cómo funciona el mundo. Espera a ver qué pasa en las elecciones…

Coincidieron las generales con las autonómicas y el resultado les otorgó el mismo color político. El Partido, tras tres legislaturas gobernando, iniciaba la cuarta. Había sido una victoria sorprendente e impensable, debido al desgaste provocado por los numerosos casos de corrupción que emponzoñaban la gestión pública.

El padre de Jaime y el recién elegido presidente del Gobierno autonómico eran grandes amigos, afines en lo ideológico y socios de los mismos clubs de caza y golf. El nuevo mandatario fue el primer asombrado, sabía que lo habían puesto de relleno y, aunque hizo una buena campaña, no contaba con el tirón final. Casualmente, la semana antes de las elecciones el fiscal jefe ordenó varias detenciones entre los cabezas de lista de la oposición, acusándolos de corrupción. Convenientemente expuesto y aireado, la campaña mediática se recrudeció y aquel candidato, puesto para perder, consiguió el tan ansiado sillón.

Y el padre de Jaime fue postulado para fiscal superior. Esta vez, con los votos necesarios.

Fue en la sauna, estando los dos solos, cuando le planteó el dilema a su buen amigo.

—La muerte es un negocio estable y rentable, de eso no cabe duda, tu chico tiene razón. Lo que te hace falta es una persona con empuje, dinamismo y capacidad de trabajo. Y esa la tengo yo. Rita es mi mejor pieza, tiene amistades en todas partes y vale para un roto y para un descosido. Ella fue quien cogió el toro por los cuernos y consiguió remontar los pronósticos adversos. Y la que meneó el achuchón que les diste a los otros, eso fue definitivo. Me va a doler prescindir de ella, si te la ofrezco es por ser vos quien sois.

—Espero que sea buena de verdad.

El presidente soltó una carcajada.

—¡Te ofrezco lo mejor para tu hijo, tenlo por seguro! Hoy por ti, mañana por mí.

—¿Querrá ella? Ahora que te encumbró, exigirá su tajada.

—Ya sacó lo suyo, no te preocupes. Además, dentro del Partido acabó bastante quemada, la maquinaria electoral desgasta mucho y la mano dura genera más enemigos que amigos. ¡Alguno se alegrará de que se vaya!

—No sé…, igual era mejor un hombre para tratar con mi hijo.

—¡No lo menosprecies! Jaime es un chico listo, rarito, pero de tonto no tiene un pelo. O no habría sacado dos carreras. Lo que necesitas es encontrar a alguien con experiencia en gestión y comunicación, y esta tía vale mucho… ¡Y además está muy buena!

—No quisiera que me metieras una lagarta en casa, Jaime es un inocente y no ha catado hembra, a ver si me lo va a engatusar…

—Profesional, no encontrarás otra igual, te repito que, si estoy en lo más alto, es gracias a ella. Tiene montado un emporio de turismo rural cojonudo, que te invite y me avisas para ir los dos juntos. ¡Allí no falta de nada! Pero sin las mujeres, ¿eh? —Le dio un codazo.

—Mándamela, la entrevistaré yo. Por cierto, ando buscando socios para el negocio…

El trato quedó cerrado con un apretón de manos.

La noche anterior a la entrevista con la futura gerente, Jaime no pegó ojo. No le gustaba nada que su padre se hubiera entrometido en la selección de personal y, por lo que había deducido, la decisión ya estaba tomada.

—Es un compromiso —fue toda la explicación.

A la desconfianza mostrada, se sumaba la humillación. Consideraba una afrenta que le pusieran una mujer al frente de *su* empresa. ¡Las pompas fúnebres eran cosa de hombres! ¿Qué podía saber de tanatorios una publicista? O lo que demonios fuera.

—Un partido funciona como una empresa, ella sabe más que tú. Y no pongas tantas pegas, que te he conseguido inversores y al final tu proyecto verá la luz.

Eso también lo mantenía despierto: la posibilidad del fracaso.

No podía en forma alguna dejar mal a su padre. Si todo salía bien, sus amigotes recuperarían con ganancias el capital invertido y él sería un hombre respetado. Se estaba hablando de mucho dinero y, por lo que había oído en el despacho, la presión tributaria era muy elevada en un negocio como ese. Debía recurrir a la matemática financiera.

Se imaginó convertido en un empresario de fulgurante carrera, un *businessman*. De pronto se dio cuenta de que le faltaba lo más importante. Se levantó de la cama de un salto para conectarse a Internet y encargó un portadocumentos de piel, negro, por supuesto. Resuelto ese detalle fundamental, cayó en un agitado duermevela y se despertó obsesionado con el plumier a juego que había visto. Lo encargó también, junto con una cartera-tarjetero que completaba el conjunto.

Ya fuera de la ducha, tocó el timbre compulsivamente hasta que apareció la criada con el desayuno. Luego estuvo probándose trajes y dejándolos tirados, para desesperación de la asistenta, que corría detrás de él recogiendo prendas por el suelo. Decidió que el traje gris marengo con la pajarita roja de lunares le confería un aspecto entre respetable y bohemio, y ese fue el elegido, con una camisa gris claro. Se santiguó antes de salir, comprobando que cruzaba la puerta con el pie derecho. Contó las baldosas del camino que atravesaba el jardín, como cada vez que iba a casa de sus padres. Ciento veintisiete. Le indignaba que no fuera un número redondo. Si hubiera sido cosa suya, serían ciento treinta.

Tras limpiarse los pies en el felpudo, diez veces exactamente, abrió la puerta con sus llaves y oyó una voz desconocida seguida de una carcajada. Estuvo a punto de darse la vuelta.

Fue su madre quien salió a su encuentro y lo guio al salón, para desaparecer tras empujarlo dentro. La enorme habitación tenía salida directa al jardín y dos pisos de estanterías unidos por una escalera de caracol. Se trataba de una biblioteca especializada en textos jurídicos y colecciones legislativas, reminiscencia de un tiempo en el que el papel era el soporte rey. El sol que entraba por la cristalera iluminaba a la mujer que, con una mano apoyada en el piano y de espaldas a él, mantenía una animada conversación con su padre. La luz la envolvía creando a su alrededor un halo. Era casi tan alta como su padre, así que sería como él, pues Jaime había heredado su estatura.

Quedó clavado al suelo.

—¡Ah! Ya estás aquí. Te presento a Rita, la persona que necesitas. Viene recomendada por el propio presidente, así que espero que os llevéis bien.

Ella se dio la vuelta con una amplia sonrisa y Jaime claudicó ante sus encantos. Sus ojos separados, el arco de sus cejas, sus labios rojos y carnosos, aquella melena pelirroja y ondulada, aquellas curvas… ¡era Sand Saref, la novia mala malísima de *The Spirit*! Inmediatamente, él se encarnó en el enmascarado Denny Colt, de él también tenía un traje. Y otro de Batman, de Superman, del Capitán América, de Thor..., ninguno de chica. El de Black Widow le sentaría como un guante y le encargaría a su modista otro de la princesa Leia...

—¿Qué tal, don Jaime? —Rita alcanzó su posición de una zancada y le plantó un beso en cada mejilla.

—En... encantado —dijo fascinado. Se secó las palmas de las manos en el pantalón discretamente.

—Parece tonto, pero no se fíe: es solo la primera impresión.

Jaime le lanzó al fiscal una mirada asesina.

Rita hizo como que no lo había oído. Ahí se lo ganó.

—Creo que lo mejor será que nos sentemos, don Jaime, y me explique el alcance de su proyecto en líneas generales. Se trata de un campo nuevo para mí y, antes de proponerle nada, conviene que me familiarice con él.

—Trátame de tú, por favor...

—Sentaos ahí, yo me quedo de pie.

Se acomodaron frente a frente. Jaime le habló sobre lo mucho que estaba cambiando el sector y lo obsoletas que estaban las instalaciones existentes. Le expuso la situación legislativa, que dominaba de cabo a rabo, y sus aspiraciones concretas. Ella tomó notas y realizó algunas preguntas. Cuando Jaime acabó, Rita cerró la libreta, le pidió una semana para analizar el mapa funerario y se despidió. El encuentro duró apenas media hora.

A los siete días, volvió.

Esta vez, Jaime la recibió en el bufete, quería que aquellos abogaduchos de medio pelo que se mofaban de él a sus espaldas la vieran, que supieran que no se la inventaba. Aquella mujer, por la que cualquier hombre mataría, iba a trabajar para él.

El que parecía tonto. *Yo, Claudio.*

En aquella segunda reunión, para sorpresa de Jaime, que no esperaba tanta diligencia, Rita le presentó ya un plan:

—El dueño del Tanatorio de la Villa está a punto de jubilarse, será fácil comprárselo. Como sabes, está en pleno casco antiguo, cerca del Cementerio Mayor. Con la expansión urbana, esa colina se ha convertido en un lugar visible y bien comunicado. Me parece el asentamiento idóneo, frente a otros posicionamientos más caros, alejados o limitados en espacio.

»Alrededor hay un cinturón de terreno protegido y justo ahora se está revisando el Plan General de Ordenación Urbana. Con que la mitad se hiciera urbanizable nos bastaría, eso habría que atarlo con el alcalde, es también del Partido, no habrá problema. Para conservar el edificio actual habría que reformarlo por completo, no está catalogado como histórico; por tanto, no hay nada que conservar. Yo lo plantearía como un crecimiento modular y, a la larga, me desharía de él.

—Pero… todo eso costará mucho dinero, ¿no? —Jaime era incapaz de calcularlo.

—¿Tengo el presupuesto limitado? Tu padre me mandó pensar en grande…

—Vía libre, entonces.

—También creo que deberíamos ampliar el objeto de la empresa, abarcar la prestación de servicios funerarios en un sentido integral. Le estoy dando vueltas. No vamos a inventar la rueda, debemos partir de lo más moderno que exista para mejorarlo, y eso precisa viajar y conocer éxitos y fracasos *in situ*. Quería pedirte más tiempo y un adelanto para comprobar la viabilidad del plan.

—¡Lo que necesites! —concedió Jaime entusiasmado.

Rita dedicó varias semanas a introducirse en el sector. Para su sorpresa, detrás de las pompas fúnebres se escondía un gran negocio, en función de la variedad y la percepción de la muerte en cada colectividad. Descubrió que la envejecida sociedad occidental tenía en común una preocupación de carácter ético: el derecho de toda persona a disponer de su vida y a elegir, libre y legalmente, los medios para finalizarla. En algunos países se había avanzado más que en otros —protestantes versus católicos—, pero la tendencia mayoritaria en las encuestas era favorable en todos a la eutanasia. Sobre este punto giraban las políticas y las peticiones.

El resto eran adornos.

Si querían dar la campanada, no se trataba solo de ofrecer féretros de colores o entierros con mariachis. Tras un mes de consultas, contactos relevantes y cálculos, volvieron a reunirse.

—Te propongo multiplicar por diez la inversión y la rentabilidad, aumentando el concepto de la oferta. El Grupo Memento Mori será una sociedad de empresas de servicios funerarios, algunos prestados de forma directa, parte externalizados y otros realizados mediante alianzas y convenios con otras empresas y algunas instituciones.

Aquello le encantó a Jaime. Era excelente para sus fines.

Rita le presentó un presupuesto con una escandalosa cifra final de ocho dígitos. Cuando Jaime se lo pasó al fiscal superior, su excelentísima puso el grito en el cielo. Pero el proyecto estaba bien fundamentado y ofrecía sustanciosos beneficios a medio plazo, así que terminó siendo bien acogido y los socios fundacionales participaron con más capital del previsto. Antes de que Memento Mori estuviera inscrita como empresa en el Registro Mercantil, Rita ya se había hecho imprescindible para Jaime, transformando su existencia como un vendaval.

Tenía las ideas muy claras. Y lo demostraba con creces.

Memento Mori

Don Olegario nos reunió en su despacho visiblemente excitado.

—Estaba estudiando a qué tipo de jubilación acogerme cuando Inés me anunció una visita. Le dije que pasara y, precedida por el sonido de sus tacones, Gilda entró en mi despacho para cambiar vuestras vidas.

—Gilda no sería —le contradije.

—¡La propia Gilda! —insistió el dueño del Tanatorio de la Villa—. Con aquellos tacones, cada paso le sonaba como si el bastonazo de un lacayo la precediera. Al presentarse, hizo una leve inclinación, dejando caer el flequillo sobre la cara y con la misma sensualidad con que Gilda se quita el guante en la película, me tendió la mano desplegando una sonrisa de esas que derriten. Yo le extendí la mía y me la estrechó mientras bordeaba la mesa para darme dos besos. Tuvo que agacharse, ¡me saca más de una cabeza! Si pudieras oler su aroma a jazmín… Me dijo que le habían hablado muy bien de mí.

—¡Tenías que haberla visto, Claudia, de verdad! —interrumpió Inés—. Es como un anuncio. No había debajo de su ceñido vestido una línea recta ni curva fuera de lugar.

Rita se había presentado como la gerente de Memento

Mori, una nueva empresa integral de servicios funerarios, para hablar con don Olegario en representación de su director:

«Somos jóvenes, pero con las ideas muy claras. Hemos realizado un estudio y creemos que el Tanatorio de la Villa, por su tradición y localización, es el lugar indicado para desarrollar el proyecto innovador que tenemos planteado. En esos difíciles e inevitables momentos en que sufrimos la pérdida de un ser querido, la concepción tradicional de tanatorio ha quedado superada...».

Don Olegario la interrumpió:

«Si viene a venderme un horno, ya le digo que no invierta su tiempo en vano».

«No vengo a vender, sino a comprar. Deseamos adquirir su tanatorio para ampliarlo, tanto en terreno como en instalaciones y prestaciones.»

«Tengo otra oferta...», acertó a balbucir don Olegario.

«Lo sabemos.»

«¿Han hablado con Bendición Eterna?»

«Sí, y esta sigue siendo nuestra opción preferente.»

«Claro..., aquel les saldrá mucho más caro, es más grande y no necesita reformas...»

«No es una cuestión de dinero. Cuando terminemos de acondicionar su viejo tanatorio, Bendición Eterna se habrá devaluado tanto que nos lo regalarán. —Rita sacó un folio de su cartapacio—. Este es el precio que le ponemos a su negocio, don Olegario.»

—Le eché un vistazo y casi me desmayo —nos confesó nuestro jefe—. El ofrecimiento supera con creces mis expectativas. Con ese dinero Abelardo y yo podremos retirarnos al pueblo, levantar un palacio en la vieja mansión y dedicarnos a hacer bolillos hasta que nos quemen las yemas de los dedos.

—¿De dónde ha salido ese grupo? —preguntó Víctor.

—Jamás he oído hablar de él, debe ser de nueva creación.

—¿Quién estará detrás? ¿Una multinacional? —afinó Inés.

—¿Una empresa de seguros como en Bendición Eterna?

—¿Serán gente formal? —quiso saber Rosa.

—¡Tranquilidad! —nos rogó don Olegario—. Si no cumplen, siempre podré demandarlos.

—¿Está incluida nuestra subrogación? —pregunté yo.

Si nos quedábamos en el paro nos resultaría difícil encontrar trabajo. Andábamos rondando los cincuenta, cinco arriba o abajo. Yo tendría menos problemas, por mi profesión y mi reputación, pero Víctor era ya un hombre mayor incluso para hacer de chófer. ¿Y la pobre Rosa? Llevaba la floristería como autónoma y tenía a sus padres a su cargo. Por no hablar de Inés, con sus dos enanos, siempre a la última pregunta.

—Puse como condición que os contrataran. Si no os incluyen en el pliego, no habrá trato. Su idea es contar con una plantilla reducida y externalizar la mayor parte de los servicios, pero lo consideran negociable.

Salimos de aquella reunión aturdidos y, antes de que fuéramos capaces de asimilarlo, don Olegario volvió a reunirnos para despedirse. En menos de una semana, Rita había aceptado su propuesta.

—Me han garantizado que os mantendrán en vuestros puestos, incluso a ti, Rosa, aunque nunca hayas pertenecido a la plantilla. Lleváis años reclamando modernidades y me temo que quedaréis hartos, es gente competente y con mucho dinero. Realizarán una reforma profunda, pero os necesitan: saben mucho de empresas, pero poco de pompas fúnebres.

Organizamos la cena de despedida en el lujoso restaurante donde habíamos realizado durante años las celebraciones. Fue una reunión emotiva, plagada de anécdotas del pasado e interrogantes sobre el futuro.

Alguien sacó mi viaje a México, siempre tan aplaudido, y don Abelardo me pidió que lo volviera a contar, por si no tenía oportunidad de escucharlo otra vez.

—Al morir mi madre y con permiso de don Olegario, me tomé unas largas vacaciones. Ya había iniciado mi idilio con la muerte, así que no encontré mejor lugar que la tierra de Frida Kahlo. La película *Bajo el volcán* de John Huston me había impactado, pero luego había leído la novela de Malcolm Lowry, y vivir el Día de Muertos en México se convirtió en una obsesión. Por no contar que había empezado a darle al tequila para sobrevivir y que soñaba con encontrarme con Chavela Vargas en un tugurio.

—¡Esa es mi Claudia! —Aplaudió don Abelardo.

—Todo lo que hayáis visto en el cine, los documentales, fotos…, todo es poco. Para empezar, los olores. Y después, el colorido. Recordaréis que antes de ese viaje yo siempre vestía de negro; unas me tachaban de siniestra, otras de gótica, pero yo, sencillamente, creía que era un color que adelgazaba. —Se rieron acordándose—. Desde entonces, no les tengo miedo a los colores chillones.

—¡Tú no le tienes miedo a nada, Claudia!

—Bueno bueno. El caso es que yo estaba embriagada, entre los olores de las flores y los cirios, el calor, el sudor, el alcohol que me corría por las venas, las calaveras de azúcar, el pastel de calabaza…, ¡a mí que me sienta tan mal lo dulce!

—¡Y perdiste la cabeza!

Esa era la parte que más les gustaba. Cómo me había unido a la fiesta hasta acabar en una carroza engalanada, totalmente vestida de blanco y con una calavera a modo de caperuza… que casi me ahoga.

—Me quedaba justa y en algún movimiento de aquel baile dionisíaco se movió tapándome los ojos. Intenté quitármela, pero cuanto más me retorcía, más poseída creían que bailaba, y me jaleaban animándome a seguir. Hasta que caí de espaldas y se rompió, dejándome alelada. Amanecí en brazos de una cholita y, con los restos de aquel capuchón de barro inicié mi colección de máscaras de cerámica. Milagrosamente, la cara se salvó.

—¡Tú sí que eres la Novia de la Muerte, Claudia!

Daba gusto intervenir ante un público tan entregado. A los postres intervino Víctor, en su condición de trabajador más antiguo:

—Don Olegario, usted siempre ha sido un padre para nosotros, que hemos criado canas e hijos a su lado. Nunca nos faltó la cesta de Navidad ni un sobre por nuestro cumpleaños, sin contar con su generosa interpretación del convenio. Agradecemos su empeño personal por traspasarnos a la nueva empresa, y nunca olvidaremos lo que hizo por nosotros.

—Es lo menos después de tantos años juntos. Sois mis empleados, pero también mis amigos, mi familia... —A nuestro jefe se le quebró la voz.

Mientras don Abelardo aplaudía, Rosa lloraba. Inés también echó la lágrima, en este caso embargada de agradecimiento. A mí se me puso un nudo en la garganta y procuré no mirar a Víctor, que se secaba discreto los ojos con un pañuelo. Habían sido años de camaradería y lealtad donde las distancias no habían impedido la confianza. Salíamos de flotar en una pecera a nadar a mar abierto.

El vértigo estaba servido.

Después de la cena nos fuimos a una discoteca ochentera y no nos quedó pieza por bailar. Don Olegario y don Abelardo llamaban la atención, tan atildados los dos, con sendos claveles en los ojales y los pañuelos bordados asomando de los bolsillos superiores, uno con la inicial en rojo y otro en violeta. Se notaba que era su día.

Nos retiramos cuando el reloj marcó las cuatro de la mañana, tras pasar la última hora sentados en el banco de un parque, acompañados por los trinos de los estorninos y rememorando los viejos buenos tiempos.

Una nueva etapa comenzaba.

Dining room

El nuevo director tomó posesión del despacho de don Olegario, acondicionaron la sala de visitas como despacho de la gerente y reformaron la sala de reuniones, que nunca se usaba. A partir de entonces, reuniones no faltaban, aunque nuestros nuevos jefes las llamaban *meetings*. Nosotros cuatro nos habíamos convertido en *staff*. Tras unos días cerrada por obras, la zona común de personal —ahora *Members only*— volvió a abrirse. Pegada a la puerta del comedor pusieron una placa dorada: «*Dining room*».

—Es un anglicismo innecesario —comenté al verla mientras abría.

Inés y Rosa, que venían hablando detrás, no pudieron evitar exclamaciones de sorpresa.

—¡Me encanta el color aguamarina de las paredes! Es muy relajante…

—¡Han renovado los electrodomésticos!

El microondas, la nevera y la cafetera estaban recién desembalados y habían instalado una vitrocerámica y un fregadero. La mesa y las sillas, de color marfil, también eran nuevas.

—¡Vaya! ¡Esto se llama pensar en los empleados, sí, señora!

—¡La cosa promete!

—¿Tendremos que aprender idiomas? —preguntó Rosa asustada.

—¡Vete acostumbrándote! Si lo de reunirnos en un *working meeting* para hacer un *briefing* me ha dejado seca, lo de la *brainstorming* todavía lo estoy asimilando —contesté con recochineo—. ¡Hasta yo acabaré hablando inglés!

Rieron a carcajadas, a sabiendas de la manía que le tengo a ese idioma.

No es que no lo chapurree, qué remedio, es necesario para viajar, pero el léxico castellano es muy rico en términos que están quedando en desuso, mientras soltamos extranjerismos, víctimas de la invasión cultural que sufrimos. Como Halloween. Me parece fatal mezclar las brujas con los difuntos, es un sincretismo cristiano del rito celta de Samhain que junta churras con merinas. La Noche de las Ánimas me gusta mucho más. La correspondencia entre los ritos paganos y los cristianos era un capítulo de mi ensayo sobre la muerte, que tenía paralizado.

Desde que Memento Mori nos había comprado, con asumir las novedades no me quedaba resquicio para nada más. Cada reunión suponía una revolución que alteraba la tranquilidad cotidiana y, aunque nos mostrábamos expectantes, no podíamos evitar cierta prevención. La del día anterior había sido otra sesión maratoniana.

—A mí me resultó muy interesante —valoró Rosa muy seria—. Rita promete ser una jefa excelente. Según dice, la floristería formará parte de la empresa, con su propio taller dentro del nuevo edificio, y piensa hacerme indefinida. ¿Os imagináis?

—¡El día que firmes ese contrato lo vamos a celebrar por todo lo alto!

La puerta del comedor se abrió.

—¿Qué vais a celebrar, viejas glorias?

—¡Víctor! —saludamos a coro.

—¡Que Rosa va a dejar de cotizar como autónoma! —canté ante el regocijo general.

—Pues yo tengo otra sorpresa...

—¿Qué pasa? ¿Cuál es? —preguntamos a coro.

—¡Voy a tener una compañera!

—¿Una conductora mujer? —pregunté incrédula. Hasta la fecha, los conductores de funeraria habían sido hombres—. ¡Bien! —Estallé alzando el puño—. ¡Una conquista más! ¿Os conté lo que tuve que luchar yo para entrar?

—¿Otra vez? ¡Por favor! —Inés me tiró la servilleta.

—¿Y ya conoces a tu nueva compañera?

—Aún no, pero ya puede ser hábil conduciendo, del tanatorio al cementerio se forman buenas caravanas. Y meter y sacar el ataúd del coche, aunque te ayuden las ruedas desplegables del armazón, exige músculo cuando no existe acceso rodado en destino. Otras veces los deudos se disputan a ver quién coge la caja y hay que imponerse. Y siendo una mujer, igual la toman por el pito del sereno. Hay que conseguir que te obedezcan sin que se note, y para eso hace falta...

—¡Cortesía y carácter! —coreamos riendo porque Víctor siempre nos contaba lo mismo.

—Por cierto, ¿no os parece que el nuevo director es un sujeto muy raro? Tiene un aspecto como amedrentado, de los que jamás te miran de frente, para mí que le dan yuyu los muertos. Y los tengo vistos con mejor color, os juro que me apeteció maquillar su cara de merluza congelada desde que lo vi.

—Aparenta cuarenta años, aunque debe tener menos —calculó Víctor—. Rita es más joven, pero lo dobla en experiencia.

—La compañía es potente y va en serio. En el nuevo edificio están previstas más de treinta salas de vela con aseo independiente y espacio de *catering*, y tres salones destinados a ceremonias de despedida, uno modulable con cabida hasta para quinientas personas. Estamos hablando de muchísima inversión —resumió Inés, nuestra quinta columna en la gerencia.

—A mí me parece magnífico que aumenten la flota y, sobre todo, los comerciales. Como conductor funerario, nunca me gustó recorrer los hospitales persuadiendo a celadores y enfermeros para que nos avisaran de los fallecimientos. Don Olegario era un tacaño en ese sentido, no les daba ni un bolígrafo por Navidad y luego protestaba si los de Bendición Eterna se llevaban más clientes. ¡Ellos siempre se movieron mejor y tuvieron más detalles!

—Don Olegario era buena persona, algún mes no le pude pagar el alquiler y me lo perdonó hasta que tuve liquidez —dijo Rosa.

—No sé..., algo me dice que los echaremos de menos, a él y al viejo tanatorio —barruntó Inés con su pesimismo habitual—. Me da pena que le cambien el nombre...

—¿No es un poco pretencioso Tanatorio de la Corte?

—Le da más glamur, según Rita —precisó Víctor.

Rita era el sujeto de dos frases de cada tres que pronunciábamos. Rita, la cara visible del nuevo régimen y su jefa directa. Rita, con su vocabulario de Escuela Superior de Marketing, con su capacidad indiscutible de mando y organización, con su maña para convencernos y atraernos a sus filas, con su labia para disipar nuestras dudas.

La gerente nos había explicado que el Tanatorio de la Corte no iba a limitarse a acoger duelos, nuestros servicios funerarios acompañarían a las personas que fallecen en sus últimos días y a sus deudos tras el óbito. Nuestras reuniones periódicas (perdón, *working meetings*) nos permitirían conocer las nuevas prestaciones antes de incorporarlas a la web. Y cada uno recibiría la oportuna formación.

Internet. Esa era otra.

Don Olegario renegaba de la informática. En el Tanatorio de la Villa solo Inés tenía un ordenador. Los formularios seguían rellenándose a mano y la mayoría de los trámites se realizaban por teléfono o a través de un anticuado fax. Por el contrario,

Rita solo hablaba de oficina digital, expediente electrónico y automatización de procesos:

«El objetivo es eliminar poco a poco el papel hasta llegar a cero, y eso pasa por establecer procedimientos telemáticos. Se ahorra dinero y espacio y se aumenta la productividad. Estamos en el siglo XXI, ¡no sé cómo podíais funcionar así!».

De esa reunión salimos bastante abrumados.

—Cuando ha dicho «procedimientos telemáticos», me sonó a «telepáticos» y ya me veía haciendo levitar las coronas —comentó Rosa con su ingenuidad.

—Ya tenemos cuatro empresas contratadas —informó Inés refrendando su puesto privilegiado—. Y me ha pedido que cite a los comerciales de los hornos crematorios y a los de Mercedes y Audi. Entre visitas, reuniones y andamios con obreros, la oficina parece el camarote de los hermanos Marx. He contactado además con dos Empresas de Trabajo Temporal. ¡Seremos un montón!

A Víctor le sonó el móvil y se apartó para contestar.

—Un servicio me reclama, compañeras. *Ciao ciao.*

—Rita es una tía maja, démosle una oportunidad —insistió Rosa siguiéndole con la mirada mientras salía—. ¡Pero a ver si resuelve lo mío pronto! La incertidumbre me sienta fatal, ya sabéis que se me pone un nudo en el estómago y no me entra la comida. Me pasó cuando tuve que ingresar a mis padres en la residencia o cada vez que termino una relación. Me entra una angustia devoradora.

—Tú tienes dentro un horno *karmatorio,* ¡un quemador de karmas! —me reí de ella—. Tus novios te duran poco porque les chupas la energía positiva.

—Igual llevas razón. A lo mejor es para compensar lo que veo a diario. No es lo mismo vender flores aquí que para una boda, un cumpleaños o San Valentín. En la floristería de mi madre el negocio estaba en las celebraciones, una vez que llega la muerte no hay nada que celebrar.

—Relativamente. Para la persona fallecida es una fiesta, se acabaron mentiras, responsabilidades, preocupaciones, aburrimiento, deudas... pero ¡hay que escuchar a los vivos cuando llegan a administración!: «Ahora nos quedamos sin la pensión del viejo, ¿tendrá un seguro que cubra los gastos del entierro?», «Yo, a tu cuñado, no lo pondría en la esquela», «¿Venderemos la casa? Hay que mirar las cuentas, a ver cómo hacemos para que no se lleve la mitad Hacienda», «¿Incineración o enterramiento?».

—En ese sentido, si muere alguien joven lo notas enseguida, son escenas mucho más dramáticas, como las de un accidente o un asesinato.

—¡Los feminicidios y los infanticidios son lo peor! Por lo menos, en cuanto a mí respecta... —Me sonó el móvil—. ¡Víctor! ¿Dónde estás?

—Tardaré bastante, menudo jardín. Una madre y un hijo; ella con 27 años degollada, y él, un bebé de seis meses, lanzado por el balcón desde un séptimo piso.

—¡Vaya! Si antes hablo... ¿Ya levantaron los cuerpos?

—¡Qué va! Apareció una médica con la ambulancia, pero el juez de guardia parece que tenía otra urgencia. Seguro que decide realizar las autopsias y eso que las causas se las puede contar el vecindario que está aquí delante amotinado. El sujeto era una bestia parda, por lo visto la mujer tenía varias denuncias puestas y había conseguido una orden de alejamiento, pero como si nada.

—¡Joder joder joder!

Convivir con la muerte no te hace inmune. Al contrario.

Ante casos como este, demasiado frecuentes, me encantaría tomarme la justicia por mi mano. Convertirme en la Doctora Muerte y acabar con los asesinos embalsamándolos vivos.

—A ver si aparece alguien y tengo pronto el certificado para comunicar la defunción al Registro Civil. Te mando los datos que he recabado sobre ella, dile a Inés que vaya mirando si es donante de órganos y si tiene seguro de cobertura de fallecimiento. Habrá que ponerse en contacto con la familia e ir consiguiendo autorización para el traslado, procede de un pueblo remoto, digo yo que querrán enterrarla allí...

Hasta entonces, Víctor se encargaba de los trámites previos, enseñaba las salas a los deudos, los ayudaba a elegir el ataúd, reponía los libros de recordatorios, los bolígrafos, las cajas de pañuelos... En ausencia de Inés, él o yo misma redactábamos las esquelas y hasta organizamos alguna ceremonia. Incluso me ayudaba a maquillar cuando estaba apurada.

—¡Y a ver cómo me apaño ahora! —estaba quejándose Inés a Rosa—. A don Olegario le pedía un día y a veces no necesitaba ni recuperarlo. Y si tenía un apuro con los críos, cambiaba el turno. Mientras estuviera pendiente del busca, no le importaba...

—Chicas, volvamos al curro. El día se ha complicado: una joven y su bebé... ¡Maldito cabrón!

Ante una tragedia similar, no me preocupaba mi trabajo, era cuestión de tiempo, ingenio y material. Lo peor es que *lo otro* también sucedería. Seguía sin contárselo a nadie. Desconocía si era un don o una desgracia, pero siempre se repetía cuando el suceso era truculento. A veces eran fogonazos, imágenes sueltas, como fotografías de las escenas; en otras ocasiones pasaba delante de mis ojos la película completa, una secuencia de fotogramas a todo color.

En este caso, fue un filme de terror.

Víctor tardó en llegar con los cuerpos. El del pequeño apenas resaltaba dentro de la funda. Los dejó en sendas camillas y fue a buscar los ataúdes. Oí las ruedas de los carros donde traía dos de los modelos más básicos.

—Nadie se ha hecho cargo, deduzco...

—No tiene seguro y la familia no responde. Habrá que ver a quién le pasamos la factura... Me voy con Inés a arreglar el papeleo. ¿Necesitarás ayuda?

—Tranquilo, no se van a mover. —Un viejo chiste entre nosotros.

Me tomé mi tiempo para alinear las bolsas y colocar los cadáveres a la misma altura. Nunca más volverían a estar tan juntos. Bajé las cremalleras lentamente, primero la de la madre, luego la del chiquitín, mientras sentía cómo se acrecentaba el inconfundible zumbido en los oídos, tan intenso como una colmena, tan punzante como un aguijón. Se parecían madre e hijo, ambos eran rubios, de piel blanca y suave…, allí donde se adivinaba entre los morados. La epidermis desnuda y azulada de la joven estaba magullada por múltiples contusiones y laceraciones añejas. Dejé que mis manos descansaran sobre sus cardenales y cerré los ojos.

Ahí están los dos, ella arrullándolo en brazos, después de darle de mamar y antes de meterlo en la cuna. El bebé, con la sonrisa flácida de satisfacción y sonrosado como un lechoncillo, eructa sobre su hombro. Ella le da palmadas en la espalda y le canta una canción, muy suave al oído, sobre barcos veleros y soles y nubes blancas. De repente, se pone rígida. La llave en la cerradura, los pasos. Aprieta fuerte al bebé, tan fuerte que llora. Y su llanto desata los infiernos. O podría haber sido cualquier otra futilidad. Da igual. De la insignificancia al drama no media mucho.

Empiezan los gritos.

Quiere arrancarle al niño de los brazos, pero ella no se deja. Tiene miedo. El crío llora cada vez más fuerte. El miedo es contagioso. Se suceden los insultos, las amenazas, los golpes. Ella resiste, pero no lo suficiente. Él logra arrebatarle al pequeño. Y con una mueca salvaje lo lanza por la ventana. Ella suelta un alarido desgarrador, sus entrañas se han partido en dos y nada tiene que perder. Se echa encima del hombre con un cuchillo, nunca peleó y tampoco sabe defenderse. No llega a rozarlo, él se lo quita con una mano y con la otra le tira del pelo hacia el suelo hasta arrodillarla. Exuda maldad. Se cree un dios todopoderoso. Y le secciona el cuello. Luego arroja el cuchillo y sale corriendo escaleras abajo, dejando la puerta abierta. Un vecino se asoma, fuera suenan las sirenas. La cabeza que estoy acariciando reposa en un charco…, es sangre lo que apelmaza su pelo.

Abro los ojos, estremecida. Enchufo la manguera.

No sé si son poderes paranormales o paranoias de chiflada. En un accidente mortal de coche sería capaz de reproducir la última conversación de las víctimas o la música que llevaban puesta. A veces me da miedo, pero me ayuda a comprender mejor a los difuntos. Puede que sean ellos quienes me utilizan como hilo conductor. Tras una tragedia, algo queda en suspenso, inconcluso. Por alguna razón, yo puedo verlo. Quizá les baste con eso para alcanzar la paz.

Cuando terminé, me acerqué a la floristería. Allí estaban Inés y Víctor, aunque ya era tarde.

—Se llamaba Juana —dijo Rosa con voz temblorosa—, y el pequeñín, Iván. Me lo contó una vecina entre lágrimas mientras escogía el ramo. El que los mató era su pareja, y el padre de la criatura. Está en busca y captura.

—¡Canalla!

—Compró el ramo más sencillo, pero le añadí un extra, ¡pobres míos! —Empezaron a rodarle las lágrimas.

—Eres todo bondad, Rosa. Serán las únicas flores que tengan…

—¿Y tú? Echaste casi más de cuatro horas, Claudia, ¿cómo han quedado?

—Me costó trabajo, pero creo que he conseguido una obra de arte. Le pedí a Rita que bajara a tanatopraxia para verlos, pero no tuvo valor. En algunas zonas utilicé la nueva arcilla de modelar y un relleno flexible, recién salido al mercado, y quería enseñarle el resultado.

Cada poco aparecen nuevos materiales, muchos derivados de los efectos especiales en el cine. A mí me gusta probarlos, ver su consistencia, su ductilidad. Y en casos como el del bebé, de reconstrucción total, es donde mejor se ponen a prueba. ¡Don Abelardo sí que me entendía! Él era como yo: amante de las cosas bien hechas.

—¿Y no querrías enseñarle otra cosa a Rita? —dijo Víctor guasón—. Confiesa que la gerente te atrae...

—¿Tanto se me nota? —Sonreí cazada—. Pues sí, es cierto. Te apuesto a que es una fiera en la cama, si se bajara de esos tacones le enseñaría un par de cosas.

—Mujer, no sé cómo dices eso, a ver si te oye… —me riñó Rosa—. Además, ¡está casada!

—Nunca me metería yo en semejante avispero, pero ella es un animal sexual, respira feromonas por cada poro.

—El director babea a su paso —informó Inés bajando la voz.

—Jaime parece un ánima en pena, no se le levantaría ni aunque se la chupara —dije convencida.

—Echan horas en el despacho a puerta cerrada, ¡no me extrañaría!

—¡Lo dices por provocarme! Ella es fruta prohibida, lo sé, pero da para hacerse una paja. ¡Y qué más quiero a esta edad!

—¡Yo ni eso puedo, con los chiquillos todo el día encima! —se lamentó Inés.

—¿Y tú, Rosina? ¿Ya has comprado el succionador de clítoris o te lo ponemos para Reyes?

Nos miró escandalizada.

—Mira que sois brutas… —la defendió Víctor—. Dejad en paz a Rosa.

De alguna forma teníamos que liberar la tensión acumulada.

El Tanatorio de la Corte

Los planes de Jaime se iban cumpliendo.

A medias.

Contradiciendo su primera intención de escaquearse de la oficina, Jaime acudía a diario al tanatorio solo por ver a Rita. Nadie lo había mirado con aquellos ojos en su vida. Ninguna mujer sonreía, olía ni hablaba como ella. Poco acostumbrado al trato con el otro sexo, a veces la creía fruto de su imaginación. Pensaba en ella a todas horas, pese a las advertencias de su progenitor:

—Hemos contratado al mejor profesional, pero tiene el defecto de ser mujer. Como todas, intentará embaucarte para quedarse con tu dinero, no dejes que se arrime a ti. Es una trepa.

Bastó que su padre se lo prohibiera para que Rita se convirtiera en una obsesión y que la considerara peligrosa supuso un acicate extra. Jaime dedujo, correctamente, que a ella la habría advertido: «Nada de liarte con mi hijo», y esa amenaza justificaba que no se hubiera arrojado todavía a sus brazos.

Un día la había escuchado, tras la puerta cerrada, comentarle a Inés:

«A mí me gustan los hombres más altos que yo, eso lo descubrí después de haberme casado, mi marido apenas me llega a la barbilla…».

Y él podía estar en baja forma o le sobrarían unos kilos, pero si se estiraba, le sacaba a Rita una frente. «Seguro que lo dijo para que yo la escuchara. Tampoco estoy tan mal, tengo altura, cabeza y pasta, ¿qué más se puede pedir?» A ella le gustaba, estaba claro. Y estaba harto de tratar con señoritas de compañía. Esperaría a que cediera.

El primer día Rita ya se dio cuenta de que trataba con alguien muy especial.

—¿Sabes los gérmenes que tiene un periódico? Microbios, bacterias, hongos, ácaros, virus…, todos los que anidan en las manos de la gente que lo ha tocado hasta llegar a ti. La mayoría de las enfermedades se transmiten así y cualquiera de esos cadáveres podría transportar algún microorganismo contagioso mortal. Necesito la máxima higiene a mi alrededor y mi despacho ha de ser desinfectado a diario. Exijo que únicamente tú te relaciones conmigo, así garantizamos la inmunización.

Rita era fan de las películas posapocalípticas, pero Jaime la dejó desconcertada. ¡Menuda majadería! No obstante, al gusto del consumidor, el caldo. Y si solo quería verla a ella, incluiría en su nómina «la exclusividad en el trato con la dirección», por no poner «funciones de secretaria de despacho», que le parecía ofensivo. Se había asignado un jugoso sueldo bruto abierto a complementos, con dietas al margen. Le salía rentable encenderle el ordenador al jefe por las mañanas. Para dar apariencia de profesionalidad, le dejaba abierta la página de las esquelas.

Jaime entró en el edificio contando los pasos que lo separaban del coche. Le alegraba que fueran un número par. Cruzó el umbral con el pie derecho, mientras se ajustaba la corbata al cuello y alisaba la chaqueta del traje, estirando los puños y colocando los gemelos. La misma secuencia de todas las mañanas.

Invariable.

Se detuvo ante las pantallas azules. Ni una sala libre. Por la edad de las personas difuntas aquel lleno obedecía a los estragos de la gripe, menos mal que habían repartido por el edificio dispensadores de líquido desinfectante para las manos. Sacudió la cabeza mientras se las limpiaba de forma mecánica en el más cercano a la entrada. Había familiares tensos obstaculizando los pasillos, esperando a que les dieran paso a las salas.

Estaba claro que la ampliación era necesaria. Una vez realizada, pondría en marcha su estratagema. Tenía muchos planes para cuando fuera rico. No se imaginaba su padre de lo que era capaz.

Saludó a Inés sin levantar la vista, apretó el paso al cruzarse con Claudia y, nada más cerrar la puerta de su despacho, se aplicó más líquido en las manos. Hizo recuento: había tocado cinco pomos. Rita le había prometido un acceso directo al despacho en las nuevas oficinas, a diez pasos del coche, ni uno más ni uno menos. Y una puerta que se abriera con mando. Para eso era el jefe.

Accedió a su silla por la izquierda de la mesa. Sacó el móvil del bolsillo de su chaqueta, lo limpió con una toallita especial y lo colocó paralelo a la carpeta, a su izquierda. Luego le puso una funda de plástico al ratón —cada día estrenaba una— y activó la pantalla. Ante él, las esquelas. Se dispuso a calcular cuántos habían realizado las exequias en el suyo y cuántos en otros tanatorios. Lo llamaba pomposamente «estudio de mercado». Emulando a Rita.

A medida que se involucraba en el negocio, fue abandonando los horarios de trenes, atraído por la variedad de códigos, medidas, formatos, tamaños, materiales, tapizados, calidades de los ataúdes. En pocos días ya era capaz de recitar de memoria el catálogo de revestimientos: poliéster, seda china, raso, satén, terciopelo, vinilo xerografiado, luminoso en la oscuridad…, aunque todavía no había visitado el almacén, en cuyas altas estanterías las cajas se alineaban desde el suelo hasta el techo, organizadas rigurosamente por códigos y medidas. El olor a formalina de la vecina sala de tanatopraxia lo disuadía.

Y Claudia lo ahuyentaba. ¿Qué mujer podía dedicarse a aquel trabajo? A Rita tampoco le gustaba, era como él. Almas gemelas.

Transcurridos quince minutos exactos desde que cerrara la puerta, la eficaz y solícita gerente entró con una taza humeante sin verter una gota. Jaime la contempló con creciente admiración. No sabía cómo se las arreglaba para llevar además una carpeta bajo el brazo y sostenerse sobre aquellos tacones.

«Si me llegan a decir que, después de encumbrar un candidato inútil a presidente autonómico, serviría cafés a un inadaptado, habría negado cualquier posibilidad», pensó ella mientras se forzaba a recordar el plus que le suponía sonreírle diligente en lugar de tirárselo hirviendo por encima, como le apetecía.

—Buenos días, Rita. ¿Qué me traes? —Jaime aspiró su embriagador aroma a jazmín y rosa, preguntándose qué colonia usaría.

—Las reformas se han acabado y el plazo para presentar propuestas arquitectónicas ha concluido. Supongo que las habrás estudiado; si no, las repasamos juntos.

Rita extendió las cuatro ofertas recibidas sobre la mesa. Seleccionó una y la abrió, mostrándole la infografía del final con una cuidada uña roja, a juego con el carmín indeleble de sus labios. Lanzándole su aliento a menta fresca, resumió:

—Convendrás conmigo en que la de la pirámide es la idea más atractiva. En mármol rosa y cristal será visible desde cualquier punto de la villa.

—¿No es un poco faraónica? —preguntó más mareado por su perfume que por el elevado presupuesto.

—¿Qué ves a tu alrededor? Madera, mármoles beige, cortinajes marrones… —Se los fue señalando—. Este es un ambiente desfasado, caduco, impropio del siglo XXI. Con pretensiones, pero sin refinamiento. ¿Sabes que un gran número de negocios se inician en torno a un féretro? Ese «llámame y quedamos» es mucho más pródigo en un clima propicio. La muerte refleja el nivel de vida, esa es la idea: vida distinguida, muerte distinguida. Y te ofrecemos esta última incluso si tu vida ha sido mediocre. ¿Lo entiendes? La gente querrá morirse para ponerse en nuestras manos.

Jaime asintió convencido.

—Entonces la pirámide, está claro. También he revisado los informes que me dejaste ayer encima de la mesa.

—¿Y?

Había pasado la noche dándole vueltas, intentando asimilar la dimensión que aquella mujer le pretendía dar a su negocio. Había cedido a todas sus pretensiones: las reformas en el viejo edificio, la subrogación de los empleados del viejo tanatorio, el nombre del nuevo… Pero ahora pretendía darle otra vuelta de tuerca.

—Según lo que me pasaste, el Tanatorio de la Corte se puede convertir en un pozo sin fondo… —«Tan atractivo como tú», pensó turbado.

Rita vestía una blusa azul eléctrico semitransparente bajo la cual sus pechos flaneaban en un sostén *balconé*. Él seguía intentando adivinar qué fragancia usaba, pues la cambiaba cada día. «Para confundirme, mítica treta de Sandy.»

Sabiéndose observada, Rita puso su mejor cara. Mientras, sus pensamientos también volaban. ¡Cómo podrían los hombres ser tan simples! Al principio, le molestaba sobremanera que sus tetas tuvieran más influencia que sus títulos, hasta que encontró una explicación científica en las investigaciones de Jennifer Ackerman sobre las aves.

Los estudios del ADN habían tirado abajo el paradigma de la monogamia sexual, poniendo de relieve que tanto machos como hembras son *balas perdidas* y, aunque visiblemente formen una unión estable para criar a sus polluelos, copulan al margen en una proporción escandalosa. Esta doble vida podría ser una clave del mayor tamaño cerebral, al redundar en unas relaciones sociales complicadas, cuyo estímulo facilitaría el desarrollo cognitivo. De hecho, en las especies con más paternidad fuera de la pareja, las hembras presentan cerebros de tamaño superior al de los machos.

El mecanismo era simple y Rita lo entendió a la primera: el sexo era el motor del mundo. Ella descartaba tener hijos, pero gozaba de innumerables atractivos sexuales para su especie y de tanta o más inteligencia que muchos machos dominantes. Una vez asumidas las reglas del juego, guardó su currículum en el cajón y desplegó sus alas. Dispuesta a llegar a lo más alto.

Era una hembra alfa.

Y ahí estaba, aguantando a machitos de medio pelo.

—He revisado varias veces los conceptos y las cifras. ¿De verdad vamos a ofrecer todo esto? Yo pensé que la gente se moría y enterraba, sin más. ¿Asistencia psicológica? ¿Cuarteto de cámara? ¿Piano y soprano? ¿Convertimos sus cenizas en diamantes?

—Tú me pediste un proyecto ambicioso —contestó con calma—. He estado estudiando el sector a fondo, la idea es ofrecer un servicio integral desde que se vislumbra el fallecimiento hasta el final. ¿Necesita cuidados paliativos? Memento Mori se los procura. ¿Desea celebrar un rito vudú? ¿Plañideras y velones como antaño? ¿Inmortalizarse con un panteón de piedra? ¿Criogenizarse como Walt Disney? Debemos ofrecer una nueva dimensión mortuoria si queremos triunfar sobre el resto. Igual que se organizan las bodas, debemos concienciar a la gente de la importancia de organizar su último acto en vida.

—¿Y cómo vas a lograrlo?

—Con un mirlo blanco. Martha será nuestra *community manager*, ha trabajado antes conmigo y es una *influencer* nata, conoce como nadie el poder de las redes sociales. Con una intensa campaña mediática, y algún que otro contacto, haremos cambiar el sentir popular y la orientación del viento para que la nave avance. Vamos a crear la necesidad y vamos a satisfacerla. La muerte como artículo de lujo. Una Montblanc o un Rolex no son solo una pluma o un reloj, esas marcas no se posicionaron en el *top* solas ni por casualidad.

—¿Qué titulación tiene?

—Es joven, pero tiene dos carreras, Documentación e Informática. Conoce Internet mejor que la cocina de su casa, se formó en Google y participó en el equipo que puso Twitter en marcha. Es una excelente comunicadora, entiende a la primera lo que quieres y sabe cómo hacerlo llegar. Por si fuera poco, además de llevar las relaciones con los medios de comunicación, se encargará de diseñarnos las aplicaciones necesarias para sacar a este tanatorio del medievo.

—¿Necesitamos también una psicóloga? —Jaime ojeó el presupuesto—. Vista la barbaridad que le vamos a pagar, bien podría encargarse esa Martha de todo…

—Son las mejores en sus respectivos campos y pongo la mano en el fuego por ambas. Laura se ocupará de la atención a las familias antes y después del óbito. Dejaré en sus manos la coordinación con hospitales, residencias, cuidados intensivos y paliativos…, el trabajo a pie de obra.

—¿Las cifras de la campaña mediática no son desproporcionadas? Para luego ser virtual…

—La gente mayor no utiliza las redes sociales. No hay más remedio que acudir a los medios tradicionales si queremos llegar a ese segmento de población: prensa, revistas, televisiones, radios, anuncios en autobuses, dípticos en los centros de salud, *flyers* en los viajes del Imserso… Hablamos de cambiar hábitos y costumbres: los mayores deben perder el miedo a lo nuevo y los jóvenes deben sentirse tan atraídos por ello como por los coches de alta gama.

—¿Y seis hornos crematorios? ¿No podía ser uno? —objetó.

—Seis. Homologados y cumpliendo los requisitos más restrictivos de la correspondiente directiva europea. Uno especial para personas obesas, de más de quinientos kilos, no existe otro igual en el territorio nacional. En cuanto entren en funcionamiento, cerrarán el resto por contaminantes y vendrán a nuestras instalaciones usuarios de toda la comunidad autónoma.

—¿Por qué los van a cerrar? —preguntó ingenuo.

—¿Por qué crees que la campaña es tan larga y cuesta tanto? —le respondió sonriente—. Esto es un negocio, no una institución benéfica. Se trata de ganar más y, para conseguirlo, otros deben ganar menos.

Se sintió como un tonto.

—Me falta algo, si vamos a ofrecer tantas cosas.

—¡Vaya! —exclamó sorprendida por que el director hubiera tenido una idea propia.

—¿Y si alguien es fan de... qué se yo, *Star Wars*, por ejemplo? ¿No estaría bien ofrecerle un funeral *ad hoc*?

Rita tomó nota, imperturbable.

—¡Es una idea excelente! De momento, la persona fallecida no se puede disfrazar, la ley obliga a amortajar los cuerpos. Pero podríamos ofrecer disfraces si los amigos quieren darle un último adiós vestidos como en la película, solo habría que concertarlo con una tienda especializada. O poner figurantes. Dependerá de lo que se quieran gastar. La apunto para estudiarlo. ¿De acuerdo con el resto, entonces? ¿Tiro adelante?

—Es difícil decirte que no.

—Gracias —contestó lanzándole un beso con la punta de los dedos que casi lo desmaya—. Y ahora, fírmame aquí, por favor.

Sacó de la carpeta un montón de documentos y se los puso delante.

—¿Has visto ese choque de trenes en la India? —comentó él. Sin dejarla contestar y mientras firmaba, recitó el número y tipo de vagones implicados, su fecha de fabricación y los muertos y heridos por edades y sexo.

Rita no lograba saber de dónde sacaba aquellos datos. Expresó su admiración hasta dejarle el ego satisfecho y salió por la puerta taconeando.

Jaime suspiró relajado. Se había procurado una buena gerente. Decidió seguir al pie de la letra los consejos de Rita mientras ponía en marcha su callado plan. Procedía seguir manteniendo las apariencias.

Hasta que su momento llegara.

La buena muerte

Tocaba *briefing.*

Nos había convocado de forma urgente y me encaminaba hacia la sala de reuniones cuando, al pasar delante del despacho de Inés, me detuve atraída por un ruido extraño. Asomé la nariz y la pillé hablando por teléfono. Al verme, colgó con los ojos arrasados.

«Lo que me faltaba, doña Agobios en su salsa», pensé suspirando.

—¿Pasó algo grave, querida?

—Era la tutora de Elisa. No sé qué hacer con ella, las ha suspendido todas.

—¿No estaba repitiendo? —pregunté sorprendida.

—Sí —contestó haciendo un puchero—. Hasta ahora venía una vecina nuestra un par de días a la semana a darles clases particulares, pero no es suficiente. Los dos necesitan refuerzo para acabar el curso, pero ella más.

—Tranquila, el descenso en las notas es frecuente en los hijos de padres separados de mala manera —dije comprensiva.

—¡Como si pudiera haber otra forma! —saltó Inés—. Si hay buenas maneras, nadie se separa. Yo creo que le tienen manía…

Rita entró sin avisar con un cartapacio en la mano.

—¿No venís a la reunión? ¿Qué pasa, Inés? ¿Algún problema?

Mi compañera se lo contó con el mismo tono de tragedia.

—Igual tienes que cambiarlos de colegio, en los públicos si van bien libran, pero cuando hay problemas no se les presta la atención suficiente. Sé de uno religioso, donde van los hijos del presidente; en ese están encima de ellos y no suspende ninguno. No admiten a cualquiera, pero podría buscarte una recomendación.

Inés se echó a llorar de nuevo.

—¡Costará una barbaridad! Y no tengo dinero, el cerdo de mi ex no les pasa la pensión desde que está con esa tía. Solo el alquiler me lleva más de la mitad del sueldo, súmale la comunidad, la luz, el *pack* de teléfono e Internet y televisión, la ropa, el material escolar, la comida, los imprevistos, los bonos de transporte... A finales de mes llego siempre en números rojos.

—¿Y cambiarte a un piso más pequeño?

—Siempre se lo decimos —aclaré aburrida.

—Había pensado buscar algo más barato, pero los chiquillos no se quieren mover, ese es el problema. Donde vivimos es un buen barrio y tienen allí a sus amigos. ¡Ay, Dios! Mi marido siempre dijo que todo esto me pasa porque soy una ceniza. ¡Y vaya si soy gafe, nada me sale bien! —Arreció el llanto.

Rita me miró desconcertada.

—Inés..., quieres contentar a todo el mundo y no es posible —intenté consolarla mientras le ofrecía un pañuelo.

Se sonó a moco tendido.

—A veces envidio a los muertos y pienso: «Mira, ahí están tan tranquilos, se acabaron sus problemas». Un día de estos me canso, lo mando todo al carajo y atraco un banco. Ya estoy harta, la vida es una mierda. Venir a este mundo para sufrir y morir es un sinsentido. ¿Sabéis la cantidad de veces que he barajado el suicidio?

—No digas esas cosas, Inés.

—Si no me hundí hasta ahora fue gracias a vosotras. Tú eres admirable, Claudia, me gustaría ser tan segura como tú, tan enérgica. Y Rosa y Víctor siempre están dispuestos a echarme una mano. Si no fuera por vuestro apoyo incondicional, ¡no sé qué hubiera sido de mí!

—¡Exageras! Cualquiera haría lo mismo…

—No, de verdad lo digo, Rita.

—De todas formas, piensa en el colegio que te dije.

—Siempre será mejor uno público —la contradije convencida.

—Es concertado, no privado —matizó Rita.

—Da igual, seguro que es carísimo. ¡Inalcanzable para mi bolsillo! Si tuviera tanto dinero también mandaría a Elisa al conservatorio, en la extraescolar de Música dicen que tiene un don, a lo mejor se está perdiendo la oportunidad de triunfar en la vida. ¡Pero se le ha antojado el violonchelo! Y claro, imposible comprarle uno.

—El dinero nunca es problema, Inés. *It's just money* —dijo Rita meneando su melena.

—¡Cómo no va a ser problema! Desde que me separé, gasto un mismo abrigo temporada tras temporada, no piso la peluquería, no puedo permitirme un mísero tratamiento de belleza, pongo tapas a los zapatos en lugar de comprar unos nuevos, busco las ofertas en el súper, si cenamos fuera es en el McDonald's...

—Tú fíate de mí. Seguro que se me ocurre algo que te puede ayudar. Memento Mori se distingue por conciliar la vida familiar y laboral, nos preocupamos por nuestro personal. Y ahora vayamos al *briefing*, los demás están esperando.

Solíamos tener el orden del día encima de la mesa si no lo habíamos recibido por correo electrónico, pero estaba despejada. Nos sentamos en nuestro lugar habitual y entonces lo soltó:

—¿Alguna está familiarizada con la eutanasia, las voluntades anticipadas, los cuidados paliativos…?

Levanté la mano como en el cole.

—¡Pregúntame lo que quieras! Fui durante ocho años presidenta de una asociación proeutanasia.

—¡Vaya! ¡Así que eres especialista en la materia! No imaginaba que don Olegario fuera tan moderno…

Soltamos una carcajada a coro.

—¡Todo lo contrario! Me tenía expresamente prohibido mencionarlo en el ámbito laboral, decía que era como si pillasen a un cristalero tirando piedras contra los escaparates…

—Pues ahora va a ser todo lo contrario. Memento Mori busca consolidarse como un proyecto holístico sobre la muerte y para ello necesito gente de confianza preparada, el tanatorio solo será la punta del iceberg. El objetivo es conseguir que se deje de percibir el fallecimiento de una persona como algo negativo.

Mi sorpresa fue genuina. ¡Por fin entendía de qué iba todo aquello!

—La muerte no es mala, es el fundamento de nuestra existencia —intervine explayándome—. Sin embargo, la mayoría de la gente es infeliz cuando se acerca el final. Yo me declaro partidaria de un concepto integral de medicina, donde la salud sea la capacidad de las personas para alcanzar la mayor satisfacción posible en esta vida. Y, cuando se estime oportuno, ponerle fin. Para esto último, es imprescindible una ley que regule la muerte asistida, la eutanasia.

—Claudia está escribiendo un libro sobre eso, por eso sabe tanto… —recalcó Inés.

—Entonces tienes mucho que aportar a esta iniciativa —dijo Rita satisfecha—. En cuanto a la Ley de Muerte Digna, has de saber que el actual Gobierno la lleva en su cartera.

—¡Y en la cartera quedará, seguro, una vez más! —exclamé con una desafiante carcajada—. Los partidos de todos los colores se dedican a menearla, pero todavía no hubo quien afrontara el tema en serio. ¡Y eso que más del ochenta por ciento de la población está a favor! Es una vergüenza…

—Te puedo garantizar que saldrá antes de lo que piensas. Estamos hablando de modernizar el país, de adaptarnos a los nuevos tiempos y para ello necesitamos gente como tú. Te pediría que fueras el músculo de Martha y de Laura cuando se incorporen, a ambas les falta ese conocimiento que tú tienes. Te pagaremos un plus por la dedicación y, mientras dure, quedarás exenta de ejercer la tanatopraxia. Calculo que será hasta inaugurar el nuevo tanatorio, para entonces este tema debe fluir rodado.

Creo recordar que enrojecí mientras me felicitaban.

—Gracias, Rita. Como bien dijo Inés, estoy escribiendo el *Ensayo sobre el arte de buen morir,* aunque ahora lo tenga un tanto parado. Pasé mis vacaciones viajando a distintos países para recopilar información sobre las costumbres mortuorias, para mí será un placer compartir el resultado de tantos años de estudio.

—¡Qué interesante! Hablaremos de eso, quizá nos podríamos plantear su publicación bajo el sello de Memento Mori. Y ahora, aprovecharemos para revisar los procesos pendientes.

Los ojos me hicieron chiribitas. Me quedé absolutamente abstraída, pero fue imposible no oír cómo Rita ponía el grito en el cielo:

—¿No tenéis una base de datos de clientes?

—No, total, nadie se muere dos veces. —Era el mismo chiste malo que don Olegario utilizaba para responder a ese tipo de preguntas, pero Inés se cortó al ver la cara de Rita—. Perdona, es una tontería. No, no tenemos.

—Será lo primero que hagamos en cuanto Martha se incorpore. Vinculado a los datos personales, digitalizaremos el DNI.

—¿Digitalizar? ¿No vale que lo muestren? —preguntó Inés—. Siempre se hizo así…

—Procura no repetir eso todo el rato. Que las cosas se hayan hecho siempre de una manera no significa que se hayan hecho bien o no sean mejorables. —Inés asintió abochornada—. Estoy intentando normalizar los procedimientos, y la autenticación de las personas es el primer paso para evitar estafas y falsificaciones en las pólizas. Necesitamos registrar el documento de identidad: el del solicitante de la esquela para la factura, y el del fallecido por requerimiento legal. Convertiremos este tanatorio en la punta de lanza del sector funerario. A nivel mundial, ¿me entendéis? —Todos asentimos con verdadera entrega—. Así que poneos las pilas.

En quince días ya estaba dado de alta el fichero en la Agencia de Protección de Datos y al tiempo llegó un escáner «cuasi mágico», según nos contó Inés admirada durante la pausa del café.

—¡Introduces el carné por una ranura y carga él solo los datos en los campos correspondientes! Esta Rita es un fenómeno. ¡Y qué paciencia tiene conmigo! Con lo torpe que yo soy para la informática…

Al final, le hizo caso a Rita en todo.

Pese a mis diatribas contra la enseñanza privada y mis apologías de lo público, Inés acabó echando la solicitud en el colegio recomendado por la gerente sin decirnos ni mu. Nos ocultó por igual que había rescindido el acuerdo con la vecina para enviar a Elisa y Jorge a la mejor academia —y la más cara—. Tampoco nos contó que había encargado el violonchelo, ni que la niña estaba en lista de espera para entrar al conservatorio. Y tardaríamos en enterarnos de que había contratado con una empresa de servicios que alguien se hiciera cargo de los chiquillos y las labores del hogar, para que sus padres, que eran quienes la ayudaban, pudieran volver al pueblo.

El padre de Inés era guardia civil, y ella había nacido y crecido en una casa cuartel. A su madre le hubiera gustado que se casara con algún profesional de las Fuerzas Armadas, pero fue a enamorarse de aquel capullo cuya vida se reducía a darle patadas a una pelota. Inés debió de creer que se casaba con un Balón de Oro, pero nunca pasó de Segunda B. Cuando asistimos a su boda, eran la viva imagen de la felicidad. Ella iba de emperatriz Sissi, y Rosa y yo, como damas de honor, vestidas de fucsia.

¡Quién se hubiera atrevido a predecir lo que vino después!

Tampoco imaginamos qué nos supondría la incorporación de las dos nuevas compañeras…

La Fuente del Diablo

El avión encendió las luces antes de anunciar el aterrizaje.

Laura plegó la mesa y guardó las gafas en su funda. Hacía años que no pisaba el suelo patrio y los recuerdos se agolparon en su mente. Cerró los ojos notando cómo sus manos temblaban. ¿Había tomado la decisión correcta? ¿O se había dejado manipular nuevamente por su *mejor* amiga?

Rita y Laura llegaron a ser como hermanas.

Sus familias eran originarias de Viesca, un pueblecito de montaña que fue una fundación medieval de un noble antepasado de Rita y había conocido tiempos mejores. Su despoblación provocaría el cierre progresivo de la escuela y del consultorio de salud; de hecho, las dos niñas nacieron ya en Espinera, cabeza de la comarca, a donde se habían desplazado sus familias desde que Viesca se quedó sin los servicios básicos.

El padre y la madre de Laura regentaban un estanco y el reparto les mantenía ocupados todos los días a todas las horas, de modo que la chiquilla se acostumbró a estar sola desde bien pequeña. Habían tenido que pedir un crédito para acceder a la concesión y Laura creció escuchando continuos lamentos sobre su precaria situación económica.

Por el contrario, los padres de Rita eran pudientes y gustaban hacer ostentación de ello: no solo estrenaban cochazo cada temporada, su televisor se cambiaba a medida que aparecían modelos de más pulgadas y mayor definición, y los Reyes Magos le traían año tras año a la chiquilla la última consola. Su relación conyugal era un paripé y, aunque nunca dejaron de vivir juntos, hacían vidas separadas. Rita había comprobado que aquella situación la beneficiaba, puesto que rivalizaban por ceder a todas sus pretensiones. Como hacerse cargo, durante los veranos, de la hija de los estanqueros. Mientras los padres de Laura atendían su negocio en Espinera, esta se iba a pasar las vacaciones escolares a Viesca con su amiga.

Las dos chiquillas eran inseparables.

La tercera pata era Alfonso.

Fue el amigo de los veranos azules en el pueblo, los tres echaban juntos las horas trasteando en bicicleta por los descampados. Quien hubiera seguido la trayectoria de su amistad habría apostado sin temor a equivocarse que, de formarse una pareja a partir de aquel trío, la compondrían él y Laura.

En el instituto de Espinera aquella amistad estival se consolidó. Podía vérselos juntos a los tres en los recreos, en los parques, los cines y las fiestas. De tanto orbitar a su alrededor, Alfonso fue presa de los encantos de Rita, y al final del bachillerato, iniciaron una apasionada relación. Cuando le comunicaron el noviazgo, Laura se sintió traicionada en lo más hondo. No por ser la última en enterarse, sino porque a ella le gustaba Alfonso.

Y Rita lo sabía.

Los felicitó sin dejar traslucir sus sentimientos, viendo cómo el vínculo se desintegraba. Poco después tendría lugar el accidente de coche que segó la vida de sus padres. Hecha fosfatina, decidió huir lo más lejos posible. Con el dinero del seguro, se fue a estudiar Psicología, lugar común de quienes buscan entenderse a sí mismos. Ya licenciada, volvió a Espinera para asistir como dama de honor a la boda de su mejor amiga. La flamante novia estrenaba lazos con el Partido, y Laura se sintió desplazada entre sus nuevas y numerosas amistades. Alfonso, perdidamente enamorado de su mujer y desbordado por la dimensión del evento, tampoco le hizo mayor caso y fue entonces cuando Laura resolvió mudarse de continente.

Durante una estancia en Toronto, como discípula del científico colombiano Alex Jadad, decidió especializarse en Tratamiento del Dolor y Promoción de la Salud. De su mano se convirtió en una reputada psicóloga, y con los reconocimientos, vino la estabilidad económica. En Canadá su estrella cambió. No entraba en sus planes regresar a España.

Pero cada mañana, al despertarse, pensaba en Alfonso.

Se miró de reojo en la pared de cristal. La mujer que recogía sus maletas en la cinta —menos mal, no le habían perdido ninguna— nada tenía que ver con aquella ratita desnortada que abandonó el país. Llevaba un discreto traje pantalón negro, con una camisa blanca y un corte de pelo a lo *garçon*. Un estilo sobrio, nada estridente. Todo lo contrario de Rita, seguro que tenía revolucionado el *hall* de Llegadas. ¿Seguiría arriesgando con la ropa tan corta y ceñida? ¿Estaría fondona? Laura se reprochó la maldad y luego se disculpó a sí misma. Su amiga siempre había sido un bombón y ella una rosquilla. Con suerte, el paso del tiempo las habría igualado. ¡Eso esperaba!

Cuando salió a la terminal creyó que sufría alucinaciones.

—¡Alfonso! Rita me dijo que vendría a buscarme...

Tropezó con una maleta y estuvo a punto de caer. Enrojeció de rabia por su torpeza. ¡Y ante él! Alfonso rio mientras le daba dos besos rápidos.

—Déjame, déjame eso...

Llevaba el carro hasta arriba y arrastraba dos maletas más, una grande y una pequeña.

—¡Caray, Laura! Te habías instalado a conciencia. ¿Pensabas quedarte a vivir?

—No creas, la mayoría son libros y apuntes.

—¿En la época de Internet? ¡Nunca cambiarás!

Se miraron, la ternura desatada. Laura se estremeció.

—Entonces, ¿cómo no ha venido Rita?

—Algo la retuvo a última hora, anda tan ocupada como siempre. Luego nos reuniremos con ella.

Lo recorrió con la vista, enternecida.

—Pareces un *hippie* granjero de los años setenta...

—Y lo soy. Desde que me hice cargo de La Fuente del Diablo, no salgo de allí.

—¿La Fuente del Diablo? No sé de qué me hablas...

—Lo que queda de Viesca, ¿no te contó nada Rita? —Laura negó sorprendida—. A medida que el pueblo se fue vaciando, se hizo con las viviendas abandonadas a un precio irrisorio y, con el apoyo de sus padres, levantó un emporio de turismo rural. Los escasos habitantes que quedan trabajan para La Fuente del Diablo. Rita bautizó así el complejo turístico y yo soy... el director gerente, por así decirlo.

—Yo misma le vendí casi regalada mi casa cuando vine a vuestra boda...

Lo había hecho deseosa de romper lazos con el pasado. Con el tiempo, se había arrepentido.

—¿Y Rita está instalada allí contigo? —preguntó extrañada.

—¡Qué va! Vive en la ciudad para estar más cerca del trabajo. ¡Ya la conoces! Creo que cuenta contigo, el piso es grande...

—Me lo ofreció, pero pensé que estaríais los dos y he buscado un apartamento para mí y mis libros.

—¿Tenías ganas de volver?

—Sí. Y de verte. —Sus mejillas se sonrojaron y corrigió—: De veros.

Le hizo gracia ver de reojo cómo él se ponía colorado por igual.

—Estás como siempre, Laura. Más guapa, incluso.

—¡Me verás con buenos ojos!

Sus pupilas se encontraron. La corriente eléctrica provocó sonrisas reflejas, enterradas en un alud de palabras no dichas. Laura sabía que, apagado el fuego, quedaban los rescoldos, prestos a arder en llamas si soplara el viento. Caminaron en silencio hasta el taxi. Cuando llegaron al destino indicado por Laura, Alfonso la ayudó a subir las maletas al piso.

—Lo siento, no puedo invitarte a nada... —se disculpó nerviosa.

—Rita nos espera para comer dentro de dos horas. ¿Quieres descansar del *jet lag*? Puedo dejarte sola e ir a dar una vuelta. O si lo prefieres, subo algo de beber y nos lo tomamos en estos sofás tan cómodos, así declaramos inaugurada la casa.

—¡Me parece perfecto! Mientras me descalzo y saco el neceser puedes ir a buscar unas cervezas y un par de botellas de agua para que la nevera no se vea tan desolada. Toma. —Intentó darle dinero.

—¡Aunque me veas así vestido, no soy un indigente! —protestó Alfonso simulando estar ofendido.

Laura recorrió el piso en su ausencia. Pese a su reducido tamaño, la distribución era buena y la decoración moderna. La cama tenía el colchón a estrenar y la cocina estaba totalmente equipada. Lo encontró bien surtido, con estanterías, equipo de música y wifi. No podía negar que estaba emocionada ante el cambio.

Todo había empezado con un correo electrónico.

Rita le ofrecía trabajar como psicóloga en su nuevo proyecto. En primera instancia, se sintió molesta y dijo que no, pero Rita la atosigó a mensajes con preguntas técnicas, haciéndole sentirse cada vez más implicada e imprescindible. Lo que Rita le iba anticipando de Memento Mori era novedoso; sus compañeros calificaron la oportunidad de irrenunciable y mostraron tanto su envidia como su apoyo, disipando sus dudas iniciales. Cuando Rita le ofreció doblarle el sueldo, Laura le dijo que contara con ella. Solicitó una excedencia y se despidió de Canadá con cierta pena y mucha ilusión.

Cuando Alfonso volvió y se sentaron con una cerveza en la mano, pensó que le había seguido el hilo de los pensamientos.

—¿Cómo abandonaste Canadá? Sé que allí gozabas de una gran consideración profesional. Cuando Rita me contó que intentaría traerte creí que no te lograría convencer. ¡Te habrá ofrecido mucha pasta!

—Tu mujer es muy persuasiva y su oferta fue demasiado generosa para rechazarla.

—Dicen que el dinero da la felicidad, ¡ahora tienes motivos para estar alegre!

Laura se abstuvo de decirle que la alegría huyó de su vida cuando él se ennovió con su amiga y que, desde entonces, solo conseguía imitaciones.

—¿Y tú? ¿Eres feliz?

Alfonso suspiró cariacontecido.

—¿Existe la felicidad? ¿Es cuantificable? Yo la siento en comunión con la naturaleza, cuando el viento me anuncia la lluvia o veo el sol salir cada mañana. Me encanta ir a tumbarme al bosque, y allí, en silencio, ir distinguiendo uno a uno los cientos de sonidos que me envuelven, desde el trino de un pájaro al chasquido de una rama.

—¿Y no te aburres?

—¡No me da tiempo! Me levanto, desayuno, fumo un peta y contesto el correo. Luego realizo una ronda de inspección, más que nada para que me vean. Al personal casi no tengo ni que atenderlo, llevan tantos años con nosotros que funcionan solos. Si no hay ninguna urgencia, me refugio en un tendejón anexo a la casa, donde tengo mis útiles, y allí estoy a mi aire. En el estudio paso muchas horas dando rienda suelta a mi creatividad, eso también me hace feliz.

—¿Un estudio? Siempre se te dio bien pintar, ¿sigues haciéndolo?

—¡Sí! Es lo que más me relaja. También modelo arcilla y hago tallas de madera.

—¿Las vendes?

—¡No! Me he propuesto convertir Viesca en un centro artístico además de turístico. Me gustaría que algún día vinieras a visitarme.

—Sí, cualquier día de estos. Tengo ganas de volver a ver mi casa. ¿Tienes mucha ocupación?

—No está lleno ni en temporada alta, es un alojamiento exclusivo, nada económico. Los fines de semana vienen sobre todo contactos de Rita, peces gordos con los bolsillos forrados y algún montañero despistado. Aunque, a efectos contables, está lleno a rebosar el año entero.

—¿Y eso? —preguntó sorprendida.

La miró fijamente. No le contestó.

Cámara oculta

La niña no sabe cómo ha llegado allí.

Ni siquiera si está viva o muerta. No distingue más que contornos borrosos, como si la realidad estuviera deformada. Tiene la mente espesa, la boca pastosa y los párpados le pesan como si fueran de arena. Se toca los brazos y las piernas y, ya con más angustia, el resto del cuerpo.

Está desnuda.

Se estremece y un sudor frío la envuelve. Se abraza las rodillas y entierra la cabeza en ellas haciéndose un ovillo, forzándose a recordar. Un vecino le dijo que su hermana había encontrado un buen trabajo y la estaba esperando en España. Se ofreció a llevarla. Fue un viaje terrorífico, en la trasera de una furgoneta, sin ver nada. Paraba en las áreas de descanso para que meara y le ofreció sándwiches envasados en plástico por toda comida. Tuvo que rogarle por agua.

Cuando se detuvieron en aquella gasolinera solitaria, se dio cuenta por los letreros de que habían llegado ¡por fin! al país. Larissa ya debía estar cerca. Una mujer salió de un vehículo aparcado y le dijo que la llevaría junto a su hermana, que se portara bien. Que era su amiga.

Oye unos sonidos encima de su cabeza. ¿Son pasos? ¿O es un televisor? Si hay ruido, es que no está sola.

Da un grito apagado. Luego otro más fuerte.

En el extremo de la habitación un estrecho haz de luz blanca se proyecta sobre unas escaleras. Se percata entonces de que está en un sótano. La puerta se abre del todo enmarcando una sombra gigantesca que se acerca y le dice algo en una lengua desconocida. Luego empieza a desabrocharse el pantalón y con la mano saca un bulto sospechoso de cabeza rosada que empieza a crecer.

Vienen a su cabeza los cuentos de las viejas y se pega contra la pared, con los ojos desorbitados por la vergüenza y el terror.

Al hombre se le empina aún más la verga mientras avanza con una sonrisa torcida. Le excita verla asustada. Es virgen y eso le satisface, sabe que va a costarle más dinero que las otras, pero espera que merezca la pena. Alarga la mano y, cogiéndola por la nuca, la atrae hacia sí.

Ella gime.

La cámara empieza a grabar.

El desembarco

—¡Hola!, ¿eres Claudia? Acaban de dejar este paquete a tu nombre en la recepción. ¡Caray! Así que esta es la sala de tanatopraxia…, ¡vaya cómo huele! Es a formol, ¿no?

Una chiquilla menuda y de cara afilada se plantó ante mí con un enorme paquete embalado en cartón. Era más o menos de mi altura y tenía una larga melena rubia enrollada en un moño, recogido al desgaire con un lapicero, que dejaba a la vista una ristra de *piercings* en la oreja. Flotaba dentro de un jersey enorme bajo el que salían dos largas piernas enfundadas en ajustados pitillos y erguidas sobre unas llamativas deportivas de color verde fluorescente, a juego con la montura de unas gafas que agrandaban sus ojos, confiriéndole un aspecto de búho sabihondo. Clavó su mirada en mí con intensidad miope.

—¿Eres la nueva conserje? —pregunté—. Ya veo que todavía no te han dado el uniforme…

Los cascabeles de su risa inundaron la sala.

—¡Nooo! Soy Martha, la documentalista. —Me alargó la mano divertida.

—¡Vaya! —dije apurada—. Ya he metido la pata por precipitarme…

—Es culpa mía, tranquila, tenía ganas de conocerte y aproveché la excusa, acaba de llegar —dijo señalando el paquete.

—No tenías que haberte molestado, no es urgente. Como nunca estoy en casa debido a los turnos, me sirven aquí los pedidos de Internet. Es una foto *post mortem.*

Su cara fue un poema.

—Una foto… ¿qué?

—Me interesan todos los aspectos relacionados con la muerte, soy un poco rara —dije a modo de disculpa.

—¿Me la enseñas?

—¡Claro! —Me sentí halagada por su curiosidad.

Deshice el envoltorio, que contenía una foto en color sepia enmarcada de una familia de seis miembros. El padre estaba de pie detrás de la única silla, con las manos sobre los hombros de la mujer sentada. A su izquierda, los dos hijos y a la derecha una hija mayor, todos mirando al frente, muy serios. Sobre las rodillas de la madre, claramente pintado sobre la fotografía, un bebé envuelto como una crisálida, con los ojos cerrados.

—La mortalidad infantil fue muy elevada a principios del siglo XX y convirtió este tipo de estampas en todo un género.

—¿Qué dices? ¡No tenía idea!

—Los retratos de difuntos surgieron ya en la época clásica, primero se hacían en pintura y luego en fotografías, pero el fin es el mismo: *Memento mori,* ¿no es gracioso?

—¿Y tú las coleccionas? —Abrió mucho los ojos.

—Cuando empecé a formarme como tanatopractora descubrí un lote por casualidad en el Rastro. Alguien se había desprendido de una caja de hojalata llena de daguerrotipos y negativos; para mi sorpresa, la mayoría eran de personas difuntas, y había muchas fotos familiares con algún pariente muerto insertado, especialmente niños pequeños. El anticuario no era consciente de lo que tenía entre manos, la obtuve a un precio ridículo. Así empecé mi colección, ahora tengo más de cinco mil. En Internet encuentras virguerías, el otro día me llegó un lote de Rusia verdaderamente macabro.

Esperé su cara de repulsa. Todo lo contrario.

—Estoy impresionada… No solo eres una autoridad en la materia, además eres una coleccionista de arte mortuorio.

—Nunca lo había visto así… —Me esponjé con el halago.

—¡Y yo convencida de que me iba a *morir* —entrecomilló la palabra con los dedos— de aburrimiento trabajando en un tanatorio!

—Ni *muerta* —la imité— te imaginarías las cosas que aquí suceden…

Nos reímos con ganas.

No era habitual que el primer día el personal nuevo se mostrara proclive al humor negro. Contemplé su rostro con más intensidad de la que admite una buena educación. Sus iris lanzaban chispitas doradas, como las del mármol. ¡Qué ojos tenía! Con el tiempo descubriría que su color *verditiento* oscilaba, en función de la luz, entre el claro de la marihuana, el oscuro fruto del olivo y la dorada miel. De obsidiana, diría ella que le parecieron los míos. Carbón ardiente cuando la miraba, agregaría yo.

—¿Y qué más coleccionas? —preguntó azorada.

—¡Buuuf! Date cuenta de que morirse es algo común al ser humano en todas las culturas y civilizaciones, solo varían los ritos que acompañan a la muerte. De cada país que visito traigo algún objeto de culto funerario y luego están las fotos, esquelas, epitafios, calaveras…

—Tendrás una casa enorme para meterlo todo…

—¡Si vieras mi piso, te asustarías! Afortunadamente, vivo sola. Y aun así, he tenido que alquilar un trastero.

—Tendrás que darme unas clases, debo vender un producto del que lo desconozco casi todo, excepto que viene de fábrica al nacer y que aquí no queda nadie.

—Has dado con la persona indicada; a estas alturas entiendo mejor la muerte que la vida.

—Y exactamente, ¿qué haces con los cuerpos? —Señaló el cadáver desnudo que estaba encima de la mesa a medio preparar.

—Retoques estéticos, sobre todo en la cara, que es en lo que más se fija la gente. Este líquido da más volumen al rostro y evita que se hundan los globos oculares. La boca siempre tiende a abrirse, así que le he colocado unas abrazaderas, antes se pegaba o se cosía. Y ahora solo queda aplicar los cosméticos para darle apariencia de vida.

—Parece de cera…

—Sí, suelen causar ese efecto. Yo, además de la tanatoestética, me encargo de la tanatopraxia. Si el cuerpo llega en mal estado hay que recomponerlo, y ese es un trabajo más complejo y especializado. ¡No imaginas las virguerías que he llegado a hacer!

Me contempló con admiración sin decir nada.

Había abierto un perfil de Facebook en el que apenas entraba y, según salió Martha por la puerta, corrí a fisgar el suyo. Tenía restringida su privacidad y dudé si enviarle una solicitud de amistad, pero no lo hice: tampoco quería que me viera tan interesada de buenas a primeras. En LinkedIn tenía casi nueve mil seguidores, por lo visto era una renombrada desarrolladora de *software* libre en el entorno de la gestión documental, fuera lo que fuera eso. Y aquella lumbrera tan joven había puesto más interés en mi trabajo que ninguna otra persona hasta la fecha.

No volvimos a encontrarnos hasta su presentación oficial, coincidente con la de la psicóloga, Laura, también recién incorporada. Martha me guiñó un ojo fugazmente cuando entré, pero luego mantuvo la cabeza gacha, tomando notas sin cesar en una *tablet.* Rita fue pródiga en alabanzas para exponer la valía de las dos nuevas y el papel que desempeñarían. Luego, la gerente me pidió que les explicara la diferencia entre cuidados paliativos y eutanasia para que empezaran a familiarizarse con nuestra misión.

—Son prácticas complementarias, no excluyentes. La tolerancia al dolor y la capacidad de sufrimiento son diferentes en cada persona, y en función de eso se aplican los cuidados paliativos. A la eutanasia recurres cuando estimas que tu ciclo vital ha concluido, es una decisión libre, voluntaria, en coherencia con la libertad y dignidad de la persona. Nadie te puede forzar a tomarla, como nadie debería imponerte el sufrimiento.

—¿Me puedes refrescar qué permite la legislación actual? —intervino la psicóloga.

—Existe una Ley de Autonomía del Paciente que tiene casi veinte años y establece que puedes renunciar a determinados tratamientos invasivos, aunque ello te produzca la muerte. Estamos hablando de una ley de asistencia humanitaria en situación terminal, no va más allá. Desde su promulgación no se ha hecho más que tratar de armonizar los derechos que recoge y garantizar que se cumplan, sin que se haya producido avance alguno.

—Entonces, si la autonomía al final de la vida está ya en nuestra normativa, ¿en qué consiste esta Ley de Muerte Digna que se va a aprobar ahora?

—El derecho a la decisión es muy variable. En un extremo del eje de coordenadas tenemos la situación actual: pacientes terminales obligados a pedir un permiso para morir que les puede ser negado. En el otro, lo que sería el óptimo: cada persona puede disponer de su vida y elegir el momento de su muerte, libre y legalmente. Justo en el medio, la Ley de Muerte Digna que esperamos sea aprobada en breve.

—Pero la eutanasia lleva practicándose hace mucho tiempo…

—Siempre hubo profesionales de la medicina sensibles al sufrimiento ajeno, pero, primero, es algo arbitrario, y segundo, los que deciden llevarlo a cabo por compasión lo hacen de forma clandestina, poniendo en peligro su carrera, como en su día pasó con el doctor Montes. Solo una ley que despenalice la muerte asistida nos beneficia a todos.

Martha seguía consultando Internet, llegué a pensar que no se estaba enterando de nada, hasta que nos interrumpió:

—Hay quien dice que la nueva ley va a servir tan poco

como las anteriores. No deja de ser marear la perdiz hasta que no se cambie el Código Penal. El artículo 143 es muy claro.

—Totalmente de acuerdo. Nuestro Código Penal penaliza expresamente la eutanasia. Mientras no se modifique, alguien que ayude a morir a otra persona puede acabar en la cárcel. De ahí que sea necesaria una legislación que ampare a profesionales y usuarios.

—La que va a aprobar ahora el Gobierno y sobre la que fundamentaremos la actividad de Memento Mori —sentenció Rita—. Por eso es tan importante visibilizarnos rápido.

Laura intervino con su suave voz:

—Las palabras con que se nombran las cosas son muy importantes. Etimológicamente, «eutanasia» significa 'muerte dulce', 'muerte apacible', pero es un término manipulado con connotaciones negativas. Por eso propongo que utilicemos a partir de ahora el concepto «buena muerte», como se la conoce en otros países. Y cuando nos refiramos a ella, no hablaremos de morir con dignidad, sino de vivir con dignidad hasta el último aliento. Es el modelo seguido también por la ONG The Order of Good Death, fundada por la gurú americana Caitlin Doughty, una buena amiga.

—¡Buena muerte! ¡Me encanta! —aplaudí.

Había oído hablar mucho de Caitlin y había leído todo lo que tenía publicado. No se trataba ya solo de innovar, había llegado el momento de remover conciencias, de actuar, tras tantos años de parálisis. Y yo estaba en el epicentro de la movida. Creo que nunca me había sentido tan entusiasmada.

No obstante, recordando la prevención de don Olegario sobre el tema, me vi obligada a decir:

—Y tratándose de una empresa de pompas fúnebres, ¿no podría dar la impresión de que, al apoyar públicamente la despenalización de la eutanasia, en realidad estamos buscando aumentar las ganancias? Al fin y al cabo, morirse es nuestro negocio…

Rita sonrió con regocijo.

—Me alegra que plantees esa pregunta, es nuestro punto flaco y debemos tener preparadas las respuestas. En primer lugar, si alguien habla de negocios e intereses ocultos, habrá que mencionar a las poderosas farmacéuticas y su desmedido lucro por alargarnos innecesariamente la vida. ¿A quién beneficia que uno no pueda morirse cuando quiera?

»En segundo lugar, debemos diferenciar entre el Tanatorio de la Corte, que sí es una empresa de pompas fúnebres al uso, y el Grupo Memento Mori, que aglutinará a diferentes empresas de servicios funerarios unidas por un interés común: la buena muerte. De todas formas, para centrarnos y actuar en este resbaladizo terreno sin lastres, crearemos una fundación desvinculada. Fundación Pro Vida Digna, he pensado que estaría bien como nombre, a tenor de lo dicho.

Celebramos su propuesta. Estuvimos hablando largo rato, durante el cual yo no callé y Martha no volvió a abrir la boca. Sin embargo, cuando le llegó el turno de intervenir y se quitó las gafas, me dejó flipada con su discurso:

—Para una *planner* es importante manejar pocos conceptos y muy claritos. Como *content curator*, me encargaré de desarrollar vuestras ideas, diseñando un plan *transmedia* de largo alcance y segmentando la población para su difusión *one to one*. Vuestra gerente me conoce de sobra, los retos son mi especialidad tanto como la suya, y convertir a esta empresa en la punta de lanza del sector es el mayor que he afrontado, así que lo inicio con ilusión y espero contar con vuestra colaboración.

»En cuanto a la organización interna, me han dicho que oscila entre caótica y decimonónica, así que la abordaremos de forma integral. Aquí tenéis el *planning* de actuaciones y las horas a las que me reuniré con el personal de cada área. Cuando os toque mi visita, deberéis tenerme cumplimentados estos formularios.

Nos pasó un juego de folios grapado a cada uno con su nombre. Continuó explicándonos qué se esperaba de cada uno y en qué iba a consistir el programa que una empresa informática desarrollaría bajo su dirección técnica y con nuestra colaboración. Proverbial y conocida por todos era mi aversión a los extranjerismos y las chanzas que solía hacer del lenguaje comercial, pero si consideraba ampuloso el de Rita, el de Martha parecía provenir de otro planeta: *management, business, backoffice, trending, followers, branding, engagement, lovemark, marketing 3.0*… Al salir de la reunión, me acerqué a ella, retadora:

—Perdona, no sé si tú entendiste a qué me dedico yo, pero a mí me resulta difícil comprenderte. Ya de entrada, me declaro incapaz de pronunciar tu cargo…

Martha, que vio rápidamente por dónde iba, me correspondió con el alborozo de su risa cantarina:

—¡Tienes toda la razón! Con lo rico que es el castellano, no necesitamos anglicismos. Imagina que vamos a abrir entre las dos una tienda, tú fabricas y yo vendo. Yo no sé muy bien a qué nos dedicamos, así que tú me tienes que dar los contenidos, y yo los *curaré,* filtrando, limpiando y seleccionando. De puertas adentro, la informática nos ayudará a que cueste menos producir y a obtener mayor rendimiento del trabajo. Y de puertas afuera, intentaremos ofrecer el escaparate más atractivo y acorde a la moda del momento, solo que seremos nosotras quienes crearemos esa moda. Haremos de la muerte una tendencia y satisfaremos en exclusiva cualquier demanda relacionada con ella.

Tan sencillo.

Sus capacidades no tenían límite. Martha gozaba de la plena confianza de Rita, que jamás le discutía una idea por loca que pareciera, y con Laura encajó como un guante. En cuanto a doctrina y práctica funeraria, yo las ganaba a todas, pero en su terreno me veía desbordada. Cuando me incorporé al Tanatorio de la Villa, Inés se manejaba con una Olivetti y tardaría años en entrar en nuestra oficina la máquina de escribir eléctrica. Por el contrario, Martha era una nativa digital, una *millennial* hija de Internet. Inteligente y sabia.

Con paciencia, método y exhaustividad, Martha consiguió recoger nuestros requisitos funcionales; en breve tuvimos un prototipo para realizar pruebas y en un tiempo récord una aplicación corporativa a la medida de cada área. Y lo más importante: comprensible para legos.

—Esa chiquilla es muy lista y pone mucho interés —declaró Víctor—. Estuvo cosiéndome a preguntas para desarrollar la parte de los conductores, y yo, que de ordenadores ni jota, le dije nada más entrar: «No me hagas pensar». ¿Y sabéis qué me contestó? Que Steve Krug era su dios y esa era su biblia. Y el programa que hizo es bien fácil. *Usable*, como dice ella. Lo manejo a diario para cuadrar los turnos y asistencias sin problemas. ¡Y mira que somos un batallón de chóferes y me facturan por varias empresas, que es un verdadero lío! Pero lo metió todo en combos, y ¡chas!, solo tengo que elegir.

Yo también me deshice en alabanzas:

—Bien sabéis que entiendo de mujeres, y os digo que como esta hay pocas. La gerente llegó arrasando, pero el primer día que entró en la sala de tanatopraxia no pudo evitar vomitar. Y no volvió a pisarla. Martha nunca tiene ningún problema por ir a visitarme. ¡Es una todoterreno!

Confieso que intenté ligar con ella.

Nunca fui de andarme por las ramas en ese aspecto y consideré que debía intentarlo, el *no* ya lo tenía de partida. Actué sin tapujos, el primer día que se reunió conmigo para establecer los flujos de trabajo. Todo empezó muy formal:

—¿Podrías describirme lo que haces una jornada cualquiera? Pongamos un caso concreto, ¿cómo llegan los cuerpos a ti?, ¿qué haces cuando acabas de embalsamarlos?

—¡Claro! Es muy sencillo. Víctor aparca el furgón, desembarca la camilla y me traspasa el cadáver. Lo trato y, cuando acabo, lo coloco en la caja y él lo lleva a la correspondiente sala de vela.

—Vamos a descomponerlo en pasos. ¿Dónde aparca? ¿Cómo te avisa? ¿Quién trae el ataúd?

Tardé en entender que establecer un *workflow* se trataba de desmenuzar lo que hacías, estableciendo hitos y relacionándolos entre sí y con los demás. Martha me hizo recapacitar sobre mi trabajo mediante preguntas que jamás nadie me había planteado.

—Esto merece una cerveza —le dije al acabar—. Como estamos en la zona antigua, hay unos bares muy interesantes alrededor del tanatorio. Si además de nuestros entresijos te apetece conocer los exteriores, te invito.

Nunca pensé que aceptaría.

Por supuesto, no la llevé al Brujas, donde era fácil encontrar a algún compañero. Conduje nuestros pasos al Hollywood, un antro rebosante de carteles de cine que había tenido un pasado esplendoroso y sobrevivía a un presente de capa caída. Lo había fundado un actor local especializado en doblajes de acción, que había trabajado como extra en numerosas películas de vaqueros con un denominador común: lo mataban antes del título. Siempre que pasaba por delante estaba vacío, ideal para mi propósito. Aunque no tenía decidido cómo abordarla, estaba convencida de que mi nueva compañera sabía de qué iba el tema. Aposté contra mí misma, segura de ganar, a que *entendía*. Siempre tuve un sexto sentido para eso.

Me lo puso en bandeja.

—Oye, llevo un rato hablando y me da la impresión de que no te estás enterando de nada... ¿Por qué me miras así, tan fijo? —preguntó sin maldad.

—Es que... me tienes abducida, para qué mentirte.

Extendí la mano y acaricié su mejilla con la punta de los

dedos. Lentamente, los deslicé sobre su piel de seda hasta rozar su labio con el pulgar. Nuestros ojos se encontraron y, tras un leve pálpito, se produjo un fogonazo incendiario. Duró un instante solo, pero ambas acusamos la descarga.

Martha se separó asustada. Casi cae del asiento.

—Lo siento…, me gustas tanto…, pensé que..., creí que te gustaban las mujeres —le dije contrita.

—¡No andas desencaminada! —soltó con una risilla nerviosa—. Solo quiero que no te confundas, lo último que haría sería tener un *affaire* contigo. Prefiero mantener las distancias en el ámbito laboral y, además, soy muy fiel a mi pareja. Llevo once años con Natalia y es la mujer con quien quiero pasar el resto de mi vida. No podría traicionarla así, de buenas a primeras —concluyó firme.

No me había equivocado con ella. Pero tenía claro cuándo estaba de más.

—Perdona si he sido tan franca, era para ver por dónde tirabas. Además, podría ser tu madre. Y tampoco forma parte de mis planes liarme con una compañera de trabajo.

—Mejor así, nos quedan muchas horas juntas y no es bueno mezclar las cosas.

Ambas lo dimos por zanjado.

Me intenté convencer de que era un capricho pasajero y juré quitármela de la cabeza, ya que iba a tenerla delante a diario. Abandonadas las expectativas amorosas, me concentré en lo que se me exigía y mis reticencias iniciales dieron paso a un entusiasmo desbordante. Martha me consultaba cualquier decisión y me escuchaba como si fuera un oráculo. Saberme imprescindible me compensaba, era una sensación desconocida.

Rita me liberó del ejercicio de la tanatopraxia y, excepto casos puntuales, apenas ejercí durante los meses previos a la apertura del nuevo tanatorio. Mi sustituto fue un muchacho joven que apenas atendió a mis explicaciones, convencido de que si una mujer era capaz de realizar aquellas tareas, él por supuesto lo haría mejor. No me cayó bien, pero no había mucho donde escoger y lo dejé solo. Tuvo mala suerte el primer día.

Habían llevado a un inmigrante fallecido en un centro de acogida y, mientras preparaba el material, le pareció que el saco se movía sobre la camilla. Creyendo que eran los famosos gases sobre los que yo ya le había advertido, bajó la cremallera muy dispuesto y se encontró un rostro negro como el carbón con los ojos abiertos de par en par y una boca que pedía ayuda.

Un muerto muy vivo.

Se desmayó en el acto. Lo peor fue que se golpeó al caer y tuvo que ser el presunto difunto quien alertara del incidente. Cuando el aprendiz de tanatopractor se recuperó, colgó la bata y salió huyendo. Rita me avisó y tuve que ir a cubrir su ausencia hasta que encontraron a otro.

La catalepsia siempre ha dado para muchos chistes en el gremio.

De analfabeta digital a *influencer*

¡Quién me lo diría!

Durante los meses siguientes viví una completa transformación: me convertí en maestra y aprendiz de bruja. Yo aportaba la teoría, pero de información y comunicación no tenía ni pajolera idea. Como siempre, las obras se retrasaron, eso permitió que me involucrara a conciencia en nuestra fundación, de la que se me concedió la dirección de Transferencia de Resultados de Investigación y Conocimiento. Que sonaba muy rimbombante en las tarjetas de visita y el pie de firma, pero era yo sola, no tenía nadie a mi cargo.

Tardé en aprenderme el nombre completo.

Con la ayuda de Laura —directora de Calidad e Innovación en Atención Humana—, elaboré un doctrinario al servicio de la estrategia diseñada por Martha —directora de Comunicación Transmedia y Construcción Social—. Ella fue el motor de una locura increíble.

Empezamos con una revista funeraria de difusión gratuita en papel, que pronto se reconvirtió en uno de los portales más visitados de Internet. En él se recogía la actividad de Memento Mori y las empresas que lo formaban, convocatorias de empleo, ferias y congresos, novedades del sector... El apartado de Ritos e Hitos contó con mi colección de fotografías de enterramientos: panteones, mausoleos, capillas… Me sirvió para digitalizar y ordenar cientos de diapositivas, no era ni consciente de lo que había recogido en mis viajes.

Martha creó una lista abierta en Spotify que incluía numerosas canciones: *Time to say goodbye, Wind beneath my wings, You raise me up, Always look on the bright side of life, Angels, Death, Death with dignity, Tears in heaven, See you again, Ave María, Show must go on, Please remember me, Si tú no estás aquí, Canción para mi muerte, Al final de este viaje en la vida, Rascayú, La vasija de barro, Milonga Niza, Desde mi cielo*… La de *A mí me gusta el vino* quizá era la que mejor nos representaba: dispusieras lo que fuera en tu testamento, Memento Mori te lo procuraba. Incluso un grano de uva en el paladar.

Lo siguiente fue una webserie, *Tu funeraria responde,* cuyas consultas bloquearon el servidor los primeros días. Enseguida fue accesible a través de una *app* que en una segunda fase serviría para mandar esquelas y para elegir el féretro. Empezaron a aparecer *youtubers* que les quitaban hierro a los temas mortuorios o incluso hacían comedia sobre ellos; el que logró mayor audiencia lo grababa una chica gótica, igualita a Morticia Addams, dentro de un ataúd. Y hasta se celebró una Pelea de Gallos, donde los raperos y raperas rivalizaban con rimas sobre la muerte. Las *escape room* temáticas florecieron como champiñones y hasta se editaron un par de videojuegos, alguno de ellos *gore,* como *Bailaré sobre tu tumba,* inspirado en la letra de la canción del mismo nombre.

A veces, pensaba que se nos iba de las manos.

Aprovechando el tirón, la Biblioteca Nacional realizó una exposición bajo el título «Vida digna, buena muerte», embrión de lo que se convertiría en una sección permanente, y el Día del Libro se celebró ese año en torno el lema «El desafío de la muerte». En los escaparates de las librerías empezaron a proliferar los cuentos infantiles para afrontar la despedida de un ser querido y en los kioscos se ofrecían, sobre igual temática, álbumes de cromos y libros para colorear. Había que ver con qué entusiasmo los peques casaban cada tipo humano con el enterramiento que le correspondía —al europeo el féretro, al musulmán un sudario blanco, al hindú la pira...— o pintaban ataúdes de vivos colores.

La Fundación Pro Vida Digna no dejó frente sin cubrir.

La cadena más vista de televisión programó una serie sobre las costumbres funerarias de otros países: «Rituales funerarios animistas de los toraja», «El tesoro de Tutankamón», «Los seguidores de la New Age», «El *kotsuage* japonés», «Piras funerarias en India y Nepal», «México o la cultura de la muerte», «Religión y creencias de los vikingos» y «El más allá a través de los tiempos» fueron algunos de los títulos emitidos.

Otra cadena produjo la serie *Tus deseos son órdenes*, basada en un tanatorio modélico, a imagen y semejanza del que sería el nuestro —incluso con un edificio piramidal—, y repuso otras antiguas de gran éxito como *A dos metros bajo tierra* y *Pompas fúnebres*. Por supuesto, volvieron a ponerse de moda las películas de vampiros, zombis y muertos vivientes. Incluso la televisión pública realizó un *reality* en un cementerio abandonado.

Martha era un torrente de ideas, una fuente inagotable de iniciativas, a cada cual más sorprendente y de mayor impacto. El único inconveniente es que no por negarla dejó de existir; al contrario, cobraba fuerza. Bastaba que no quisiera pensar en ella para tenerla presente todo el día.

Con Laura también trabajé codo a codo, más fácil, porque en este caso no mediaba el intenso factor de la atracción, y mi distracción era menor. Entre las dos revisábamos los textos y supervisábamos la coherencia de los mensajes para evitar, por ejemplo, que en los cuentos dibujaran ataúdes rosas para las niñas y azules para los niños. Puede parecer broma, pero tuvimos que paralizar un cuaderno de pegatinas ya en la imprenta. Prejuicios y estereotipos.

Paralelamente al debate de la ley, fuimos abonando el terreno desde la fundación. Juntas realizamos una gira por el país impartiendo charlas con gran éxito sobre «Acompañamiento al final de la vida», «Morir sin sufrimiento» y «Calidad de vida, calidad de muerte». Nuestra disertación no resultaba tan impactante como el soporte audiovisual que la reforzaba, obra de Martha, por supuesto, y que dejaba atónito a nuestro público, generalmente de edad provecta.

La experiencia demostró que Laura tenía razón: mientras que hablar de eutanasia provocaba rechazo, conceptos como buena muerte, muerte digna, muerte dulce, muerte apacible, muerte sin dolor... empezaron a hacerse familiares. Aun con la misma significación, su connotación era muy distinta. La importancia del lenguaje.

Unos días parecía que la opinión pública se ponía de nuestra parte y otros creíamos que la ley jamás sería aprobada. En todo caso, las encuestas nos daban la razón, sobre esa base habíamos fundamentado el proyecto.

A medida que se acercaba la votación parlamentaria, la virulencia contra la buena muerte se agudizó por parte de los sectores más reaccionarios. Los contrarios a la legalización de la eutanasia no eran muchos, pero sí muy ruidosos y poco dados al raciocinio. La reacción fue salvaje. Su objetivo se basaba en contrarrestar cualquier evidencia científica con teorías conspiranoicas. En las redes desencadenaron un bombardeo incesante de tres o cuatro mensajes falaces, repetidos hasta la saciedad en memes y vídeos, que básicamente se reducían a uno: Eutanasia = Genocidio.

Laura y yo, en nuestro recorrido, aparecimos tanto en televisiones públicas como privadas, aunque también lamenté haber acudido a algún programa, como aquel de máxima audiencia matinal donde la presentadora me presentó vaticinando un nuevo holocausto. Telebasura.

Fake news que Martha se dedicaba a neutralizar mediante *bots y trolls.* ¡Y que me aspen si entendí cómo funcionaban esos programas! Pero sí su cometido. En esta sociedad distópica y polarizada, el posicionamiento es clave. Ellos tenían especialistas, pero Martha era mejor que todos juntos. Y cada día la forzaban a demostrarlo.

Así, a golpe de cañón, fui adentrándome en los entresijos del mundo virtual, tras dar de alta perfiles en todas las redes para seguir de cerca los movimientos. Fue costoso y cansino, los mamporros dialécticos se sucedían y eran cada vez más ponzoñosos. Sin embargo, cuanto más crecía su número de seguidores, mayor era el nuestro. Yo me encargaba de aportar datos empíricos y argumentaciones que Martha reconvertía con su creatividad en un alarde de maniqueísmo. Mientras para ella se trataba de un juego novedoso, a mí me enervaba, pues conocía de sobra al contrincante. Su cinismo estaba harto demostrado, luego harían uso de esa ley sin recato. Había sucedido con las del divorcio y el aborto.

Y volvería a pasar.

Mientras tanto, aguantamos chapas y chaparrones. Había sido buena idea el nombre de nuestra fundación: al coincidir en parte con el de una fundación antiabortista nos dieron publicidad gratis. ¡Resultaba tan fácil apropiarse de sus argumentos y darles la vuelta! Solo nos diferenciaba una palabra («digna») y esa baza jugaba a nuestro favor. Terminaron demandándonos, sin consecuencias. Hasta la Hermandad de Veteranos Legionarios nos puso una querella por apropiación indebida del nombre de su Santísimo Cristo de la Buena Muerte afortunadamente desestimada. Lo peor fue la rígida postura de la Iglesia católica, aireando su «morirás con dolor». Lanzaron anatemas desde los púlpitos, montaron manifestaciones multitudinarias y coparon los medios conservadores con falsos expertos y tendenciosos entrevistadores, inoculando la culpa en mentes indefensas.

Es cruel el remordimiento.

A mí no me pillaban de nuevas, no en vano uno de aquellos hombres con sotana me había tachado de «enviada de

Satanás» y pretendía que me abrieran el cerebro para curar *mi enfermedad* y evitar una vida en pecado. Ese mismo cura me enseñó en qué consistía la hipocresía cuando se destapó que había estado implicado en casos de pederastia. Lamenté que mi padre y mi madre no estuvieran vivos para saberlo. Aprendí mucho y en propia piel sobre la intolerancia religiosa. Especialmente, a luchar contra ella.

Fue una campaña concienzuda y planificada que Memento Mori capitalizó a través de su fundación pantalla, pero en la que no estuvimos solas. Miles de personas nos dejamos la piel en el empeño de hacer triunfar el sentir mayoritario. También las Administraciones —las afines al Partido gobernante, claro— se implicaron en sus distintos niveles, creando nuevas áreas en los sistemas de Salud. Fue definitivo para ello la creación de una Secretaría de Estado para la Vida Digna, colgando directamente del Ministerio para la Salud Pública.

Las asociaciones que siempre habíamos estado perseguidas y abandonadas recibimos generosas subvenciones para multiplicar nuestras actividades divulgativas. Al abrirse la espita, salieron también a la luz casos de personas que llevaban años aguantando en condiciones infrahumanas a que alguien las asistiera y proporcionara el deseado fin. Fue una conjunción de astros que consiguió crear el clima adecuado.

Cuando se aprobó la Ley de Muerte Digna, la despenalización de la eutanasia se había convertido en una demanda social.

La muerte ya no era tabú. Era *cool,* como decía Martha.

Y había mucha gente esperándola.

La escritora digna

La última conferencia de nuestro circuito tuvo lugar en la propia villa, en un anfiteatro lleno a rebosar. En todas las charlas había alguien que intentaba reventar el coloquio posterior y, en más de una ocasión, coléricos manifestantes provida impidieron la entrada del público. Para Rita los altercados sumaban, decía que eran publicidad gratuita, pero a mí me cabreaban.

Aquel mismo día entraba en vigor la Ley de Muerte Digna y el ambiente era festivo. Laura y yo fuimos recibidas como divas. «Embajadoras de la buena muerte», pondría Martha en Instagram con corazoncitos sobre nuestra foto. Al final, las hicimos salir a saludar a ella y a Rita. Creí que la sala se venía abajo.

Por la noche, cenamos marisco y brindamos con cava. Las obras del nuevo tanatorio estaban terminando y eso suponía volver a la rutina. Echaba de menos a mis muertos, tan callados. Conservaríamos de forma honorífica los cargos dentro de la fundación, pero su gestión pasaría a manos de un patronato. Había resultado un instrumento útil, debía reconocerlo, pero ya estaba harta. Me había embarcado en aquella odisea por Martha. Disfrutar de su cerebro privilegiado durante esos meses supuso una inyección vital, un estímulo inigualable. Sin duda, dejó huella en mí.

Como la dejaría Lina Sandoval.

En ese último acto, mientras yo recogía la mesa esperando que la sala se vaciara, un hombre se acercó al estrado.

—Perdone que la moleste, me llamo Onofre y le traigo un encargo.

Metió la mano en el bolsillo interior de la chaqueta provocándome un sobresalto. La Policía me había advertido sobre ataques personales. Sacó un móvil y suspiré aliviada. Seleccionó un archivo de audio y me lo pasó sin mediar palabra. Lo arrimé a la oreja, intrigada.

Una voz ronca y gastada, pero enérgica, me sorprendió. La mujer que había realizado la grabación no perdía el tiempo en circunloquios:

«Me llamo Lina Sandoval, puede comprobar en Internet quién soy. Quiero que me ayude a morir con dignidad. La llevo siguiendo un tiempo y creo que las dos podríamos favorecernos mutuamente. ¿Por qué no viene a visitarme? Yo ya no puedo moverme. Mi mensajero se llama Onofre y puede fiarse de él, yo llevo años haciéndolo. Es mi acompañante, mi secretario, mis piernas y mis ojos. Dígale dónde y cuándo y pasará a recogerla, pero no tarde, que igual ya no me encuentra con vida. ¡Espero verla pronto!».

Intrigada, acepté.

Navegando por Internet descubrí que Lina Sandoval era una famosa escritora de *bestsellers,* apartada de la vida social por una atrofia degenerativa. Tenía fama de lucir una sonrisa permanente y en sus últimas apariciones, pese a presentarse postrada en una silla de ruedas, no la había perdido.

Cinco minutos antes de la hora convenida, Onofre pasó a buscarme.

La señora vivía en un caserón antiguo, de amplios ventanales y plantas por todos los rincones, tan centelleantes a la luz del sol que parecían artificiales. El penetrante olor a cera procedía del suelo de madera, pero también de los muebles, que servían de soporte a innumerables recuerdos. En las paredes no cabían un cuadro ni una foto más, pude ver de refilón a la autora recibiendo galardones y premios de manos de personajes conocidos del mundo de la política y la cultura. Me esperaba en un salón atestado de libros, sentada en un sillón orejero, emperifollada y sonriente. A su lado, discretamente apartada, la silla de ruedas. Iba vestida en tonos violeta y lucía llamativos anillos, entre ellos una enorme amatista que enmascaraban sus largos dedos rígidos e inmóviles como garfios.

Un vistoso fular le ocultaba el collarín que, a duras penas, le sostenía la cabeza sobre los hombros. Me incliné para darle dos besos y percibí un aroma a almizcle y romero que casi ocultaba el olor característico de la edad. Mucha gente piensa que los viejos huelen así por falta de higiene, pero son moléculas rancias, resultado de la oxidación y el envejecimiento corporal. Los japoneses, muy respetuosos con sus mayores, lo denominan *kareishu,* 'la fragancia de los abuelos'. Onofre hacía bien su trabajo. Calculé a ojo el peso de Lina: no pasaría de los treinta y seis kilos sin movimiento.

Me recordó a Stephen Hawking.

Onofre desplegó un servicio completo de té y sacó una botella de calvados añejo que no me resistí a probar. Se ocupó de servírmelo en un vasito de cristal tallado y a ella le dio de beber zumo natural con una pajita. Luego se sentó a nuestro lado sin pronunciar palabra, atento a la conversación.

—La eutanasia ha sido legalizada sin vuelta de hoja, ¿no es cierto?

La duda de Lina me sorprendió. En la mesita contigua varios diarios lo atestiguaban en su cabecera. Me pregunté si estaría en sus cabales.

—¡Sí, claro! Desde ayer que entró en vigor, ya es oficial. ¡Y esperemos que a perpetuidad!

La escritora sonrió y el alivio inundó su cara.

—Por más que le insisto, la señora no acaba de creerme…

—Calla, Onofre, déjame a mí, que hablar es lo único que puedo hacer. Perdona que dude, hija mía, pero durante muchos años los partidos han utilizado la eutanasia como una pelota de pimpón. Padezco una enfermedad hereditaria, dolorosa e incurable. Mi madre pasó sus últimos meses en las garras de la morfina y yo llevo el mismo camino. Pertenezco a la asociación Derecho a Morir Dignamente y me ofrecen ayuda, pero no quiero hacerlo en la intimidad, como un acto clandestino, prefiero despedir este mundo con elegancia existencial. —Se rio de un viejo chiste cuyo significado solo ella conocía—. Y me he enterado de que en el nuevo tanatorio vais a ofrecer un servicio de muerte asistida.

—¡Vaya! Quizá debería haber venido un comercial para informarle de las opciones que tenemos. Yo soy la tanatopractora.

—¡Caray! Así que acabaré en tus manos, mucho mejor, prefiero hablarlo contigo entonces, si no tienes inconveniente, no me gustan los intermediarios. Ni perder el poco tiempo que me resta…

—La ayudaré en lo que pueda, ¡cómo no!

—Quiero planificar mi muerte como si fuera un evento social, toda la vida soñé con poder hacerlo así.

—¿Y qué tipo de acto tiene pensado?

—Las personas religiosas con una misa lo tienen resuelto; sin embargo, para las que no creemos, es un problema añadido a la muerte tener que programar un funeral. Cada fallecimiento a mi alrededor, y mira que ya tuve muchos, se convirtió en un trance buscando a alguien que cantara, recitara unos versos o dijera unas palabras. Muchas veces eché de menos que alguien se ocupara de programar y dirigir la ceremonia civil. Supongo que esto lo tendréis resuelto…

—¡Por supuesto! Organizamos funerales personalizados, tan sencillos o complejos como se requiera. Nos reunimos con las personas más cercanas para recoger ideas, anécdotas, vivencias, fotos y objetos de la persona fallecida y, a partir de ellos, trazamos su semblanza y su trayectoria vital.

—¿Y cómo lo tenéis planteado?

—Solemos comenzar con el recibimiento uno a uno de los asistentes y la entrega de un recuerdo. Una vez que se acomodan, les hacemos una breve introducción sobre cómo afrontar el duelo y empezamos con esa biografía. Luego viene una intervención en su nombre, como si usted les dijera cómo quiere que la recuerden, que puede ser realizada por una persona de su confianza o por nosotros mismos. En su caso, incluso podríamos grabar un audio con su propia voz. —Se me ocurrió sobre la marcha—. Si los hubiera, procederíamos a la lectura de los testimonios por parte de su círculo íntimo y de un poema, usted misma podría escribir algo para la ocasión. Música, un momento de reflexión y silencio, despedida y pésame. Entre treinta y cuarenta minutos, en función del volumen de las aportaciones.

—El planteamiento me parece perfecto, pero yo quiero algo más. Tengo ya escrito mi testamento literario en verso, pero querría tener la oportunidad de abrazar a mis familiares y amigos antes de despedirme. Me importa una mierda, con perdón, que me vayan a llorar cuando yo ya no esté para verlo. Deseo realizar una gran fiesta antes de recibir la inyección letal. Mejor en pastilla, por cierto, si se puede elegir.

Onofre intervino por primera vez:

—Está obsesionada con ese convite; sin embargo, en su estado, el médico duda de que sea recomendable tanta emoción.

—¿Qué es lo peor que me podría pasar? ¿Morirme en el acto? Mira, querida, no me queda mucho tiempo de lucidez. Quiero ser la primera en utilizar vuestros servicios. Lo dejaré todo pagado, hasta el último detalle.

—Podemos esperar hasta apurar su situación…

—¡No no! Además, mi hijo, Homero, está en el extranjero, no quiero correr el riesgo de morirme sin verlo. ¿Puedo hacerle el encargo de mi muerte y funeral, sí o no?

—Tendré que consultar los detalles, pero delo por hecho. Sobre la fiesta previa, ¿tiene alguna idea?

La escritora levantó una ceja y su cuidador la entendió en el acto. Se acercó al escritorio y me extendió un sobre.

—Ahí dentro encontrará la relación de invitados. Al lado de cada nombre van su *email* y teléfono para localizarlos. Se la puedo enviar por correo electrónico —me dijo lacónico.

—¡Y dese prisa, que vamos cayendo rápido! —Lina me hizo un guiño.

—Alguna preferencia sobre lugar, menú…

—Por supuesto, que sea un local adaptado y de fácil acceso, no soy la única condenada a silla de ruedas. Sentados y un menú ligerito, que somos mayores. Los fastos déjelos de mi mano, yo le iré dando indicaciones. Sigamos con mi funeral.

—Para la ceremonia laica, disponemos de un cuarteto de cuerda concertado con el conservatorio.

—Onofre, dale el *pendrive.* Aquí van un par de canciones de Rosendo, *Maneras de vivir* y *Agradecido.* Acompañaron mi juventud y los mejores momentos de mi vida, los que me hayan conocido lo saben. Hay también varios vídeos de dudosa calidad donde salgo bailándolas con mi guitarra invisible en diferentes edades, de los veinte a los setenta. Quisiera que hicierais un montaje con ellos y las imágenes se proyecten en holograma sobre el ataúd al ritmo de la música. Eso de la tridimensionalidad que anunciáis me gusta. Y luego, incineración, por supuesto.

»En cuanto a mi web, concebida como un repositorio vital, quiero que incluyáis en ella hasta la última reseña que me hagan en los medios convencionales y en los virtuales. Y después de dar una copia a la Biblioteca Nacional, la encapsuláis en un chip incrustado en un pisapapeles. De jade, que representa la inmortalidad. Y el chip, en oro. Que figure eso también en el testamento. Porque os ocuparéis de mi testamento, ¿no?

—¡Tiene pensado hasta el último detalle! ¿Y qué elige hacer con sus cenizas?

—Parte irán en una urna biodegradable al fondo del mar, en la fosa marina donde habita el kraken, y parte me las conviertes en diamantes.

—Necesitará un barco para arrojarlas mar adentro.

—Sí, un catamarán. Para unas veinte o treinta personas, que Homero se sienta arropado.

—Tengo que comprobar todos los extremos —dije tomando nota de lo último—, pero no veo inconveniente para cumplir sus deseos.

—Es magnífico disponer de tantas opciones. ¡Ya era hora! Y otra cosa: no tengo inconveniente en hacer pública mi decisión. Será mi última insurrección, ya que la resurrección no se ha inventado todavía.

Las dos reímos el chiste. Y nos despedimos con un sentido abrazo ante la solícita mirada de Onofre.

Como sospechaba, Rita dio saltos de alegría.

—¡Será el mejor reclamo publicitario para Memento Mori! Si nos permite grabarlo de principio a fin y transmitir su muerte en directo le ofreceremos sustanciosos descuentos. ¡Menuda película promocional podemos montar!

—Entiendo que Lina Sandoval se refería más a darle publicidad a la eutanasia que a hacer propaganda de nuestra empresa…

—¡Claudia! Después de muerta, no se va a enterar.

Empezaba a conocer a Rita. Asentí, con reparos.

Inauguración de postín

Inés estaba histérica.

—No llegan, te lo digo yo. Primero el carpintero se retrasa en forrar de seda blanca el interior del carruaje y ahora nos traen los caballos de color negro.

No pude aguantar la risa.

—¡Todo al revés!

Le sonó el móvil.

—¡Joder, joder! Otra vez Víctor. Está atacado con el asunto de la choferesa, que si no llega, que si le habrá pasado algo... ¿Le contesto?

—No se lo cojas, pensará que estás ocupada.

—¡Rita me prohibió decirle nada! Estoy atada de pies y manos.

—¡Como yo! Me hizo prometerle que no comentaría con nadie el encargo de Lina Sandoval, menos a ti, claro, porque tenías que encargarte de las gestiones. Yo este secretismo no lo soporto...

—¡Ah! No te lo dije, al final un equipo de producción está filmando todo el proceso.

El teléfono volvió a vibrar. La dejé rezongando con él en la mano.

Seguramente Rita tuviera razón, como siempre, pero entre

La Vieja Guardia nunca habían existido secretos y resultaba molesto tener que actuar así. Antes de incorporarme a mi puesto, salí atraída por el ruido ensordecedor de un helicóptero.

La fiesta estaba a punto de empezar.

El Tanatorio de la Villa se había mantenido a pleno rendimiento hasta que se terminó el nuevo; después lo demolieron para construir en el solar un aparcamiento, ya abarrotado de lujosos coches. Los chóferes fumaban en una esquina y las camionetas de *catering* no cesaban de desfilar por la puerta trasera. El machacón flop flop interrumpió cualquier actividad y la gente alzó la cabeza hacia la sofisticada aeronave con el logo de Memento Mori entre gritos de admiración. De sus puertas laterales se descolgaron dos figuras que portaban unos enormes mosquetones. Con habilidad no exenta de peligro, los engancharon en la punta de la pirámide de lona pintada que había ocultado a los ojos de los curiosos el flamante edificio y se dispusieron a izarla.

Ni siquiera nosotros sabíamos qué se escondía debajo de aquel descomunal trampantojo, destinado a cubrir el armazón de hormigón aún antes de poner los andamios. Y eso que todos los días pasábamos a su lado y veíamos el trajín de las obras bajo su manto. La decoración con motivos funerarios de sus cuatro gigantescas caras triangulares nunca supimos cuánto costó, pero debió de ser una barbaridad. Un buen día no estaba y al siguiente, cuando entramos a trabajar, la megaestructura ya había sido instalada.

Los monumentales lienzos, destinados a un museo, fueron izados con ayuda del helicóptero, en una operación grabada por un dron que emitió señales para Internet y televisión. En el directo, cada poco se realizaba un corte y se insertaba el eslogan «Más cerca del cielo». La audiencia alcanzó el punto álgido cuando quedó al descubierto un cubo de mármol rosa, con grandes vanos rectangulares, rematado por una elevada pirámide que se fundía con el firmamento reflejado en sus caras de cristal. Erguida sobre la céntrica colina, la descomunal construcción estaba llamada a modificar la fisonomía de la ciudad, convirtiéndose en el punto más alto de su *skyline*.

El Tanatorio de la Corte.

La inauguración fue un acontecimiento social. El elenco de empresarios implicado en el proceso —desde constructores a informáticos— acudió a mostrar el resultado de sus esfuerzos, mientras que la competencia asistió en bloque, oscilantes entre la envidia y la vigilancia tecnológica. Atraídos por el rango de la convocatoria y el festín prometido, descendieron de sus coches oficiales el alcalde, el presidente, parlamentarios de distinto signo, consejeros y el ministro de Salud Pública con el secretario de Estado para una Vida Digna, representantes de los Cuerpos y Fuerzas de Seguridad del Estado con sus uniformes de gala, destacados miembros del poder judicial, el arzobispo, el coordinador provincial de imanes y el rabino de la comunidad judía, ansiosos estos dos últimos por comprobar el tan cacareado carácter multiconfesional del centro.

La luz solar atravesaba la pirámide iluminando las mesas, de blanco impoluto, como las camisas de los camareros que ofrecían manjares y bebidas. Habían contratado a una monologuista de moda que se permitió hacer chistes sobre su urna:

—He visto que las hacen por encargo, con la forma que quieras. Siempre envidié a Carrie Fisher, la protagonista de *Star Wars*, cuyas cenizas fueron enterradas en una píldora gigante de Prozac, un modelo de porcelana de los años 50. —A Jaime la mención lo emocionó—. Mi sueño era que me enterraran como una reina, pero vista la pirámide creo que mejor de faraona, como Cleopatra. —Risas—. ¿Sabían que era negra? Y Liz Taylor de africana tenía poco, ¡ya ven cómo nos engañan! Por cierto, ¿se contemplan carrozas tiradas por nubios en taparrabos? —Más risas—. Llamaron los del Louvre esta mañana, qué si no la podíamos haber hecho más pequeña, que la nuestra es más grande que la suya... Al final, ya veis, el tamaño sí importa. —Carcajadas.

Efectivamente, era más alta que la del Louvre. Ingeniería del siglo XXI.

Se le había concedido el honor de cortar la cinta al ministro invitado, pero cuando Rita salió a recibirlo fue ella quien atrajo las cámaras. Las conversaciones se silenciaron y solo se oía el ruido de los flases mientras nuestra gerente avanzaba por una alfombra negra digna de la ocasión. Estaba impresionante subida a sus tacones de aguja, con un vestido de terciopelo verde sobre el que se derramaba su leonina melena. Igual podía haber estado allí que en la alfombra de los Oscar. Tras la correspondiente sesión de fotos, la gerente accionó un mando encendiendo con un solo botón toda la iluminación y arrancó un sonoro «*¡Oooh!*» a los asistentes.

—Síganme, por favor —les indicó a través de un micrófono inalámbrico oculto en su mata de cabello rojo—. Como podrán observar, somos líderes en domótica: desde este dispositivo se controlan tanto los sistemas eléctricos como la temperatura, la seguridad, los circuitos, las pantallas...

Los invitados lo observaban todo con curiosidad morbosa y hasta el más desinformado se declaraba experto en materia funeraria. Memento Mori no solo había transformado el perfil de la villa, también a sus habitantes.

—Las paredes de cristal se sostienen hasta el vértice mediante tirantes de hierro, maximizando la luz. Los sistemas de calefacción y refrigeración se compensan entre sí manteniendo la temperatura ambiente uniforme. Existen accesos para personas con movilidad reducida y destacaría la variada decoración y tamaño de las salas de vela, así como la posibilidad de realizar mediante holografías adaptaciones temáticas.

Había llegado el momento de la demostración. En la pantalla gigante de la sala multiusos se proyectó el proceso en un gráfico animado, donde se podía ver cómo la entrada de un aviso de fallecimiento movilizaba al parque de conductores y a los servicios de tanatopraxia, para luego confeccionar la esquela y cargarla en las pantallas, remitirla a los medios de comunicación y publicarla simultáneamente en los tablones informáticos y táctiles. En paralelo, tramitaba los pedidos a la floristería, controlaba su entrega y gestionaba las existencias. Por último, los datos viajaban de Contratación a Facturación, Pagos, Contabilidad y Archivo, bien indicado el paso mediante flechas e iconos.

Todo *automágico*.

Con don Olegario los procedimientos eran más simples: un registro de entrada y salida, un libro de Debe y Haber y unos archivadores A-Z que contenían copia de las esquelas y facturas unidas mediante grapas. «Chica, no me explico *cómo pudimos* tirarnos tantos años alejados de las tecnologías», repetía ahora Inés, que había olvidado los recelos del principio y consideraba a Rita su hada madrina.

El día anterior se había hecho un *lifting* —¡su primer *lifting*!— y había ido a la peluquería. Lo cierto es que parecía una mujer nueva. Me dijo en un aparte que estaba barajando comprarse un abrigo de chinchilla. «Supongo que de imitación», le dije escandalizada. No me contestó. Me tranquilicé pensando que nuestro sueldo no daba para tanto.

Rita ya estaba exponiendo el Legado Genético, uno de los servicios funerarios que más admiración causó:

—Preservar el ADN de nuestros seres queridos será el mejor legado para su familia, ya que determina la posibilidad de padecer enfermedades genéticas y ayuda a detectar las hereditarias. Aquí nos encargamos de extraerlo, conservarlo y custodiarlo. Por si esto fuera poco, con su mapa genético le ofrecemos el árbol genealógico, determinando su pueblo y región de origen hasta 5000 años antes de nuestra era.

Los aplausos se sucedían sin freno.

Rosa estuvo hecha un manojo de nervios. En la visita al taller de floristería fue donde más se detuvo la comitiva, admirando las cestas y los centros, las grandes cámaras frigoríficas para conservar las coronas y su tropa de floristas con mandilón, delantal y cofia.

Ese retraso lo compensaron con el paso rápido por las salas de tanatoestética y tanatopraxia. Y eso que mi nuevo rincón lucía impoluto, con el acero como un espejo. «Hace mucho frío aquí dentro», arguyó el alcalde para salir corriendo. Alguno se santiguó desde la puerta.

En el aparcamiento, los conductores semejaban un verdadero ejército, alineados junto a los catorce coches funerarios y los seis furgones de recogida con capacidad para cuatro cuerpos. Víctor controlaría todo ese parque móvil y al personal subcontratado. Hubiera jurado que su nuevo uniforme, el único con alamares, le hacía más alto y fornido.

—Acérquense, pueden verlos por dentro. Como observarán, todos sus complementos están realizados en caoba, leds, metalizados…

—¡Recuerda el camarote de lujo de un crucero! —dijo una voz al asomarse dentro de uno.

El alcalde se mostró entusiasmado en su discurso:

—El Grupo Memento Mori contribuirá a nuestro desarrollo económico, puesto que dará empleo a más de setenta personas en régimen de *outsourcing,* y trabajo a empresas de suministros y auxiliares, con un total de casi doscientos puestos...

Mi tirria a los anglicismos aumentaba cada día. *Outsourcing.* Que dijera sin miramientos que todo el personal estaba externalizado, se contrataba a través de una empresa de trabajo temporal en vete a saber con qué condiciones. Los únicos con contrato fijo éramos los ocho del equipo directivo —odiaba llamarlo *staff*—, compuesto por el director, la gerente, los cuatro de La Vieja Guardia y nuestras nuevas compañeras, Martha y Laura.

Me fijé en cómo se ajustaba Jaime los gemelos. Nuestro director llevaba días recibiendo felicitaciones. La de su padre la primera: «*¡Por fin* pareces un hombre de provecho!», le oí decir al fiscal superior.

La visita continuó en el exterior, donde nos esperaba una imagen de película. Una formación de trompetas y tambores con los músicos vestidos de blanco escoltaban a una carroza funeraria negra. La conductora era una keniata de casi dos metros que manejaba las riendas de los caballos —al fin, blancos— vestida con un traje níveo y gorra a juego, ladeada sobre su cabello afro. Detrás, dos filas de mujeres con túnicas portaban cirios y susurraban una letanía. El cortejo fúnebre desfiló entre exclamaciones de admiración.

—Por fin, la estrella de nuestros servicios funerarios. Con ustedes, Behite, nuestra conductora. Ella pilotará la carroza de caballos que ven y el Rolls Royce, así como los servicios de barco, avión privado, helicóptero o traslado internacional en limusina.

Behite se irguió sobre los estribos y chasqueó el látigo sobre su cabeza. Los animales piafaron y alzaron sus patas delanteras sin moverse del sitio.

—¡Dan ganas de morirse! —exclamó el presidente y su comentario daría lugar a memes y chascarrillos tras ser propagado en las redes sociales.

Al día siguiente no se hablaría de otra cosa. Quien lo vio no pudo olvidarlo y los medios dudarían si aquel cortejo honraba a Dios o al diablo. Víctor nos confesó que si Rita le hubiera consultado sobre aquella puesta en escena, él se habría opuesto, pero reconoció haber quedado impactado.

Antes de que se hubieran marchado los últimos invitados, recibimos el aviso de la defunción de Lina Sandoval. Como estaba previsto, la escritora estrenó nuestros servicios poniendo a prueba el sistema. La Fiesta de Fin de Vida —así la bautizó Laura y figuraba en las invitaciones— se había celebrado el día anterior con más de cien invitados que tuvieron ocasión de despedirse personalmente de ella. Aquella misma mañana, mientras por la tele emitían la inauguración del Tanatorio de la Corte, Lina Sandoval tomó su dosis letal en casa, rodeada de sus íntimos, y abandonó este mundo con una sonrisa de triunfo.

Había dejado de sufrir.

Su hijo Homero, eminente matemático de la Universidad de Oxford, recibió en nuestras instalaciones los pésames con serenidad, alcanzada tras varias sesiones de terapia *online* incluidas en los gastos del sepelio. La cafetería se llenó por oleadas y las condolencias requirieron hasta diez libros de firmas. El acto fúnebre dejó pequeño el gran salón. Los flases no paraban de señalar a famosos y los medios dedicaron páginas y días al memorial, recogiendo testimonios y los más mínimos detalles proporcionados por Rita. Su emisión en *prime time* sirvió de refrendo para la recién aprobada ley y de trampolín para el Tanatorio de la Corte: «Donde morir dignamente», como recordaban los vinilos que cubrían los autobuses.

Rosa no dio abasto al frente de su tropa. Una asociación encargó un libro gigante cuyas cubiertas y páginas estuvieran formadas por flores imitando renglones. A nuestra compañera se le agotaron las existencias a la mitad de la labor. Cuando se lo comunicó a Rita le temblaban las piernas. La gerente lo solucionó con una llamada. En menos de media hora, había flores frescas suficientes para alfombrar un estadio de fútbol. El libro se confeccionó a tiempo para decorar el catafalco, pero Rosa sufrió un cuadro de ansiedad que nos dejó muy preocupadas.

Cortesía y carácter

Concluido el extraño evento inaugural, me fui con Inés y Víctor a buscar a Behite y la invitamos a tomar algo a modo de bienvenida. Víctor hubiera preferido ir solo para tratar con ella temas laborales, pero no pudo esquivarnos. La curiosidad nos corroía. El estirado dueño del Brujas corrió a saludarnos deshaciéndose en sonrisas cuando nos vio entrar con ella.

—¡Habéis reunido a más gente alrededor de la tele que una boda real! Oye —dijo dirigiéndose a Behite—, ¿te importaría hacerte una foto conmigo?

Dos parroquianos se sumaron al *selfie*. Cuando por fin nos habíamos sentado en nuestro rincón habitual, antes de que las pintas estuviesen reposadas como mandan los cánones, me abalancé sobre ella.

—Nos tienes en ascuas. ¿De dónde eres?

Behite mostró una dentadura blanca perfectamente alineada entre sus gruesos labios. Su rostro anguloso quedó iluminado por el ámbar de sus ojos, que lanzaba chispitas; sin duda estaba disfrutando de su primer día de trabajo.

—En la partida de nacimiento figuro como Mercedes, pero he adoptado como nombre artístico el de mi madre. Procedía de Kenia y fue una cotizada modelo en los años ochenta. ¿No os suena? Bueno, da igual. Yo manejaba limusinas en una agencia de alquiler, Limutrans. Rita contrataba mis servicios desde el Partido y debí gustarle, porque el mes pasado me hizo una oferta tentadora para que firmara con Memento Mori. Ya estaba harta de adolescentes descerebradas, energúmenos metiéndose rayas y violaciones encubiertas. Pensé que, por lo menos, estos viajeros no me darían tanta guerra ni me vomitarían el coche. Gano más que antes y tendré tiempo libre para mis aficiones, así que estoy encantada.

—¿Cuáles son esas aficiones?

Behite sonrió misteriosa.

—Pregunta sin respuesta. Otra.

—Seré franco: ser conductor funerario no tiene nada que ver con lucirse al volante de una limusina. No pienses que todo va a ser folklore, como la entrada de hoy con la carroza, hay que estar muchas horas a pie de obra. Y entre los parientes hay de todo, como en botica: la mayoría se muestran agradecidos, pero encontrarás alguno para darle de comer aparte. Cortesía y carácter son las claves, no te puedes dejar amilanar ni pasarte. ¿Tú que horario vas a tener?

—A demanda. No coincidiremos mucho, a mí solo me tocan los entierros VIP, los que vengan marcados con código rojo. Eso me dijo Rita. Y que tú eras el jefe.

A Víctor le desaparecieron las reticencias y respiró aliviado.

—Cuando yo empecé, con veinte años, la gente se apartaba y se santiguaba a nuestro paso. Ahora te pitan, se meten por el medio y te cortan la comitiva, es un escándalo. También teníamos sujeciones para llevar las coronas en la baca y los laterales, y aunque taparan los espejos retrovisores no importaba, ibas a veinte por hora y los coches detrás a la misma velocidad. El día que Tráfico prohibió circular con las flores por fuera, se perdió la prestancia. Ahora hay que apretarlas encima del féretro, igual que en un maletero cualquiera.

—Víctor es un clásico y no entiende que haya desaparecido el respeto a los muertos —aclaré.

—¡A los muertos y a los vivos!

—Cuéntale cuando te confundiste de cadáver —metí bola—. Una vez fue a una residencia a recoger a un difunto y se llevó al de la cama de al lado. Menos mal que al meterlo en la bolsa se revolvió, si no me lo planta delante vivito y coleando.

—¡No le hagas caso! No llegué ni a moverlo, me di cuenta enseguida... ¿Qué es lo peor? Depende. Recogerlos es terrorífico, nunca sabes qué te vas a encontrar ni en qué estado se hallan los cuerpos. Si están muy mal, procuro mirar lo menos posible, los empaqueto rápido y se los entrego a Claudia. Hace magia, te impresionará.

—Magia, ¿eh? —La nueva me dedicó una sonrisa.

—La gente es muy ignorante, es un mito que lo mío sea un trabajo sucio. Al contrario, es pulcro, aséptico, y alguien tiene que hacerlo. Aquí nunca te aburres, ya verás, cada día es distinto.

—Y tú, ¿nunca sufriste racismo por ser...? —Inés no supo cómo continuar.

—¿Alta? —Su salida produjo una carcajada colectiva—. ¡Por supuesto! Este es un país racista, machista y clasista, como tantos otros. No es lo mismo ser un moro de mierda, con perdón, que un jeque árabe, ni una negra muerta de hambre que una rica, y ya no te digo si además es famosa. Piensa en Naomi Campbell, Oprah Winfrey, Beyoncé...

—Y tú quieres ser famosa...

—¡Y rica, no se te olvide!

—Al principio se te hace difícil convivir con la muerte —dijo Inés—. De todos, quizá sea Rosa la que peor lo lleva.

—¡No tiene remedio! —apostillé—. Se preocupa en exceso, es incontrolable. Le gustaría que la gente se quisiera y fuera feliz, que no hubiera hambre en el mundo y que cuidáramos mejor el planeta. Si ve por la tele esas islas de plástico flotando en el océano se deprime, igual que cuando dan imágenes del deshielo de los polos y ve un oso aislado. Cualquier cosa le provoca un nudo en el estómago. Yo la llamo sor Angustias. ¡Y con razón!

Rosa regresó al tajo al día siguiente dispuesta a que no le volviera a suceder algo parecido. A nuestra florista le resultaba difícil dimensionar y anduvo detrás de Inés hasta que esta le dio unas apuradas lecciones sobre gestión de imprevistos y cómo armar un presupuesto.

—Antes había cuatro salas, habas contadas —me explicó unos días después—. Ahora es imprevisible, y como le vuelva a fallar a Rita, me echa. Paso el día haciendo cálculos y ayer tuve que tirar un caldero de clavelina. ¡Si se entera, me mata!

—Como sigas adelgazando, bonita, te vas a quedar en nada. Te va a dar otro arrechucho —le pronostiqué.

—¿Doña Rosa? —nos interrumpieron.

Era un hombre fornido y sudoroso, de traje reventón, zapatos relucientes como la engominada cabellera y maletín a juego.

—Me envía la gerente —dijo a modo de presentación—. Me llamo Honorio. Permítame que le explique, si puedo robarle unos instantes...

—Bueno, me voy —dije levantándome.

—No no. Quédate —me rogó Rosa tirándome de la manga mientras hacía sitio en la mesa apartando sus últimos diseños.

El hombre cogió uno mirándolo con interés.

—¡Vaya! ¿Qué es?

—Simula un palo de hockey y aquí va un ramo redondo, ¿ve? Como si fuera la bola…

El resultado del libro floral para Lina Sandoval había sido tan espectacular que su fotografía seguía expuesta en el vestíbulo como reclamo. Y Rosa había empezado a diseñar ornamentaciones a demanda. Las iniciales modernistas eran muy requeridas, pero sobre todo le encargaban motivos deportivos y políticos. Si moría un comunista, ya podía pedir un extra de claveles morados al invernadero, previendo que alguien querría la bandera republicana.

—¡Excelente! Se nota que usted ama las flores… —exclamó Honorio.

—Hay flores de todos los colores, las combinaciones son infinitas. Pero son muy delicadas y de corta duración, es el problema.

—Veo que no me informaron mal sobre sus capacidades creativas ni sobre su sensibilidad. Sin embargo, hay otros aspectos más mundanos del comercio de las flores que la preocupan, ¿verdad? —Rosa tornó en clavel reventón—. Perdone, perdone —dijo Honorio—, soy un bestia. Me refería a la provisión de existencias...

—¿Qué le han contado? —preguntó con la mosca detrás de la oreja.

—Si me permite, yo le proporcionaré la tranquilidad para que pueda dedicarse en exclusiva a sus creaciones. Represento a Viveros Fresno, un grupo consolidado que trabajamos con los tanatorios de las grandes ciudades. Nosotros le garantizamos un acopio de flores a demanda, con atención 24x7, a un precio inigualable en el mercado.

Cuando Honorio se marchó, tras casi una hora de presentación comercial, estábamos abrumadas.

—¿A ti qué te parece todo esto? —me preguntó Rosa.

—Que sus flores son una maravilla y nos hace un precio excelente, ¿qué problema tienes?

—Me exige exclusividad. ¿Y si tienen una plaga en el vivero?

—Pues exponle tus temores y que te ofrezca la solución.

—Además, supondría renunciar a mis proveedores habituales…

—Es una decisión compleja, lo reconozco. ¿Por qué no la llevas a la próxima reunión?

—¡Si Rita me lo mandó, se tomará a mal que lo cuestione!

—Pues se lo comentamos a Inés, ella sabrá cómo actuar, que está más cerca…

Pero Inés no entendía el motivo de sus cuitas.

—Joder, Rosa, ¿cuántas flores vendías antes?, vamos a ver. Trabajabas con esas empresas tan pequeñas porque sobraban para el Tanatorio de la Villa, deberías darte cuenta de que ahora estamos jugando en otra división…

—Además me ofreció… —sopesó cómo decirlo y la miré sin saber a qué se refería.

—¿Sexo? —Inés soltó una carcajada y yo la imité.

—¡No! ¡Qué bruta eres! Dijo que compraría las plantillas de mis diseños para reproducirlos…

—¡Por favor! ¿Y eso no es maravilloso?

—¿No sería lo correcto que esos bocetos fueran propiedad de Memento Mori? Al fin y al cabo, los realizo en mi tiempo de trabajo…

Desde que había sido contratada, el sentido de empresa había calado en ella más que en ninguna otra.

—¡Memento Mori somos todas y los jefes ya reciben lo suyo! ¿Qué te creías? Cuanto más grande es el pastel, más tarta hay para repartir y a más tocamos. Si son obra tuya y te quieren pagar aparte por ellas, miel sobre hojuelas. ¡Ay, hija, qué ingenua eres!

Aquel comentario me hizo ver lo mucho que había cambiado Inés en poco tiempo.

—Hablas ya como Rita… —observé.

—¡Ya quisiera ser como ella! No se le pone nada por delante y jamás la vi achicada. Desde luego, estoy muy orgullosa de tenerla por jefa, le da cien vueltas incluso al director. Jaime es el dueño del barco y Rita la capitana. Lo veo claro desde que estoy a su lado. Es a ella a quien debemos seguir fielmente, conoce el rumbo y la mar. Tiene muchos viajes a sus espaldas y ha dejado amigos en cada puerto.

—¿Viveros Fresno también son conocidos suyos? —quiso saber Rosa.

—¡Claro! —bajó la voz—. Es la misma empresa que trabaja para el Partido engalanando los mítines y los eventos. ¡Estás en buenas manos, Rosa!

—No sé, antes las cosas eran más sencillas...

—¡Tú sigue el rumbo marcado, grumete! Yo sé lo que es estar sobrepasada. ¿Recordáis que tenía miedo de que me despidieran? Cuanto más pequeño es lo que abarcas, más lo sobredimensionas. Ahora veo con claridad cosas que antes ni adivinaba. Y lo fundamental es vivir la vida, compañeras, no agobiarse, confiar en los que saben y seguir la corriente sin plantearse demasiadas preguntas.

Inés la abrazó con cariño, mientras la estupefacción crecía en mi interior. Memento Mori nos estaba cambiando a todas.

Una mañana de mayo, el engominado Honorio apareció muy sonriente agitando un folleto en la mano.

—¿Dónde tiene planeado irse este verano, Rosa? Nuestra compañía tiene un complejo de apartamentos en una isla del Caribe y facilitamos el viaje a nuestros empleados; si le apetece, considere su estancia gratuita. Al fin y al cabo, usted es una más de los nuestros —le dijo haciendo una reverencia.

Aquella semana pagada a todo lujo por Viveros Fresno contribuyó a convencerla de haber elegido la mejor opción. No se atrevió a salir del inmenso complejo turístico donde disfrutaba del «todo incluido» con su pulserita. Se tumbaba en la playa con un mojito en la mano y dejaba que le dieran masajes en los pies. Una noche hasta ligó con un italiano. Fueron las mejores vacaciones de su vida.

Por su parte, Inés se fue con sus padres y los niños a Disneyland París también con gastos pagados, en este caso por la empresa informática que desarrolló la aplicación corporativa.

Laura y yo fuimos invitadas a participar en el congreso Good Death que se celebraba en Pretoria. Nos alojaron en un hotel de cinco estrellas y nos añadieron una semana para que hiciéramos turismo por Sudáfrica. Aquella estancia me permitió conocer mejor a la psicóloga, aunque yo hubiera preferido ir con Martha, claro está.

Y Víctor se llevó a su mujer y a su hija a una semana de crucero por el Mediterráneo, algo que llevaban soñando mucho tiempo, gracias a la empresa concesionaria de los vehículos funerarios.

A la vuelta, coincidimos en la suerte que teníamos por pertenecer a Memento Mori; aquellas prácticas solo podían ser habituales en una empresa de muy alto nivel, allí donde se moviera mucha pasta y se obtuvieran grandes beneficios. Con don Olegario, recibíamos una cesta por Navidad a lo sumo.

Martha decía que era cosa de Rita, desde que la conocía no la había visto más que subir como la espuma.

—Tiene baraka —repetía—, y todo lo que toca lo convierte en oro.

A ella le puso delante un iMac de 27 pulgadas de doble pantalla.

Recibíamos los obsequios como algo natural, merecido, aunque nunca nos hubiera pasado nada igual. Flotábamos en una nube de irrealidad donde íbamos consiguiendo hasta el menor de nuestros sueños.

Y la nave seguía avanzando. Viento en popa a toda vela.

El sueño de una noche de verano

Sacó de su bolso el sobre lleno de billetes y miró alrededor buscando dónde esconderlo. Al levantar el colchón, no pudo por menos que recordar a Marion, la secretaria ladrona de *Psicosis*. Afortunadamente, un hotel de cinco estrellas nada tenía que ver con el motel de Norman Bates. Se puso a buscar hasta encontrar la caja fuerte en uno de los armarios. Cuando guardó el dinero e hizo girar la rueda, se sintió más tranquila. Por fin podría concentrarse en hacer realidad su mayor fantasía, un sueño que tenía desde niña: navegar.

Dispuesta a cumplirlo, Inés había dejado a Elisa y Jorge en el pueblo con sus padres. También impartían cursos de patrón de embarcación de recreo en la villa, pero prefirió desplazarse a esa bulliciosa ciudad mediterránea, donde podría obtenerlo en tres fines de semana intensivos, prácticas aparte. Empezaría por el PER, pero su objetivo era conseguir el título de patrona de yate.

Cuando le admitieron la matrícula estuvo a punto de reservar dos noches en una pensión cutre. Se vio obligada a recordar su nueva situación y se alojó en un complejo con piscina, palmeral y campo de golf. El más caro. En la habitación, más grande que su despacho nuevo, encontró a su disposición albornoz y zapatillas, secador de pelo, mueble bar *free* y una tele de pantalla plana que hubiera hecho las delicias de Jorge.

«¡Qué bien viven los ricos!», había exclamado en voz alta cuando el botones cerró la puerta tras dejarla en medio de la habitación con las maletas. Cenó en el restaurante del hotel, con dos estrellas Michelin, donde la agasajaron tanto que se vio obligada a culminar con una abundante propina. A partir de ahí, fue aflojando la mosca a todo el personal que iba encontrando en su camino. «Y a las *kellys*, más», decidió solidaria. ¡Qué sensación tan dulce, la de gastar a manos llenas!

Se tomó un combinado en la terraza, donde un interesante galán vestido de marino se le acercó y mantuvieron una agradable charla. La invitó a otra copa y, si no hubiera tenido que madrugar, se lo habría llevado a la habitación. Estaba tan motivada con el curso que aquella noche apenas durmió. Pensó si sería una mala madre, pues no extrañaba a sus hijos ni a nadie.

A la mañana siguiente en el bufé terminó a reventar. Se sentía como una bola mientras caminaba por el muelle rumbo a las clases. Tendría que moderarse, si empezaba a comer así no le valdría la ropa nueva.

Se había comprado un modelo de Chanel de pantaloncito corto y camiseta a rayas que la propia Jacqueline Kennedy hubiera firmado para ir del brazo de Onassis por la Costa Azul. Para subir al barco había optado por una chaqueta y un pantalón náuticos de Helly Hansen y, por si se le presentaba alguna fiesta, llevaba un Valentino rojo. Tenía la maleta llena de marcas, hasta la ropa interior era de Victoria's Secret. Por si tenía que lucirla, no descartaba nada. El mundo detrás de unas Gucci tenía otro color.

En el curso eran diez personas; la mayoría declaró tener barco e Inés dijo que también. No tardaría en tenerlo. Había visto atracados algunos en venta con muy buena pinta, sin duda la crisis les había afectado como a todo. Y alguno de ellos hubiera podido pagarlo en mano con el montante custodiado en la caja de seguridad.

A media mañana ya distinguía los tipos de cabos y se encontró haciendo nudos marineros: de pescador, franciscano, cirujano, de trébol… Después de conseguir tras varios intentos hacer uno corredizo, llamó a la profesora.

—¿De verdad vamos a usar todos estos lazos?

—Usarás los más habituales: el ocho, el as de guía, el ballestrinque…, pero es importante saber hacerlos todos, cada uno tiene su utilidad.

—Y este me valdrá también por si un día me quiero colgar del palo mayor, ¿no? —le preguntó con el nudo del ahorcado en la mano.

La clase le rio la gracia discretamente. Inés pensó que quizá no debería relacionarlo todo con la muerte, por lo menos en aquel contexto. Un joven con aspecto de lobo de mar y greñas rubias quemadas por el sol la miró con curiosidad y ella no pudo evitar un cosquilleo. Se le ocurrieron muchas cosas que hacer con aquel cuerpo atlético. Le lanzó una sonrisa abierta y él le devolvió un guiño. Inés se ahuecó la melena.

Como Rita le había dicho, ella también tenía derecho a la vida.

Viejas y nuevas calabazas

Una profesión como la mía suscita mucho morbo, y solía ocultar a qué me dedicaba, sobre todo, para ligar. Estaba cansada de rebatir dos conceptos a los que invariablemente me asociaban: necrofilia y necrofagia.

El paradigma fue la última pareja que tuve, una profesora de la facultad de Historia especialista en pestes, hambrunas y desastres naturales. Siempre me fascinaron esas mortandades masivas, que entendía como ajustes de población siguiendo a James Lovelock. Este científico considera la Tierra como un superorganismo que se autorregula y sufre a los seres humanos como una infección vírica: la fiebre sería el calentamiento global, los escalofríos equivaldrían a los terremotos y una gripe a un tsunami. Es la Hipótesis Gaia. Excepto las bacterias, no hay especie dominante que haya sobrevivido eternamente, por eso Gaia se defiende de nosotros y se deshará de nuestra presencia si seguimos atacándola.

Yo auguraba una pandemia:

«¿Conoces algún sistema del siglo XXI que funcione? El financiero nos empobrece, el educativo nos embrutece y el sanitario nos enferma. Estamos modificando el clima con nuestras acciones, pero nadie renuncia a conducir un coche contaminante, a volar en avión, o a usar el móvil. ¡Desaparecen más de cien especies diarias entre vegetales y animales! Y mientras, tres cuartas partes de la humanidad carecen de agua potable para beber, en el primer mundo la derrochamos en el váter para limpiar la mierda. Las generaciones venideras nos acusarán por ello...»

«¡Nos pintas como termitas destructoras!»

«Lo que somos. Hay un sociobiólogo, Wilson, especialista en hormigas y feromonas, que lo expresa muy bien: tenemos emociones del Paleolítico, instituciones medievales y tecnología propia de un dios. Y eso es altamente peligroso por nuestra falta de control.»

«Es una visión negativa en exceso, Claudia...»

Yo a ella la acusaba de padecer una patología cuantitativa, todo el día contando millones de muertos sin analizar las causas, y ella me acusaba de apocalíptica, pero el motivo de nuestra ruptura no fue ese. Se me ocurrió llevarla un día al trabajo y, cuando le intenté mostrar lo que hacía con los cuerpos, se vino abajo. Nunca más quiso ni darme la mano.

Desde entonces había decidido vivir sola, me veía mayor para nuevos abandonos y *bollodramas*. De vez en cuando alternaba en los bares de ambiente, pero prefería contactar por Internet con desconocidas, ligues sin mención ni duración con las que pasaba un fin de semana lujurioso en cualquier parte y a las que no les decía mi verdadero nombre. Y menos mi profesión, por no ver sus caras de asco. Libre de ataduras, mis vacaciones anuales las dedicaba al turismo funerario.

Todo el mundo habrá ido alguna vez al Père-Lachaise de París, donde están enterrados grandes personajes como Chopin, Delacroix, Jim Morrison, Edith Piaf y Oscar Wilde; al caótico cementerio judío de Praga o al de Highgate de Londres, joya del victoriano. Recuerdo las entrañables tumbas de la isla de Chiloé, llenas de objetos cotidianos —la muñeca, una peonza, el peluche...—, en contraste con los impresionantes panteones de Punta Arenas, con apellidos de todas las partes del mundo conocido grabadas en mármol, granito y alabastro.

En cada localidad hay uno, todos diferentes, todos con su historia. Me gustan aquellos en los que te extravías, te pierdes en sus recovecos sin ver el fin. Deambulando, como un espíritu más.

Hablando de espíritus, en Nueva Orleans dejé una pulserita a la Reina del Vudú, tras dar tres golpes, grabar tres aspas con la llave y pedir un deseo. Tardó en concedérmelo, pero el hechizo funcionó. Doy fe de ello…

En el Mount Jerome, de Dublín, me colé de noche con una rubicunda irlandesa, tras agotar las pintas de Temple Bar; íbamos a hacer el amor, pero salimos a la carrera perseguidas por un fantasma. Vale, igual no lo era. De todas formas, mucho mejor. Acabamos en su casa, en una mullida cama.

Siempre ligué mucho en los camposantos.

Incluso en el Valle de los Reyes, con una alemana, bajo un calor insoportable. El antiguo Egipto mantiene una relación fascinante con la eternidad, el Libro de los Muertos es un corpus perfectamente secuenciado y la pirámide es un enterramiento colosal, hecho a la medida de un faraón-dios, de una divinidad mortal. Siglos después, para que los mortales se sintieran dioses, en Memento Mori habíamos elevado otra pirámide.

La nuestra era, además, una alegoría simbólica del gran grupo empresarial: en la base, decenas de empresas, y en la cúspide, el Tanatorio de la Corte, líder sin competencia. Tras la Ley de Muerte Digna, se aprobó el Decreto regulador de los Servicios Funerarios y la inspección sanitaria intervino cerrando los centros que lo infringían. Al final, el dueño de Bendición Eterna se rindió, tras luchar en vano; fue el último de los tanatorios de la villa anexionado a nuestro grupo.

Memento Mori se estaba convirtiendo en un *holding* como Rita había previsto, incorporando sociedades a medida que quebraban o comprándolas a golpe de talonario. Las peores lenguas decían que incluso con malas artes, pues al que se oponía a la venta llegaban a hacerle la vida imposible.

Eurípides decía que a los muertos no les importan sus funerales, las exequias suntuosas se realizan para satisfacer las necesidades de los vivos. Y sobre estas, Rita sabía mucho:

—De los siete pecados capitales, la envidia y la soberbia trabajan para nosotros. —Así explicaba el crecimiento de la empresa.

Como reflejaba el código rojo.

El código rojo significaba «mucha pasta y publicidad», como decía Víctor, y convirtió a Behite en una celebridad. Ella lo sabía y lo explotaba. Aún no nos había desvelado su misteriosa afición, y a mí me tenía especialmente intrigada, una vez descartado que fuera traficante de drogas, de arte o de diamantes, lutier, coleccionista de sellos, espiritista o esclava sexual.

De mi afición a los cementerios vino el proyecto del Bosque de la Memoria, inspirado en el Skogskyrkogården de Estocolmo. Es uno de los que más me impresionó y no solo porque allí esté enterrada Greta Garbo, una de mis actrices favoritas y lesbiana declarada. Hay que ir de noche, para pasear entre los faroles encendidos que deja la gente como ofrenda: esa imagen era la que yo pretendía trasladar. Pusimos de moda plantar árboles en lugar de invertir en coronas o cubrir de flores el féretro.

Honorio solía pasar a diario a echar sus parrafadas con la florista.

—Cualquier día dejan de estar de moda los ornamentos florales y usted y yo nos vamos al paro —la provocaba.

—¡Por la cuenta que nos trae, espero que eso nunca suceda! Una tumba sin flores es tan triste como una rosa tronchada.

—¡En fin! *C'est la vie, c'est la mort.* Ese osito que hizo para bebés es sencillamente maravilloso. Ni *Puppy,* el perro del Guggenheim, se le puede comparar. ¡Está hecha usted una artista!

—La artista es Martha, que me pasa los diseños a formato digital...

Para Rosa era puro arte de magia el paso del bolígrafo a la pantalla, mientras que para Martha suponía un paréntesis de relax porque los hacía en el taller de floristería, el departamento más alejado de la muerte y donde el ambiente era más distendido.

Empecé a dejarme caer para coincidir con ella.

La sabía terreno vedado, pero ¡que me aspen! si yo no le gustaba. Un poco, al menos. Yo deseaba que Natalia, su pareja, se muriera. Sin piedad. Las había visto un día en el cine y parecían cortadas por el mismo patrón, clónicas, no era extraño que se entendieran. Y desde el instituto, por lo visto. La competencia era dura y mis posibilidades escasas, ello no evitaba que disfrutara de su compañía como una fiesta.

Rosa fue la primera en darse cuenta de lo que significaban aquellos *casuales* encuentros en la floristería.

En la boda de Inés, tras el banquete, me dio por coger el centro de flores que había en la mesa y ofrecérselo, hincando la rodilla:

«¡Cásate conmigo, Rosa! Que tienes nombre de flor y aroma de verano, eres como un geranio en la ventana de mi corazón. ¿No ves que estamos hechas la una para la otra?».

Rosa casi se muere de la sorpresa y la vergüenza. Luego me confesaría que, pese al tiempo que llevábamos trabajando juntas, nunca se había enterado de que me gustaban las mujeres.

«Había pensado que a las lesbianas se les notaba en el pelo corto; como tú lo tienes largo y rizado, no me lo podía imaginar. ¡O que no usaban faldas, solo pantalones!»

Solo por provocarla, convertí en una costumbre seguir piropeándola y a las dos nos entretenía aquel juego que ya duraba años.

Un día que estábamos solas me dijo:

—Hace mucho que no me provocas, Claudia, para mí que ya tengo sustituta…

—¿Me echas de menos? —pregunté sorprendida.

—Más bien creo saber qué te pasa y me alegro, Martha parece una buena chica, espero que seas correspondida. Le..., ¿le preguntaste? ¿Sabes si ella también...?

Le di un empujón cariñoso.

—Tranquila, ella sí *entiende*. De hecho, vive con una chica.

—¿Hay algo entre vosotras?

—¡Eh eh! No te embales. Paso total de líos con compañeras, bien sabes que ladro, pero no muerdo. Somos buenas colegas, sin más, no significa nada para mí —mentí.

Había asumido su rechazo, pero necesitaba su presencia como el aire para respirar. Martha era la alegría, el olor a hierba cortada, la primavera. Me excitaba viendo tan solo cómo se ponía y quitaba las gafas. No digamos cuando se recogía la melena con el lápiz y un mechón rebelde se escapaba torneando su cuello hasta el escote. A veces se ponía un arete en la nariz o en el labio inferior, algo que me resultaba altamente seductor. Soñaba con sus pezones y dudaba si debajo de aquella ropa holgada, en aquella piel de nata, encontraría fresas o avellanas, y si también llevaría algún *piercing* en ellos. Con su sola evocación, licuaba alcanzando las más altas cimas del placer. Recuperé el gusto por la masturbación. No me dejó otra opción.

No es no.

Pero cuando Martha me miraba y se reía, los cascabeles se convertían en campanas y la teoría se venía abajo como un castillo de naipes. Nunca me había obsesionado con alguien de esa forma, y menos, sin ser correspondida.

Cuando bajaba a la floristería, Rosa me mandaba un mensaje ejerciendo su papel de celestina y, si estaba libre, me plantaba en su jardín. Martha hacía como que no se daba cuenta del comadreo y se dejaba querer por las dos.

Si Rosa había crecido y soltado lastre, la inseguridad y el pesimismo característicos de Inés habían disminuido notablemente. Con sus padres en el pueblo y los niños atendidos, disponía de más tiempo libre. Cambió de abogada a otra recomendada por la gerente y Teresa la Matacapullos, así la apodaban, consiguió frenar definitivamente las demandas de su ex. Después sabríamos que a cambio de un pastón, eso sí. Inés frecuentaba los portales de citas en Internet y en un par de ocasiones había dado con hombres interesantes. Incluso nos había presentado a un surfero que conoció en un curso no sé dónde, un joven adorable que la visitaba a veces. Cuando le preguntamos si se trataba de una relación seria, lo descartó con una carcajada: «Es pobre como una rata, no tengo intención de mantener a otro, con el futbolista ya tuve suficiente. Lo nuestro es sexo sin compromiso». Estábamos desayunando y la respuesta nos dejó perplejas. No solo se había convertido en una réplica de Rita en el vestir, también había adoptado su desparpajo. Y empezó a ser frecuente verlas juntas, incluso fuera del trabajo.

Como aquel viernes, inicio de un puente largo. Estábamos reunidos a la salida, organizándonos para ir a tomar algo, cuando se acercó Rita:

—Marcho, tomo el avión a las diez de la noche, ya sabéis que no vuelvo hasta el miércoles, así que cualquier asunto, por *email.* ¡Qué pereza me da este viaje! Inés, ¿me acercarías a casa y luego al aeropuerto? Podemos picar algo por el camino…

—¡De acuerdo! No tengo nada mejor que hacer.

—Y vosotras, ¿qué planes tenéis? Laura, he visto que has pedido días libres ¿Vas a alguna parte?

—Creo que aprovecharé para quedarme en casa y descansar.

—¿Y tú, Claudia?

—Cogeré el coche e iré a ver cementerios por ahí.

—Madre mía, Claudia, entre la buena muerte y la mala vida habrá un término medio. —Rio su propia gracia—. Bueno, mujer, era una broma. ¡Pasároslo bien! Y tú, Martha, despégate un poco del trabajo, anda.

Inés y Rita se fueron juntas hacia el aparcamiento ante la escrutadora mirada del resto.

—¡Fijaos en los tacones que gastan esas dos! No sé cómo las sostienen con lo afilados que son. ¡Y la suela es roja! ¡Nunca vi cosa igual! —observó Víctor admirado.

—Inés había quedado en venir con nosotras, vaya forma de dejarnos tiradas. Y dice que «no tenía nada mejor que hacer» —lamentó Rosa.

Continuábamos con la costumbre de cerrar la semana delante de una pinta, así que tiramos para el Brujas criticando su desplante. Nada más sentarnos Víctor tomó la palabra:

—Tengo que daros una buena noticia: Rita ha contratado a Adela como abogada de Memento Mori, en principio en prácticas, pero no descarta que pueda hacerla indefinida.

Le di una efusiva enhorabuena. Conocía a Adela desde niña, habíamos asistido a su graduación y Víctor había compartido con nosotras sus afanes. Siempre pensé que estaba demasiado pegada a sus padres, menos mal que, al lado de Rita, no tardaría en espabilarse.

Aquel viernes se apuntaron muchas cosas que, tiempo después, provocarían grandes cambios en nuestro entorno. Mientras vives el presente no eres consciente de su transcendencia, solo cuando echas la vista atrás cobra sentido. A mí, ya asentada de nuevo en la tanatopraxia y acabadas las ferias, lo que me ocupaba era finalizar mi ambicioso ensayo, animada por la promesa de Rita de publicarlo bajo el sello de Memento Mori.

Una obsesión por otra. Así no pensaba en Martha.

Evitando arrimar el fuego a la estopa.

… y viene el diablo y sopla

Laura se miró en el espejo retrovisor. Las mejillas le ardían.

Se despidió de sus compañeros y, al entrar en el coche, se reprochó su majadería. Le había mentido a Rita, de forma inexplicable, cuando esta le preguntó dónde iba. No tenía nada que esconder, estaba convirtiendo algo natural en una cita clandestina. Cuando volvieran a encontrarse el miércoles en el trabajo le diría dónde había pasado el puente.

A ver cómo resultaba, primero.

Aceleró hasta llegar a su casa, tenía que preparar la maleta y quería madrugar para llegar a destino con los primeros rayos de sol. No tardó mucho en meter la ropa, pero apenas pudo dormir, embargada por contradictorias emociones.

A la mañana siguiente se levantó a las seis, como si fuera al tanatorio. Ya en el garaje, estuvo tentada de no emprender aquel viaje. Le remordía la conciencia. Enchufó el móvil y seleccionó un *mix*. Le había cogido el gusto a conducir en Canadá, enfrentada a aquellas distancias infinitas. Puso la música a todo volumen y cantó durante todo el trayecto, pendiente del GPS.

Rumbo al pasado.

Atravesó un mar de nubes rojizas, anaranjadas y violetas hasta llegar a Viesca. Para su sorpresa, salvo el cartel anunciador en la carretera nada más le resultó familiar. A la entrada, en medio de la rotonda, un gigante diablo rojo con ojos y dientes amarillos, muy sonriente, saludaba al visitante con su rabo levantado y enarbolando un tridente. Nada más dejarlo atrás, se accedía al complejo por un arco de madera en cuyo dintel estaba grabado el nombre en letras rústicas: «La Fuente del Diablo». Alfonso la estaba esperando debajo.

—¡Me recuerda el ingreso a Christiania, en Dinamarca! —exclamó nada más darle dos besos.

—¿Estuviste allí? —Laura asintió sonriente—. Has acertado, La Fuente del Diablo es un homenaje al mundo feliz de los *hippies*, un pueblo *happy*, el mar en el interior… Una locura, vamos.

Laura miraba a su alrededor boquiabierta.

—No lo recuerdo así para nada. Es… precioso.

Adonde quiera que dirigía la vista se encontraba figuras marinas. Cada edificio o apartamento estaba señalado con un motivo marinero. En los jardines no había enanitos, sino caballitos de mar, pulpos, calamares, centollos, erizos de mar… realizados en barro o madera y pintados con vivos colores. Las construcciones seguían siendo de piedra y las calles de adoquín, pero parterres de flores se sucedían entre unas y otras, y setos de boj recortados con forma de ballenas y delfines marcaban las vías principales.

Laura se sintió transportada a un universo de ensueño.

—¿Y todo esto lo has hecho tú?

—Bueno…, el día se hace largo por el verano, y las noches durante el invierno... —Prendió un cigarrillo de marihuana y esbozó una sonrisa ausente.

Estaba claro que no era el primero y acababa de amanecer. Era la viva imagen de la despreocupación y la tranquilidad.

—¿Nunca pensaste retomar la profesión? Eras muy buen biólogo, creo recordar…

—Soy más necesario aquí. Una vez entraron a robar, ¡menuda broma! La Guardia Civil nos despertó de madrugada, alguien había venido con una furgoneta y vaciado los apartamentos de electrodomésticos, aprovechando que el encargado había abandonado su puesto para ir al Casino, algo que, descubriríamos más tarde, llevaba tiempo haciendo con nuestro dinero. El seguro no llegó a cubrirnos ni la mitad de las pérdidas. Fui yo el que propuso quedarme aquí y hacerme cargo. A mí me gusta esta tranquilidad, cada día creo algo nuevo con las manos, me siento un pequeño dios.

—Te veo más como un diablillo, y encaja mejor con el nombre.

Ambos rieron. Alfonso se dio cuenta de que hacía mucho tiempo que no soltaba una carcajada con ganas.

—Esta era tu casa. ¿La reconoces?

La habían reconvertido en un local de venta de tabaco y recuerdos, cerrado por temporada baja. La casa, antaño encalada, presentaba las paredes de piedra vista y las flores que la bordeaban eran lilas y amarillas. Se fijó en el letrero, colgando de dos cadenas de hierro y oscilante al viento. Era un barco pesquero que llevaba escrito en la proa: «El Estanco de Laura».

—¡Vaya! —exclamó emocionada.

—¿Te gusta? Lo puse en tu recuerdo... ¿Cuántos años hace que no vienes por aquí?

—¿Veinte? No sé, toda una vida..., desde que mis padres murieron en aquel accidente de tráfico. Me alegro de que restauraras la casa. Y el resto, claro. Es un milagro, está más guapo todavía de lo que recordaba, resulta fantástico como el mundo mágico de Oz.

Entraron en la vivienda.

Olía a cerrado, pero el aspecto era impoluto. A Laura se le humedecieron los ojos. Un chaparrón de recuerdos la inundó. No debía haberla vendido. Ahora podría instalarse en ella y estar cerca de Alfonso. Apartó la idea. Todos sus pensamientos acababan en él, no podía evitarlo por más que los años pasaran.

¿Y él? ¿La había querido alguna vez? ¿O todo habían sido

imaginaciones suyas? Recordaba un beso fugaz, un rubor incontrolado, mariposas en el estómago, miradas cómplices, sus manos juntas, la piel cálida e infantil, sus labios de algodón… Sacudió la cabeza para despejar los recuerdos inoportunos. Habían salido del recinto y estaban paseando por un bosque de hayas. Se detuvieron ante un tronco lleno de musgo. Laura apoyó la espalda y cerró los ojos. Sintió cerca el aliento de Alfonso y contuvo el instinto de abrirlos, para que no viera cuánto lo deseaba.

—¡Qué guapa eres, Laura! —La tentación se alejó con un suspiro.

Laura exhaló otro, más hondo aún.

Se obligó a recordarlo: era poco recomendable y muy improcedente liarse con Alfonso. Ese era su mantra desde que lo vio en el aeropuerto. Memento Mori daría un empujón notable a su carrera y ese empleo se lo debía a Rita. Abrió los ojos.

Alfonso la estaba mirando y ella se estremeció, temiendo que hubiera podido leer su mente.

—¿Volvemos? Tengo frío…

—He preparado una comida que te vas a chupar los dedos. —Le echó la chaqueta por los hombros dándole un fuerte abrazo—. Ya tenía ganas de verte, amiga…

Laura se arrebujó entre sus brazos. ¡Había soñado tanto con aquel cobijo! Caminaron entre risas cogidos del brazo, pegados uno al otro, protegiéndose del aire gélido que descendía de la montaña.

Se cruzaron con un coche que aparcó en una de las casas más alejadas.

—¡Un cliente! ¿Tienes que atenderlo?

Alfonso levantó la mano para saludarlo.

—Es un habitual de los que manda Rita. Supongo que ya lo tendrá todo preparado, no te preocupes. En La Fuente del Diablo el servicio es excelente, los clientes encuentran satisfechos todos sus antojos.

Laura notó cierto retintín en sus palabras, pero no dijo nada.

Tomaron el vermú al abrigo de la antojana y la velada transcurrió apacible, regada con buen vino y una cálida conversación. Al caer la tarde, se sentaron frente a la chimenea con sendas copas en la mano. El silencio se llenó de excusas, intentando evitar lo inevitable. El fuego hizo arder de nuevo las mejillas de Laura.

¿Quién dio el primer paso?

Seguramente fue a la par, el culmen de un día inolvidable, el diablo juntando sus bocas, la fuente ardiente del deseo. El beso pendiente los sorprendió a ambos y, uno tras otro, alcanzaron la gloria. Cansados de esperarse, sus cuerpos formaron una sola figura y cien, arrancándose la ropa, el ansia en la boca y en las manos, la piel ávida de caricias, el sexo ardiente. Rodaron por el sofá y de ahí al suelo devorándose con el hambre del náufrago, conocedor de que acabado el festín no habrá más comida.

—No sé si podré mirar a Rita a la cara… —dijo apesadumbrada en un receso, apoyando la cabeza en su pecho.

—Somos amigos desde la más tierna infancia, podía haber sucedido en cualquier momento. Ha sido una locura transitoria, mejor no le digamos nada. Le haríamos un daño innecesario.

—Tienes razón. Mejor así, sí. Le hemos dado una alegría al cuerpo, simplemente. En mi caso digamos que me ha servido para quitar las telarañas…

Un tronco chisporroteó y Laura pensó que se reía de ellos. ¿En realidad eran tan ilusos para pensar que lo sucedido no iba a afectarles?

—Teníamos contraída una deuda… —musitó Alfonso enredando un mechón de pelo en su dedo como hacía cuando eran niños.

—Me lo vas a arrancar…

—¿Perderías la inteligencia? Igual este bucle funciona como la antena de este cerebrito…

La ternura de ese pequeño gesto condensó el encuentro. Hicieron el amor de nuevo. Y otra vez. Se olvidaron de cenar, incapaces de separarse.

Al día siguiente, Laura decidió prolongar su estancia. ¿Fue el aire, el rocío en las hojas, el sol, los trinos de los pájaros, el olor a pan recién horneado, a hierba...? Le sobraban excusas en los brazos de Alfonso.

—Sabes que no volveremos a vernos, ¿verdad? —Quiso dejar claro el último día, cuando ya estaba metiendo su equipaje en el maletero.

—Por supuesto. Me lo has repetido varias veces. —Alfonso le selló los labios con un beso.

—¡Lo siento! No quisiera parecerte pesada, pero es importante para mí dejar cerrado y aclarado el tema.

—Una vez, era un pez. —Boqueó.

De nuevo la risa. Y otro beso.

—¿Podré llamarte, por lo menos? No hay nada malo en eso...

El teléfono le sonó antes de llegar a casa. A Laura le temblaban las manos cuando respondió.

Iba a resultarles difícil mantener esa decisión.

La funcionaria eficiente

El despertador sonó a las seis de la mañana, como todos los días. Dio una vuelta en la cama y estiró las vértebras imitando a los gatos. Se lo había recomendado un fisioterapeuta años atrás y, ahora que la artrosis campaba sin respeto por su cuerpo, aquel pequeño gesto se había convertido en algo imprescindible. La noche anterior se había quedado hablando por Skype con sus retoños hasta altas horas. Su hijo mayor era ingeniero en Dubái, la segunda conducía autobuses en Edimburgo y el pequeño llevaba unos meses de recepcionista en un hotel de Estambul.

Le habló a la foto de su difunto, como era habitual:

«*¡Con la de horas que echaste y los turnos de noche que te comiste en el taxi para que ellos pudieran vivir bien! O por lo menos, mejor que nosotros. Tanto sacrificarnos para darles una carrera y míralos ahora, tuvieron que ir al extranjero para buscarse la vida. ¡No adelantamos nada, al contrario, retrocedemos!*».

Pasó al baño con la taza, una revista y un cigarro. El médico insistía en que dejara el hábito, pero de algo había que morirse.

Salió de casa con el tiempo justo y tuvo que acelerar el paso para no perder el tren. Llegó lleno a rebosar y le tocó ir de pie. Orgullosa, rechazó el asiento que le ofreció una joven, no soportaba que la tratasen como a una vieja.

Tenía sesenta y cinco años cumplidos y llevaba casi cuarenta trabajando en la Administración del Estado. Una vez lo había calculado y, a lo largo de su vida laboral, había estado sentada delante del ordenador casi 100 000 horas. Cien mil, que se dice pronto. Era una ruina tener que trabajar a esa edad en un puesto como el suyo, se gastaba el sueldo en masajes y remedios. La Seguridad Social no le ofrecía rehabilitación y le había alargado la edad de jubilación por la misma razón que sus hijos habían emigrado: la maldita crisis y los consiguientes recortes.

Tenía claro que la crisis había sido una estafa y solo había servido como excusa para privatizar y enriquecer a los más ricos, a sus ojos los culpables estaban identificados. Los primeros de la fila, camino de la hoguera, serían los políticos ladrones y los banqueros sin escrúpulos, pero igual pena merecían quienes no pagaban sus impuestos.

En su minúscula trinchera de la Agencia Estatal Tributaria ella hacía lo imposible por pillarlos y cada vez que caía uno, lo celebraba.

Saludó al paso a sus compañeros y se sentó frente a su ordenador. Enseguida la pantalla se llenó de columnas a lo *Matrix*. Hipercubo. Le gustaba hasta el nombre de ese espacio multidimensional donde se cruzaban los datos bancarios, fiscales, de la Seguridad Social… ¡Pura magia! Cuando empezó, nadie declaraba a Hacienda, pero ahora era más difícil escaquearse. El sistema emitió un pitido agudo. Los listados se detuvieron y la impresora escupió una hoja.

—¡Vaya vaya! ¿Qué tenemos aquí? María Sánchez Fernández —dijo leyendo el encabezamiento—. Una listilla que se quiere beneficiar de los recursos públicos sin contribuir con sus impuestos. Querida María, ¡tu hora ha llegado!

Leyó el resumen. Así que aquella joya había ingresado un

millón de euros sin declarar ni uno. Y además tenía una nómina. De la que ya se podía despedir porque iba a servir para abonar su deuda con el Estado. Aquella bruja era una delincuente y se iba a enterar. Se caló las gafas y dio inicio al expediente.

La suerte estaba echada.

Aniversarios

—¡Ejem ejem! —Jaime sacudió los folios que llevaba escritos y se puso en pie con parsimonia para dirigirnos la palabra.

Nos habían convocado a una comida con motivo del tercer aniversario de la compañía. Estábamos en un reservado exclusivo y el director presidía la mesa. Sabíamos que no le gustaba intervenir en público y cualquiera podía ver cómo sudaba a chorros empapando la camisa, aunque no se hubiera quitado la chaqueta.

—Se emplean una media de dos árboles por féretro, si tenemos en cuenta que las salas se llenan a diario, por trescientos sesenta y cinco días, son 23 339 árboles, de los cuales 9 750 fueron pinos y los otros se repartieron entre cedros, caobas, nogales, arces, cerezos, robles y álamos. He descontado los ataúdes verdes, fabricados con cáñamo, corcho, hojas de plátano, cartón reciclado y algodón orgánico, estos los menos. Solo en Estados Unidos se calcula que cada año se talan 1,6 millones de hectáreas de bosques para fabricar féretros de madera, además de 115 millones de toneladas de acero y 2 300 millones de toneladas de hormigón. Son cifras anuales. Y un árbol tarda entre 10 y 40 años en crecer, depende de la variedad, así que estamos hablando, en años de…

Lo contemplábamos boquiabiertas, sin saber adónde quería

llegar. Yo estaba absolutamente perdida en aquel mareo de cifras. Rosa tosió nerviosa y eso lo descentró. A alguien se le escapó una risita. Rita nos lanzó una mirada fulminante mientras animaba a Jaime a seguir. Bastó un simple levantamiento de ceja suyo para que cesaran los ruidos. Sonreí para mis adentros, ¡qué poderío! El director llenó un vaso de agua, tanto le temblaba la mano que derramó el líquido. Sin decir nada, Rita lo secó con una servilleta, pero Jaime se puso colorado como un tomate.

Compadecidos, no volvimos a interrumpir el discurso ni le corregimos las cuatro veces que se equivocó… en seis frases. «Cualquiera es jefe, pero no todo el mundo sirve», me reafirmé sintiendo vergüenza ajena. Siempre acababa pensando que fingía, que nos engañaba a todos con una mala representación. No podía ser tan tonto como aparentaba.

Recordé los alambicados y cultos discursos de don Olegario. Hacía tiempo que no le escribía a don Abelardo, pese a su insistencia en que continuara informándole de los avances en el oficio y tenía pendiente organizar una visita de La Vieja Guardia al pueblo donde se habían retirado. Tres años después, casi ninguno recordábamos ya el viejo tanatorio.

—Y todo el mérito es de Rita —concluyó Jaime—, así que le cedo la palabra.

La gerente sonrió con falsa modestia mientras se incorporaba. Antes de empezar a hablar, nos repasó uno a uno consiguiendo atraer nuestra atención.

—Gracias, Jaime. El director ha expresado su preocupación por el medio ambiente, algo que todos compartimos. —«¡Ah!, era eso», pensé aguantando la risa—. Ya comenzamos con Viveros Fresno a convertir en compost los cientos de flores despreciadas tras las incineraciones. Ahora procederemos al compostaje e hidrólisis de los cadáveres. Esta nueva gestión consiste en una reducción orgánica natural de los cuerpos que, mezclada con madera y paja, producirá tierra fértil. Por eso nos hemos hecho con la patente de la Cápsula Verde y vamos a abrir un cementerio ecológico al lado del Bosque de la Memoria, ayer hemos ultimado la compra de los terrenos.

—¿No es lo mismo? —preguntó Martha intrigada.

—No no. En el Bosque de la Memoria se pueden enterrar las cenizas o plantar un cerezo como ofrenda, esto es algo más. Se trata de fabricar una cápsula con forma de huevo, en un material biodegradable, donde se introduce el cuerpo en posición fetal. No deja de ser como una semilla gigante que luego se entierra bajo el plantón de un árbol para que eche raíces sobre el cuerpo. Como veis, tampoco tiene que ver con el compostaje orgánico, aunque el fin es el mismo: aquí el cuerpo se desintegra en la tierra en un proceso natural.

»Además, las vainas que envuelvan los cadáveres serán elaboradas con cáñamo industrial y, para garantizar el suministro de este material, hemos firmado un convenio con Cañamera Plantadas, una cooperativa agrofeminista que está revolucionando el mercado. Es hora de incorporar la perspectiva de género. Y hay que ir pensando en los ataúdes como algo del pasado, la ecología es el futuro. Este es, en resumen, el mensaje que os quería transmitir Jaime.

Desde luego, aquel hombre buena suerte había tenido. Aclarado lo que él intentaba explicarnos —¡lo suyo sí que era patología cuantitativa y no lo de mi exnovia historiadora!—, Rita continuó informándonos de las novedades que se avecinaban.

—Vosotros me lo dijisteis cuando llegué al tanatorio y lo desconocía absolutamente todo sobre el sector funerario: «Los profesionales debemos resolver los problemas de la gente para que se puedan centrar en la despedida de sus seres queridos». Así que, dando un paso de gigante, además de las Últimas Voluntades y los testamentos, ofreceremos la posibilidad de gestionar las herencias, el Impuesto sobre Sucesiones y Donaciones y la transmisión patrimonial de bienes e inmuebles. Y estamos a punto de firmar también la inclusión en el grupo de Casas Viejas, especialistas en vaciado de domicilios.

»Respecto al cementerio para mascotas, me complace comunicaros que ya tenemos lista de espera y hemos contactado con un taxidermista. Siempre habrá quien prefiera disecar al gato antes que enterrarlo. Y otro apartado nuevo, que implantamos hace tres meses y ya tiene también peticiones en cola, es el borrado de las redes sociales tras el óbito. Vivimos en una vorágine expansiva, estamos en la cresta de la ola y hay que aprovechar el tirón.

Laura nos había dicho al principio que la limitación a nuestro crecimiento estaba en la legislación:

«Vengo de un país donde se consienten hasta piras portátiles para efectuar cremaciones en el jardín, puedes montar tu funeraria en casa y hay incineradoras *low cost* en cada esquina, tantas como lavanderías. Aquí somos demasiado restrictivos, regulamos demasiado, a mi juicio.»

«Por eso no te preocupes —le contestó Rita—. Donde hoy dice digo mañana puede decir Diego.»

Así dijo y así sucedió. El Gobierno autonómico, en el desarrollo normativo de la legislación estatal, liberalizó todavía más el abanico de servicios funerarios. Ya no era obligatorio el sudario, cualquier vestimenta era válida e incluso podías tener el cadáver momificado en casa mientras estuviera dentro de un sarcófago de metacrilato sellado. Un sepulcro carísimo que, hasta la fecha, solo ofrecía el Tanatorio de la Corte.

En consecuencia, ya podíamos realizar entierros bajo cualquier rito. El mes anterior habíamos inaugurado el Cementerio de la Medialuna en una parcela orientada a la Meca. La demanda nos había desbordado. Los musulmanes superaban en el país los dos millones; sin embargo, no encontraban lugar de enterramiento, pues su religión rechaza el embalsamamiento y mucho más la idea de inyectarles sustancias químicas, y su tradición exige lavar y purificar el cuerpo e inhumarlo en tierra envuelto solo en una sábana.

Tras enumerar logros y proyectos, la gerente dio paso a los agradecimientos:

—Cuando don Olegario me puso como condición inexcusable que mantuviera su plantilla en Memento Mori, me opuse. Siempre sería mejor contar con gente joven, pensé. Me temía lo peor y he dado con lo mejor. Esta dimensión tan grande que hemos alcanzado no hubiera sido posible sin vosotros, La Vieja Guardia. Y coincide que hoy nuestra eminencia en tanatopraxia celebra su cincuenta cumpleaños y sus bodas de plata con la profesión. Claudia, enhorabuena por tu trayectoria, ¡muchas felicidades!

Logró emocionarme, no me lo esperaba. Aunque mientras entonaban el *Cumpleaños feliz*, pensé que podía haberse ahorrado la mención a mi medio lustro. Hay gente que monta un fiestón cuando llega a esa edad, yo prefería pasar de puntillas sobre ella. Desde que conocí a Martha, casi veinte años más joven, se me habían quitado las ganas de cumplir…

Jaime le susurró algo inaudible a Rita y esta pareció contrariada pero enseguida pidió dos botellas de cava.

—Haremos un brindis por Claudia y el Tanatorio de la Corte y luego nosotros nos retiraremos. Así podréis criticar a los jefes…

Se despidieron con la primera botella vacía.

—¿Creéis que están liados? —pregunté a mis compañeros.

—¡Qué va! Rita tira luego para Viesca —informó Inés.

Laura se quedó taciturna. Behite dio unas palmadas haciendo tintinear sus brazaletes y atrayendo nuestra atención.

—¿Podéis guardar un secreto? —Nos indicó con sus largos brazos que nos arrimáramos a ella. Acercamos las sillas con curiosidad—. Estáis invitadas a mi actuación de hoy. Claudia, considéralo tu regalo de cumpleaños.

—¿Una actuación? ¿Dónde?

—¿Eres música? ¿O actriz?

—¡Striptease!

—¡Calma! Soy ilusionista.

—¡¿Ilusionista?!

—Si os digo que actúo bajo el nombre de Pandora, ¿os suena de algo?

—¿Te refieres a la maga encapuchada cuya identidad nadie conoce y que está arrasando en la villa? —preguntó Martha descartando las referencias a la mitología griega.

La cara de Behite lo dijo todo.

El espectáculo al que Martha hacía referencia llevaba casi un año en cartel: una maga enmascarada capaz de desaparecer y aparecer a su antojo de cajas cerradas con candados.

—Hoy estreno un nuevo *show*, El Ataúd de Pandora. Os he reservado una mesa en primera fila ¡con la condición de que Jaime y Rita no se enteren!

—¿Por qué? Seguro que subes enteros…

—Los jefes luego empiezan a sospechar que te vas a escaquear, ya me ha pasado. O vete a saber si les molestan las alusiones funerarias y me demandan. ¡Qué sé yo! Cada uno en su sitio.

—¿Desde cuándo practicas el ilusionismo?

—Fue consecuencia de las largas horas de camerino al lado de mi madre. ¡Una vez me metí en un baúl de telas y no pude salir, casi me ahogo! Tenía cinco años. Era un desfile de moda con números de magia, y tuve la suerte de que quien vino a socorrerme era uno de los magos contratados. Me enseñó un truco para que no volviera a sucederme y a su lado aprendí los rudimentos del ilusionismo.

—¡Por favor, qué historia más fascinante!

Cuando la sobremesa terminó, acompañamos a Behite al local donde actuaba. Antes de entrar, juntamos nuestras manos una encima de otra y gritamos: «*¡¡Memento Mori!!*».

—A Rita le hubiera gustado vernos —dijo Inés.

Behite se dirigió a ella señalándola con el índice, ante la sorpresa del resto:

—Oye, venís a ver el espectáculo por el cumpleaños de Claudia y punto. Nunca me viste encima del escenario. No sabes quién es Pandora.

—¿Estás llamándome chivata? —Se revolvió Inés ofendida.

—Te vaya o no en el sueldo, a mí ni me menciones. Y menos a Pandora. No estoy dispuesta a perder mi trabajo y si Rita se entera, sabré que ha sido por ti.

Inés se fue hacia la barra muy erguida, entre indignada y abochornada. La seguí intentando calmarla.

—Entiendo que estés molesta, ha sido un poco improcedente, mujer, pero lo dice porque eres la que estás más cerca de ellos, no lo tomes por lo personal...

—Tiene razón Rita, a partir de cierto nivel todo son envidias. Si no se hubiera ido con Jaime, nos habríamos marchado juntas. Ahora salimos a menudo, ¿lo sabías? —Negué sorprendida—. Vamos de compras o a las cafeterías de la Milla de Oro, están llenas de tipos interesantes y forrados de pasta, nada que ver con… —Se cortó de decir «con vosotras».

A punto estuve de perder la paciencia.

Cuando fuimos a sentarnos, me habían reservado silla al lado de Martha.

—¿No viene tu pareja? —le comenté mientras esperaba que nos sirvieran las copas—. Las incorporaciones de última hora son consentidas por la banda: llámala si te apetece.

—Bueno… —Ladeó la cabeza con un mohín—, no andamos muy bien últimamente y unos morros arruinan cualquier fiesta.

Noté cómo un torrente de alegría me inundaba.

El espectáculo consiguió reclamar por completo nuestra atención. Behite era divertida, rápida y sagaz engañando al público. Cuando salió al escenario con aquella máscara puntiaguda y una brillante malla dorada, provocó un «*¡¡Oooh!!*» colectivo. Aparecía y desaparecía por todo el local, en mitad de las mesas, entre nubes de humo y sustos de la concurrencia. Nos dolían las manos de aplaudirla y la emoción nos secaba la garganta.

El número final era el que daba nombre a la función. Lo dedujimos cuando empezó a sonar una marcha fúnebre, su ayudante salió lanzando flores y seguido por un sarcófago que se bamboleaba al ritmo de la música suspendido a medio metro del suelo. La caja se puso vertical, siempre en el aire, y su tapa se desplazó para mostrar a Pandora embalsamada como una momia egipcia. Empezó a moverse dentro de sus vendajes dejando claro que estaba bien viva. Y mientras nos intrigaba si conseguiría liberarse, el ayudante acercó una antorcha y le prendió fuego al ataúd con ella dentro. Pandora empezó a girar sobre sí misma como una antorcha viviente. Gritos, alboroto, movimiento de sillas… y sobre el escenario un montón de cenizas humeantes y los restos de unas vendas ennegrecidas. Crepitaron los últimos trozos de madera, convertidos en pavesas.

Ni maga ni ayudante.

Desasosiego entre el público. Alguna risa tensa.

Y, de pronto, al otro extremo del local, entre sonido de violines, sobre la barra, vestida con un ceñido mono blanco, tan alta que llegaba al techo, una Pandora renacida inició una danza nubia entre los vasos y las botellas.

Los aplausos no tenían fin.

La felicitamos entusiasmadas cuando vino a sentarse con nosotras.

—¡Deberías dedicarte a ello totalmente!

—De momento ni me lo planteo, son ganancias muy irregulares, y Memento Mori me ha hecho un contrato blindado, por eso tampoco me interesa que conozca esta faceta mía, no sé hasta qué punto es incompatible.

En un momento habían retirado el escenario y despejado el espacio. Por los altavoces sonó la hipnótica voz de Leonard Cohen. Behite levantó a Víctor y salieron a la pista.

—¿Bailamos? —le propuse a Martha.

—¿Por qué no?

Dance me to the end of love.

Era la primera vez que la tenía entre mis brazos y mi cuerpo se amoldó al suyo. Me vi reflejada en sus gafas y no me reconocí, tan diferente estaba, tan enamorada, sin el gesto de dureza habitual que me avejenta. Tras los cristales, hubiera jurado que el brillo de sus ojos era de amor correspondido. Temblé de excitación. El hechizo duró un segundo o un siglo, no hubiera podido jurarlo.

—Voy al lavabo un momento —me excusé. Necesitaba echarme agua por encima.

Ante el espejo invoqué los manidos argumentos: no conviene implicarse con alguien del trabajo, la diferencia de edad, su compromiso con Natalia…, para ir sustituyéndolos por uno solo: el amor es un loco ciego borracho.

Seguía ardiendo por dentro cuando la puerta se abrió de golpe, dando a paso a Martha. Se acercó con pasitos rápidos, pícara y juguetona, estiró la mano y revolvió con sus dedos mis indomables rizos. Y luego me besó. El corazón me dio un vuelco. Llevaba intención de ser un beso rápido y fugaz, pero nuestros labios quedaron fundidos como la cera. Instintivamente mi lengua buscó la suya, hambrienta, impactada por la intensidad del deseo. La hubiera devorado. Martha abrió mucho los ojos y se apartó. Intenté retenerla, pero salió corriendo.

—¡Feliz cumpleaños! —dijo agitando la mano risueña.

Las piernas me temblaban. Yo nunca me hubiera atrevido a dar aquel paso. ¿Lo había hecho como un juego? Dudé si habría sido por compasión, pero su actitud no dejaba lugar a equívocos. Volví a echarme agua encima. Cuando regresé con la cabeza empapada, la mesa se llenó de risas cómplices.

Hay secretos evidentes. Otros, no tanto.

¿Una trabajadora desleal?

Se había quitado la bata y estaba vistiéndose cuando sonó el teléfono.

La voz de su jefa no presagiaba nada bueno cuando le preguntó si había acabado su trabajo.

—Sí, estaba recogiendo.

—Ven inmediatamente a la oficina, María. Nos ha llegado una petición muy extraña.

Llevaba veinte años trabajando en AyudaT, una empresa de servicios de ayuda a domicilio, y era una de las cuidadoras más solicitadas. Repasó las incidencias en las cuatro casas que atendía por horas, por si alguno de los ancianos que cuidaba hubiera encontrado motivo para protestar. Descartadas las cuestiones laborales, solo quedaba una causa para esa llamada: Hacienda.

Primero recibió una carta confusa, con una cantidad inaudita que, al parecer, le reclamaban. Iba a tirarla pensando que se habían confundido, pero le dio miedo y fue a aclararlo a la delegación más próxima. Tras pedirle más datos, el funcionario miró el ordenador. Allí figuraba su nómina.

Y una cuenta extraña.

—Esa no es mía —dijo segura.

—Pues esa es justo por la que se lo reclaman. Será un

error, tanta tecnología a veces meten la pata y como el suyo es un nombre más bien común...

Rellenó un formulario y se quedó con el resguardo. Al poco tiempo, el cartero llamó a la puerta con otro certificado. «Tú no lo cojas, que mientras no firmes no surte efecto», le había dicho una vecina. No abrió y se quedó allí agazapada. Rompió el papel que habían dejado en el buzón. Cuando se lo contó a su madre, le advirtió del peligro de los recargos en la multa.

Al tercer aviso, acongojada, decidió firmar el recibí. Ya la amenazaban con el embargo de la nómina. Volvió a la delegación. Habló con otro empleado.

—¿Usted me jura que esta cuenta no es suya?

—¡Por Dios! Van a volverme loca. Le juro que no. Jamás abrí una cuenta en ese banco ni vi ese dinero.

—No se preocupe, mandaremos otra reclamación.

Coleccionaba copias de formularios.

La jefa le lanzó una mirada de reproche por encima de las gafas.

—Es la primera vez que Hacienda me avisa del embargo de una nómina. Como comprenderás, María, la honestidad de nuestras trabajadoras ha de ser probada...

—¡Es un error administrativo!

—No me vale. Esta es una empresa intachable que se sustenta en la confianza. Si saliera a la luz, nadie volvería a contratar nuestros servicios. ¿Quién dejaría a sus ancianos en manos de una persona acusada de hurto? Es más, ¿quién me garantiza a mí que no es cierto?

—¡Le repito que no debo nada y jamás cogí dinero que no fuera mío!

—Todo indica que manejas una doble contabilidad y pudiera ser que los fondos de esa cuenta hayan salido de los bolsillos de nuestros clientes, y que esa empresa sea una tapadera.

—¡Yo no he robado nada a nadie! Desconozco la procedencia de ese dinero, ya lo expliqué en Hacienda, seguro que hay un error…

—Vamos a ver… ¿María Sánchez Fernández no eres tú?

—¡Sí!

—Y este es tu número de DNI. —Volvió a ponérselo delante por cuarta vez.

—¡Sí! —gimió desesperada.

—Y esta una reclamación tributaria sobre una cuenta que niegas conocer, abierta a tu nombre y con tus datos.

—¡Ese no es mi domicilio!

—No, claro, pero mentira sobre mentira, el dinero está ahí.

—¡Insisto en que desconozco su procedencia!

—¡Pues vete a la Policía a denunciarlo!

Aquella misma tarde se presentó en la comisaría.

—Así que, según usted, alguien ha usurpado su personalidad.

El policía le prometió que desenredarían la madeja.

El sótano de los secretos

A Rita le había llegado la hora.

Jaime bebía los vientos por ella desde el primer día y esa adoración era evidente más allá de lo profesional. El día que la gerente le regaló una miniatura de R2-D2, el director del Tanatorio de la Corte levitaba como el ataúd de Behite.

Ella se deshacía en detalles con él, pero no acababa de ceder a sus pretensiones. Y él se mataba a pajas con viejas revistas de *The Spirit* y ensayaba ante el espejo parrafadas extraídas de fantásticas lecturas, sin cejar en su empeño. Era a Rita a la que quería allí abajo. Ya al poco de abrir el tanatorio se lo había propuesto:

«Te invito a una cena en mi apartamento, me gustaría enseñarte algo».

«Jaime, eres mi jefe, no procede.»

«Tiene entrada independiente, no te verá nadie y no haremos nada que tú no quieras.»

A Rita la espantaban aquellas explicaciones delatoras.

La gerente sabía que si su excelentísima la pillaba en su jardín, duraría un nanosegundo en Memento Mori. Pero llevaba tres años dándole esquinazo al director y, antes de la comida de aniversario, le había dado un ultimátum. Ya había tirado bastante de la cuerda, no fuera a romperse. Le intrigaba saber qué perversiones tendría.

Iba preparada para lo peor.

Se fue con él del restaurante, pensando una excusa para salir corriendo si las cosas se ponían feas. Igual le daba tiempo a irse después a Viesca. Le vino a la mente Alfonso, con sus rastas y su inseparable porro de maría; seguro que estaría en el estudio cincelando la madera a golpe de navaja. La última vez lo dejó inmerso en el modelaje de una ballena en arcilla blanca. Aunque al principio aquella manía de los elementos marinos le pareció una chorrada y estuvo a punto de disuadirlo, reconocía que contribuían a darle un ambiente especial al recinto. Tenía prevista una campaña promocional para La Fuente del Diablo, le vendría muy bien para sus intereses. Iría a verlo, sí, con tanto trabajo hacía casi un mes que no pisaba el pueblo.

Si conseguía librarse pronto de aquel pesado.

Que Jaime quisiera llevársela al huerto no era nada nuevo, le pasaba con la mayoría de los hombres que se cruzaban en su camino. Había sufrido de todo: toqueteos, sobeteos, procacidades, galanterías insultantes, gestos obscenos, agresiones verbales y hasta alguna física. Si no hubiera puesto en su sitio al primero que se le arrimó más de la cuenta, no estaría donde estaba. Y tampoco habría llegado tan alto si no se hubiera tirado a algún capullo. En eso, los hombres eran predecibles: tenían el cerebro en la polla. No lo consideraba una traición a su marido, formaba parte del sistema. Tampoco pensaba decírselo. Ella utilizaba sus encantos como el resto de sus habilidades: según le convinieran para lograr sus fines.

El poder y el sexo eran monedas de cambio.

Y Rita no dilapidaba su capital. El sexo ocasional no solía ser fruto de la pasión sino de la planificación. Si hiciera caso a aquellos romanticismos tan extendidos sobre mariposas en el estómago y latidos desenfrenados del corazón, su único amor —exceptuando a Alfonso en los inicios— había sido un técnico de sonido doce años más joven, durante la campaña presidencial.

Fue la única vez que se dejó llevar por sus *instintos pri-*

marios. Y que gozó como una perra. La mayoría de las veces, enfrentados a su rotunda desnudez ni siquiera tenía lugar el coito: era una experta en provocar gatillazos. Y Jaime tenía el aspecto de correrse antes de que ella se quitara el sostén. Cómo se lo tomaría, era la incógnita. Sabía que los hombres pasaban de amarla a odiarla cuando se convertía en testigo de su impotencia; un fracaso sexual podía convertir a tu amante en tu peor enemigo.

Arregla luego eso con tu jefe.

Llegaron al apartamento y Rita agradeció que entraran sin pasar por delante de la vecina casa familiar. Pese a que era todavía de día, dentro estaba oscuro, con las cortinas echadas. Cuando Jaime accionó el interruptor, ella no pudo evitar una exclamación de sorpresa al ver su cara en las pantallas que cubrían las paredes.

—¡Caray! ¡Esto parece una oficina de la NASA! ¡Yo pensé que no sabías encender un ordenador!

—Pues verás qué tengo en esa habitación. Quiero enseñarte mi mayor obra.

A Rita le pudo la curiosidad. Era incapaz de imaginar con qué la iba a sorprender. Se quedó de piedra en la puerta. Adosada a la pared del fondo, una enorme maqueta ferroviaria ocupaba la mitad del cuarto.

—Te hago el honor, aprieta tú el botón. Como cuando inauguramos el tanatorio.

Le hizo entrega del mando.

Rita lo accionó y un baile de luces iluminó túneles, carreteras y casas, poniendo en movimiento las locomotoras. Había montañas y verdes prados, perros, gatos, gallinas y hasta un loro en una jaula colgando de una ventana. Se acercó, perpleja, para recrearse en los detalles. Unos niños en un puente tiraban piedras al tren cada vez que pasaba por debajo. Alucinó con los diminutos bocadillos que servían en el bar de la estación.

—¿Esto lo has hecho tú?

Se acordó de Alfonso y sus esculturas marinas. «*¿Qué tendré que atraigo a los raritos?*»

—Son de chorizo, queso y tortilla, para hacerlos utilizo esta lupa. —Le enseñó una monumental, unida por un brazo extensor a la pared.

Rita aguantó una carcajada pensando si tendría que usarla cuando se quitara el pantalón. Tenía toda la pinta.

—Muy interesante..., ¿no tendrás una copa? Tengo sed.

—¡Vaya! ¡Lo siento! ¡Menudo anfitrión! La criada nos lo traerá del bar de mi padre —dijo tocando un timbre.

Ella pidió un whisky sospechando que el fiscal superior lo tendría de primera, como así fue. Con un malta de Islay bajándole por la garganta se sintió mucho mejor. Miró el reloj a hurtadillas mientras Jaime seguía desbrozándole los secretos de la construcción de maquetas con cartón y espuma rígida. ¿Hasta qué hora se prolongaría aquello? Pensó en mandarle a Alfonso un mensaje, pero estaba segura de que las sorpresas no habían terminado. Aquel hombre quería algo y no podía ser solo que le alabara las figuritas. Decidió armarse de paciencia, no le convenía indisponerse con él. Si era necesaria alguna concesión, la haría. Debía averiguar su doble fondo. Mejor irse al día siguiente para Viesca.

—La pintura es el último paso y es muy importante, ¿te das cuenta de que la madera parece envejecida? Fíjate en la portilla de aquí, donde las vacas...

Rita no daba crédito.

Generalmente pretendían tirársela ya en el coche. Ella siempre creyó que existía un *Manual del buen ligón* que los hombres se pasaban unos a otros, porque todos hacían lo mismo, o quizá se limitaban a copiar lo que veían en las películas. Los que no lo intentaban en el coche, se le echaban encima nada más cerrar la puerta de casa; otros pretendían ganársela con una buena cena, y los de la musiquilla y el champán ya entraban en la categoría de horteras y faltos de imaginación.

Pero no lograba encasillar a Jaime, ninguno la había ignorado de tal forma. Lo único que había hecho en el trayecto era contarle el último capítulo de la serie que estaba viendo. Ante la maqueta, con él atacado por una inusitada logorrea, Rita pensó si no la habría llevado para recitarle las estaciones de corrido. ¿No había una serie? Sí, *The Big Bang Theory*. Había visto algún episodio y se había partido de risa. El protagonista, Sheldon, era un tarado social pese a su brillante cerebro. Igualito a Jaime. Peligroso no parecía.

—¿Quieres...? ¿Quieres venir al sótano?

Un escalofrío recorrió su cuerpo.

¿Y si era solo un puto psicópata?

—Tú delante.

Bajó detrás de él esperando encontrarse el escenario de una película de terror y preparada para salir huyendo. Se detuvo asombrada en los últimos peldaños. Las paredes estaban llenas de espejos intercalados entre carteles cinematográficos y, en el centro, tres filas de ordenados percheros.

—¿Qué... te parece?

Le parecía haber cruzado una puerta a otra dimensión.

—Jaime, ¿para qué me has traído a tu casa? ¿Qué pretendes de mí?

Él se lo dijo.

Ella se lo pensó dos veces.

Y aceptó.

La había dejado sola en el sótano para que se sintiera cómoda y allí estaba, con el pelo recogido en una trenza y un top de cuero, falda de tul con minishort, collar, tocado y cinturón, delante de una cámara, declamando el texto extraído del guion de *La guerra de las galaxias* que aparecía en el teleprónter. Jaime la había convertido en su princesa Leia vestida de esclava sexi. También tenía preparada una túnica blanca ceñida con botas altas y gozaba imaginando cómo le quedarían los rodetes, pero eso sería otro día.

Rita había sopesado que resultase comprometedor, quién sabe dónde podrían acabar esas imágenes, pero Jaime no tenía presencia alguna en redes sociales. Lo que no sabía era que su imagen estaba siendo grabada y proyectada simultáneamente en todas las pantallas de la sala de ordenadores.

Del suelo hasta el techo.

Mientras su jefe se pajeaba con un guante de mullida silicona.

Una visita sorprendente

Hay días en que todo se enreda.

Empezó con una manifestación de taxistas que cortó la circulación en las principales vías. Los autobuses escolares no pudieron realizar su recorrido e Inés terminó metida en un gigantesco atasco cuando llevaba a los peques a clase. El colegio estaba en las afueras y llegó al tanatorio sudando y cabreada, casi dos horas tarde. Entró rechinando los dientes en el comedor y dejamos que liberara la furia.

—El maldito colegio me cuesta un riñón y ahora Elisa me sale con que no le gusta ir de uniforme. Para matarla. Y el pequeño quiere que le pague a su padre el vuelo para que asista a su primera comunión. ¡Faltaría más! Se olvidan de que él fue quien nos llevó a la ruina.

Inés había sido durante mucho tiempo la señora Mala Madre, pero últimamente se había convertido en la «Mejor Madre del Universo con sus Planetas y Habitantes Dentro», como le pintó Jorge en una postal el día que se les presentó con la Wii. Ahora que podía, intentaba compensarles las heridas del divorcio y las horas que no pasaba a su lado. Sin escatimar. Para la comunión del peque había contratado un restaurante muy de moda; el mismo que servía el *catering* en el tanatorio, le habían hecho un buen precio.

—Menos mal que no está Rita, anda —le dije para calmarla.

—Sí, se ha ido a Viesca. Algo debe de pasarle con su marido, no se la veía muy contenta. —Inés era experta en detectar síntomas de fracasos matrimoniales.

Teníamos el café a medias cuando se encendió la pantalla en la pared emitiendo un cuadro parpadeante con un aviso.

—Cada vez que Rita se toma unos días libres, surge alguna complicación —protesté mientras todos nos levantábamos presurosos.

—Hacía tiempo que no se producía un código negro —coincidió Rosa.

Víctor salió corriendo para preparar el vehículo. Seguimos a Inés hasta su despacho. Un código negro significaba un riesgo para la población en general.

—Han llamado desde la Unidad de Tratamiento de Enfermedades Infecciosas del Hospital, puede ser cualquier cosa —nos informó Inés.

Las medidas a adoptar eran rigurosas. Me fui a preparar traje, guantes, mascarilla y botas, la equipación completa. Víctor ya había acudido a recoger el cuerpo y recibí un mensaje suyo: «Virus africano, sudario de PVC, no abrir».

Volví al despacho de Inés. Se estaba quejando del papeleo y, de pronto, se quedó lívida.

—¡Jaime! —exclamó dándose una palmada en la frente—. ¡Con semejante follón me he olvidado por completo de él!

Ella era la encargada de suplir a Rita cuando esta no estaba. El director habría llegado puntual como un reloj y, por primera vez, no se encontraría abierta la página de las esquelas ni habría tomado el café a su hora.

—¿Quieres que vaya yo? Si se lo explico, lo entenderá...

—Te echaría con cajas destempladas. ¡Con lo maniático que es, estará hecho una fiera!

Ya salía resignada a recibir una bronca cuando entró Víctor, vestido como un astronauta y con un montón de papeles.

—Esto es más importante —suspiró Inés aplazando el enfrentamiento con el director—. ¿Qué te han dicho?

Mientras Víctor nos explicaba las precauciones que se debían tomar para la incineración, sonaron dos golpes en la puerta entreabierta. Inés gritó «Adelante» y asomaron una mujer y un hombre.

—Si vienen a gestionar un funeral, les ruego me concedan un par de minutos, tenemos un caso prioritario.

—Yo los atiendo —me ofrecí, ya que no había que embalsamar, y los llevé a una salita.

—Queríamos hablar con don Jaime, el director del grupo Memento Mori, quien también dirige este tanatorio, ¿no es así?

—¿Tienen cita?

—No, pero es urgente que hablemos con él.

La mujer sacó una placa y me tendió una tarjeta: «Sara Ocaña. Inspectora Judicial. Policía Nacional».

Se la llevé a Inés, que pareció aliviada por el pretexto para esquivar la bronca. Me dejó haciendo compañía a los dos policías y enseguida les dio paso al despacho de Jaime.

—Estaba como si fueran las nueve de la mañana y acabara de sentarse, erguido, con las manos encima de la mesa y el ordenador apagado —me susurró al salir, arrastrándome con ella de vuelta a su despacho.

Al cabo de un rato oímos los pasos de los policías e Inés salió al pasillo dispuesta a acompañarlos. No pudo evitar un grito. Me asomé, a la vez que Laura desde su oficina, a tiempo de ver cómo los policías escoltaban al director.

—Le trasladamos a Jefatura para interrogarle —dijo la inspectora sin ninguna delicadeza.

Jaime nos lanzó una mirada de auxilio y sorpresa.

Bajamos las tres a la floristería temblando. Allí estaba Martha hablando con Rosa.

—La Policía se ha llevado a Jaime. Y han precintado su despacho.

—¿Qué?

—¿Y Rita?

—La estoy llamando, pero no coge el teléfono, debe estar en el pueblo sin cobertura. Le he dejado varios mensajes…

—Tranquila, mujer, habrá acumulado multas de aparcamiento —dijo Rosa abrazándola.

—No era la Policía Local. Iban de paisano. Y no vienen a buscarte y te precintan el garito por eso… —Se echó a llorar.

—Policía Judicial —confirmé—. ¡Dale agua, Rosa, me está poniendo mala! —Cerré la puerta del taller cuando vi cómo nos miraban el resto de las floristas.

—¿Habrá matado a alguien? —ironizó Martha.

—¡No me extrañaría! Estos que parecen un mosquito muerto son los peores. Y si no, será evasión de impuestos o un desfalco —solté.

—¡Imposible! —atajó Inés—. Yo me encargo de los pagos y la contabilidad. No puede haber desajustes, con ese sistema informático que tú diseñaste todo está controlado, ¿no, Martha?

—Para hackearlo hace falta tener mucho conocimiento, y a Jaime no lo veo capaz de algo tan sofisticado.

Avisamos a Víctor y a Behite, que se presentaron enseguida.

—¿Estáis seguras de que Rita está bien? —planteó Behite—. ¿No es un poco raro que no responda al teléfono? La última vez se fueron juntos… Y hoy no está ella y justo lo detienen a él.

—Siempre la miró de una forma muy rara… —recordó Víctor.

—Es inocente mientras no se demuestre lo contrario —concluyó Rosa para atajar las elucubraciones sobre su culpabilidad.

—Estas cosas… no me gustan nada —repetía Inés.

Pusimos la radio, ojeamos las redes sociales y Martha entró de extranjis en el foro de la Policía y en el registro del hospital. Ni rastro. Inés siguió llamando a Rita sin obtener respuesta. Estuvimos a punto de denunciar su desaparición. A mediodía, por fin, la gerente le devolvió las llamadas y nos tranquilizó saber que tomaba las riendas del asunto. Salimos juntas a comer y volvimos dispuestas a montar la tienda de campaña si hacía falta.

—Tú vete, Inés, tendrás que recoger a Elisa y Jorge.

—Las calles ya están despejadas, que vuelvan en el autobús, avisaré a la canguro que les prepare la merienda.

Las horas transcurrieron lentas, mirando Internet a ver si encontrábamos alguna pista. El Tanatorio de la Corte ocupaba las portadas digitales debido al virus africano. Numerosos periodistas se habían desplazado hasta allí pretendiendo hablar con la familia afectada; sin embargo, ningún medio mencionaba la detención del director.

La gerente apareció a última hora de la tarde con gesto avinagrado.

—¿Qué hacéis aquí? Recibí en nuestra app que el código negro había finalizado…

—Estamos de guardia por si nos necesitas. Por lo de Jaime…

—Pasad a mi despacho. ¿Hablasteis con algún periodista sobre esto?

—No. Hubo muchos, pero solo buscaban carnaza sobre el fallecido por virus.

—Jaime ya ha salido de comisaría y está en casa descansando. Insiste en que es una confusión. Y yo lo creo. Si os llaman de algún periódico o tertulia televisiva, mantened la boca cerrada.

Nunca nos había tratado de forma tan desabrida.

—¡Pero si no sabemos nada!

—Mucho mejor. Podéis iros a casa.

—Si me necesitas, me quedo —se ofreció Inés.

—Prefiero tenerte mañana temprano aquí descansada.

Nos despedimos con la incredulidad pintada en las caras.

Llamadas intempestivas

Rita se dejó caer en la silla quitándose los zapatos.

La noche anterior se había acostado tarde, discutir con Alfonso le hizo perder el sueño. Cayó agotada casi al amanecer y había dormido poco y mal. Cuando despertó, el sol estaba en lo alto. Vio las numerosas llamadas perdidas y ya sospechó algo gordo. Empezó a contestarlas en orden inverso de importancia, necesitaba recabar toda la información posible antes de hablar con el fiscal y con el presidente. Recibió la noticia en boca de Inés y rebuscó un número en su agenda.

—¿Fabián? Necesito una información. Han detenido a una persona y no sé de qué se le acusa.

Le dio los datos y colgó esperando la llamada de vuelta. No tardó mucho y su interlocutor no dejó lugar a dudas.

—Son varias acusaciones. Todo partió de una denuncia.

—¿Una denuncia?

—Por lo visto, Hacienda expedientó a una mujer, María Sánchez Fernández, sobre su relación comercial con una empresa de servicios funerarios. Ella negó haber recibido dinero alguno ni haber tenido tratos con esa empresa, amén de desconocer la existencia de dicha cuenta, pero Hacienda pretendía embargarle la nómina. Trabaja en ayuda a domicilio y su jefa le recomendó que lo denunciara a la Policía.

—¿Y qué pinta Jaime, aparte de esa relación con los servicios funerarios?

—Es el firmante de las órdenes de pago.

A Rita se le abrió el suelo bajo los pies.

—Muchas gracias, te debo una.

Se quedó pensativa con el móvil en la mano. Volvió a hablar con Inés. Y decidió dejar al padre de Jaime como colofón.

—Presidente…

—¡Rita! ¿Dónde coño estabas? ¿Qué cojones pasa con Jaime? Tengo al fiscal superior subido a la chepa. Está empeñado en que es cosa tuya, que su hijo es un santo inocente y que tendrás que vértelas con él.

—Supongo que habrás defendido mi honorabilidad…

—¡Por la cuenta que me trae! Oye, te puse ahí porque me fío de ti, pero vas a comer mierda a manos llenas si no encuentras al culpable.

—¿Qué quieres decir, presidente?

—Jaime debe salir limpio. Sin mácula. Así que si no emplumas a alguien, cargas tú con el mochuelo. Unas veces se gana y otras se pierde.

—No me gustan las amenazas.

—Tú cuida de Jaime y yo cuidaré de ti. Esto tiene toda la pinta de proceder de dentro, y si te digo la verdad, me decepciona que te la hayan colado. Encuentra el miembro podrido, corta por lo sano y purifica.

—Así lo haré. —Se contuvo.

Rita ardía de indignación. ¡Llevaba haciéndose cargo de Jaime desde el primer día como si de un hijo tonto se tratara! No hacía nada más que estorbar, por no hablar de sus estúpidas manías de adolescente retrasado.

Bufó repetidas veces pisando a fondo.

—Excelentísimo señor fiscal…

Por mucho tratamiento que tuviera, era un capullo.

—¡Ladrona! ¡Mi hijo en la cárcel!

—Lo siento, señor. Está en comisaría, me acabo de enterar.

—¡Está involucrado en una cuenta falsa! ¿Quién la creó?

—Señor, le ruego que se calme.

—¿Mi hijo en una celda y quieres que me calme? ¡Lo único claro es que no es cosa suya, ese gandul no vale ni para trabajar ni para robar! ¿De dónde salieron esas sumas? He invertido mi prestigio y el dinero de mis amigos. Como Memento Mori sea una estafa me van a crujir, pero yo antes te haré polvo…

—Hablarme así no hará que su hijo salga de este embrollo…

—Saldrá en breve porque de eso me encargo yo, da igual que sea inocente o no. A ti te corresponde encontrar una cabeza de turco. ¡Ya puedes mover ese bonito culo que tienes!

Otro que colgó sin despedirse.

Rita intentó serenarse. Ese podía ser el fin de su carrera. Pasó por su apartamento a cambiarse y comprobar ciertos datos. Estaba mirando unos balances bancarios cuando le sonó el móvil.

—¡Jaime!

—Rita, estoy en casa. Me han dejado en libertad con cargos. Papá…, mi padre dice que es cosa tuya, aunque yo no lo creo…

—Alguien la ha estado cagando. No te preocupes, yo me encargo de todo. Descubriremos al garbanzo negro. Venga, descansa.

—Mi padre tiene miedo de que la prensa se entere…

—Se enterará, pero ya le daremos nuestra versión. Tú tranquilo.

—Yo no quiero salir en los periódicos.

—Nadie tiene tu foto y yo no se la daré.

—Mi padre dice que perjudicará a la empresa…

No le colgó hasta tenerlo apaciguado. Respiró hondo. Una cosa menos de la que ocuparse.

Su contacto la telefoneó a última hora.

—¿Qué tienes de nuevo, Fabián?

—Mañana a primera hora vuelve la Judicial. Y te diré que esa inspectora Ocaña es un perro de presa. Si Jaime es culpable no le valdrán de nada todas las influencias de su padre.

Se puso manos a la obra.

El día siguiente iba a ser muy duro, por eso estaba en el tanatorio a esas horas intempestivas. En la sede del Partido habían sufrido registros por uno u otro motivo y sabía lo exhaustivos y molestos que podían llegar a ser. Valía más comprobar que todo estuviera en su sitio. Prefería encargarse ella de revisar los ficheros informáticos sin comprometer a su gente. Bastante iban a tener las pobres al día siguiente. Imaginó a Inés delante de la Policía, nerviosa y aturdida, dándoles explicaciones incoherentes, y a Martha volviéndoles locos con su lenguaje técnico.

Fue una noche larga.

Sospechas generalizadas

El día siguiente nos depararía sobresaltos desde bien temprano. La voz de Inés inauguró la serie cuando apenas había empezado la jornada.

—¡Sube inmediatamente! ¡La jefa ha llamado a rebato!

Le encargué a mi segundo que siguiera con el maquillaje y corrí a desinfectarme y librarme de la impedimenta. El último que me había enviado la empresa de trabajo temporal era demasiado joven y carecía de formación alguna. No me apetecía mucho dejarlo solo porque ya habíamos tenido varios encontronazos y no confiaba en él. La mayoría ignoraban los pormenores del trabajo y salían huyendo al primer muerto, pero aquel me daba que era todo lo contrario: los trataba sin el debido respeto.

Por el camino tropecé con Rosa, temblorosa y congestionada.

—¿Qué crees que pasa?

—Nada bueno…

En la planta de dirección vimos a dos hombres cargados con maletines y cajas de cartón plegadas entrando a registrar el despacho de Jaime. Pasamos a la sala de reuniones. En la cara de Rita se reflejaba la falta de sueño. El maquillaje cubría con dificultad sus ojeras y me sorprendió encontrarla con la misma ropa del día anterior.

—La Policía Judicial lleva aquí desde primera hora. La inspectora Ocaña quiere hablar con los empleados. Os interrogarán en el despacho de Laura, mucho mejor que acudir uno por uno a la comisaría.

—Pero… ¿de qué se nos acusa? —chilló Inés.

—Os advierto que no es el momento de histerias. Si alguien teme perder los nervios, Laura le dará un tranquilizante. La inspectora Ocaña dice que las acusaciones que pesan contra el director son muy graves: falsificación de documentos mercantiles, fraude fiscal, malversación de caudales y usurpación de identidad. Supuestamente, ha creado una empresa ficticia a nombre de otra persona. Os ruego que facilitéis toda la información que soliciten. Inés, ven a mi despacho.

Conmocionadas, salimos de la sala.

—Zona cero, la floristería. Ahora mismo, el lugar más apartado y discreto es el taller de Rosa. Después de las entrevistas quedamos allí para contrastar cómo nos ha ido —les dije antes de regresar cada uno a su puesto.

La mañana resultó bastante tranquila, así que en cuanto organicé a mi personal, bajé con ella a esperar noticias.

—¡Ay! Menos mal que estás aquí. Estoy atacada de los nervios, no paro de ir al baño.

—Tranquila, Rosa, contigo y conmigo esto no va, son cosas de jefes. Se rumorea que hay metida aquí pasta del Partido, a lo mejor esas leyes tan favorables no son una casualidad.

La primera en llegar fue Martha, tras sufrir casi dos horas de interrogatorio, y detrás de ella Behite y Laura, impacientes por saber en qué había consistido.

—Se han llevado una copia del servidor. Les he dicho que es impensable que Jaime lo manipulara, aunque maneja la informática suficiente para eso y para más. Rita estuvo en su casa y, por lo visto, allí tiene una sala llena de cacharros.

—¿Estuviste presente durante la declaración de la gerente? —pregunté sorprendida.

—Me llamaron para la parte técnica, supongo que con el fin de confrontar lo que ella les decía. Poco pude añadir, él aquí apenas usa los ordenadores excepto para cosas estrambóticas, según reveló el análisis de su historial de Internet.

—¿Pornografía?

—Entiendo que a eso se dedican las agencias que contacta. Tiene un archivo en Excel con los precios de varias, pero solo utiliza iniciales para nombrar los servicios que prestan. Y aparte de las esquelas, las páginas más visitadas son de horarios de trenes y catálogos de ataúdes —dijo Martha con extrañeza.

El teléfono sonó y Rosa levantó el auricular sin darle una segunda oportunidad. Abrió mucho los ojos y cuando colgó le temblaba la barbilla.

—Claudia, la Policía quiere entrevistarnos juntas.

—¿La florista y la tanatopractora? ¿Qué tenemos que ver? —pregunté desconcertada.

Behite nos empujó hacia la puerta sin ocultar su preocupación.

—Venga venga. ¡Qué suerte tengo siendo choferesa! No le intereso a nadie...

Rita nos acompañó al despacho de Laura. La inspectora Ocaña levantó la vista de su bloc de notas y le indicó que saliera. Nos sentamos frente a ella.

—¿Les sorprende que las haya llamado?

—¡Pues sí, la verdad! —contesté dispuesta a no dejarme achicar.

—Serán unas preguntas sencillas. ¿Son ustedes quienes realizan los pedidos de material de tanatopraxia o floristería, según el caso?

—Sí, señora. Y los trasladamos a Administración.

—El departamento que ustedes llaman Administración engloba Pagos y Contabilidad, ¿cierto? —Asentimos—. Y lo lleva Inés. —Consultó su libreta—. Cuando llega el pedido, ustedes lo recepcionan.

—Sí, comprobando que la mercancía se corresponda con los albaranes.

—¿Y qué hacen con esas notas de entrega de los materiales que reciben?

—Las guardamos hasta que llega la factura.

—¿Les llegan las facturas a ustedes mismas?

—Si entran en formato digital, recibimos un aviso en la pantalla y las validamos desde la propia aplicación, tras comprobar con los albaranes que están correctas. Si llegan en papel, Inés nos las baja en una carpeta.

—¿Y qué hacen cuando la factura en papel está en su departamento?

Rosa me miró apurada y me dispuse a explicarlo:

—Las dos operamos igual: la contrastamos con el albarán, la firmamos y se la devolvemos a Inés. Ella la digitaliza y guarda el original para el archivo.

—¿Siempre se archivan los originales?

—¡Sí, claro! La copia ya está en el sistema. En PDF.

—Pero usted no le da una fotocopia a Inés de las facturas...

—No, claro, nunca.

—¿Y usted tampoco?

Rosa negó con la cabeza.

—Entonces, ¿qué me pueden decir de estos casos?

Nos entregó un taco de papeles a cada una. Los repasamos una y otra vez sin entender nada.

—¿Esto qué es?

—Esperaba que ustedes me lo dijeran. En su caso, Claudia, su firma de conformidad aparece en estas veinte facturas, hay varias para cada concepto, se las he agrupado: productos para el aseo mortuorio (guantes de látex, crema, polvos, adhesivos bucales, pinzas, cuchillas), materiales de restauración cadavérica (bisturí, yeso, látex, tijeras, hilo), utensilios de maquillaje (brochas, esponjas, pinceles), productos de maquillaje (correctores, *eyeliners*, barras de labios).

—¡Lo sé, lo he visto! —la interrumpí—. Esto no es Hollywood, malamente puedo haber gastado miles de euros solo en maquillaje, como figura ahí. Y además no conozco a esa empresa, Servicios Funerarios, S. L. Es la primera vez que veo su nombre.

—Sin embargo, sí es su firma.

Volví a revisarlas.

—¡Es que son fotocopias! Alguna no se ve bien, ¿dónde están los originales?

—Ese es el problema. A pesar de estar digitalizadas y tramitadas, los originales no aparecen. En los archivadores solo encontramos copias.

—En mi caso, no lo entiendo —intervino Rosa—. Estas facturas son originales y parecen firmadas por mí, pero aquí figuran compras a Servicios Funerarios por valor de miles de euros y yo solo trabajo con Viveros Fresno. ¡Y nunca realicé estos encargos!

—¿Es su firma?

—Sí parece..., no podría jurarlo... ¡pero es tan fácil de imitar!

Rosa escribía las cuatro letras de su nombre redonditas, casi infantiles, con una triple rúbrica envolvente.

—¿Puede ser que Viveros Fresno subcontratara a esta empresa? ¿Que sea filial suya o del grupo Memento Mori? ¿O que Inés se las pusiera delante y usted las firmara sin verificarlas?

—Yo... no sabría decirle, la verdad...

—¿Quiere decir que usted firma lo que le ponen delante, sin mirar?

—¡No no! ¡Claro que no! Bueno, puede que si ando con apuro... —contestó azorada.

—Señoras, si el asunto no se aclara, aquí figuran ustedes como responsables últimas de estos pagos.

—¿De cuánto estamos hablando? —pregunté espantada.

—La Brigada de Delitos Económicos está revisando las cuentas y faltan datos, pero hacen bien en asustarse: estamos ya cerca del medio millón de euros *extraviado* con sus firmas. —Rosa se echó a llorar—. ¿Cuánto hace que conocen a Inés?

—Las tres venimos del antiguo tanatorio —le dije.

—¡Fuimos a su boda! —aclaró Rosa entre hipidos, elevando el conocimiento al grado de amistad.

—¿Han notado algo raro, diferente, en ella en los últimos tiempos? En ella o su entorno… ¿Se mudó de casa? ¿Cambió de coche? ¿Compró una segunda residencia?

—Esos zapatos… —susurró Rosa tras sonarse con estrépito.

—Y el colegio de los chiquillos es privado, de los más caros —comenté vengativa.

—¿Qué pasa con los zapatos?

—La gerente utiliza marcas como Louboutin, esos de la suela roja, e Inés también empezó a usarlos.

—Mucho ganan aquí. ¿Saben que su importe supera el salario medio?

—¡Jura que los compra por Internet a mitad de precio!

—Así y todo, siempre miró mucho el céntimo y ahora gastar no le cuesta esfuerzo —observé.

—¡Eso es cierto! Siempre llega con alguna compra nueva y la justifica como un chollo. Y hablaba de comprarse un barco…

—También se cambió de coche. El nuevo es familiar, tipo berlina, que son bien caros…, y se van casi todos los fines de semana…

—La gerente me ha dicho que se está haciendo un chalé en el pueblo al lado de la casa de sus padres. ¿Lo sabían ustedes?

—Nunca nos dijo nada de eso…

—Veo que hay cosas que les oculta pese a haber ido a su boda… —comentó irónica la inspectora Ocaña.

Nuestros móviles empezaron a pitar en ese momento. Cuando vi el mensaje en la pantalla mi cara debió ser un poema.

—¿Sucede algo? —pregunto la inspectora.

—¡Lo peor! ¡Y tenía que ser hoy precisamente! —contestó Rosa.

—Las desgracias nunca vienen solas. Código amarillo. Accidente múltiple y se halla implicado un autobús escolar. Hay varios muertos y heridos graves. En un par de horas esto se convertirá en una locura. Voy a tener que ir corriendo a preparar camillas y material, si no me necesita más… —dije levantándome como una flecha y dejándola con la palabra en la boca.

—Y… ¿qué va a pasar con esas facturas? ¿Estamos detenidas? —preguntó Rosa aún pegada al asiento.

La inspectora Ocaña lanzó la primera sonrisa de la mañana.

—No, mujer, tranquila. Ya lo hablaremos con más detenimiento. De momento vuelvan a sus ocupaciones. Avisen a Inés que entre, por favor.

Nos tropezamos con ella en el pasillo.

—¿Cómo os ha ido? —Intentó detenernos.

—No podemos pararnos… —le contestó Rosa huyendo casi.

—Que entres —le dije antes de seguir a mi compañera.

La mañana se convirtió en un verdadero infierno. En el accidente se habían visto involucrados el autobús, una furgoneta de reparto, dos turismos y una moto. El motero fue el primero en entrar. Eran las once.

Todas las fuentes coincidían en su mala suerte y la vulnerabilidad sobre dos ruedas, pero los guardarraíles de metal habían sido los únicos culpables en este caso. Lo supe al ver el cuello seccionado.

Mandé un mensaje a todos los turnos, alguno había oído la noticia en la radio y se había presentado por propia iniciativa.

A las doce nos trajeron un niño y una niña.

Acaricié su piel como si aún pudieran sentir mis dedos sobre ella, antes de que el zumbido en mis oídos anticipara las imágenes que no quería ver, de las que no podía librarme. Muy suavemente, empecé a cantarles una canción infantil: *Naranja dulce, limón silvestre... Recanija calaca.*

Me gusta cantar a los muertos. Las melodías no les devolverán la vida ni retrasarán la putrefacción de los cuerpos, pero me ayudan a aislarme, a concentrarme, a realizar la tarea con cuidado y precisión. Con cariño.

Los familiares de los fallecidos, curiosos y periodistas empezaron a agolparse a las puertas del tanatorio. Los permisos habían sido suspendidos, así que por la trasera iban entrando los trabajadores también en tropel. La presencia de la Policía no había trascendido y la jornada transcurrió con la dramática normalidad de una tragedia de ese calibre. Laura puso en marcha el equipo de psicólogos y solicitó refuerzos para enviar al colegio. El motero resultó ser el presidente de una asociación local de Ángeles del Infierno e Inés tuvo que contactar con la Policía Local para garantizar la seguridad del cortejo, pues nos avisaron de que al día siguiente se juntarían más de trescientas motos.

A las cinco de la tarde los gritos se recrudecieron con la entrada de otro menor. El comercial de Viveros Fresno apareció *motu proprio* para ocuparse de los encargos. Rosa empezó a vomitar y no salía del baño. Honorio acabó llevándola a casa.

Yo, por mi parte, evitaba pensar. Bastante tenía con sentir.

Las imágenes del accidente me asaltaban una y otra vez, como coches de choque golpeándose contra las paredes del estómago. Veía a una abuela esperando al niño muerto con la merienda en la mano. El niño estaba intercambiando cromos con su compañera de asiento. Se quitó el cinturón y se puso de pie en el pasillo, pese a saber que estaba prohibido, para alcanzar la bandeja superior y coger la mochila donde guardaba el álbum. Con el frenazo, su cuerpecillo salió lanzado como una flecha, atravesando el cristal delantero para estrellarse unos metros más allá contra la furgoneta. «*¡Vuelo como Superman!*», fue lo último que pensó. Me hubiera gustado decírselo a sus padres: «No sufran, no se enteró».

No lo hice, nunca lo hago. ¡Cómo iban a creerme!

Luego siempre me arrepiento.

Cada cuerpo entraba en peores condiciones que el anterior, pues según pasaban las horas, a los efectos del accidente se sumaban las consecuencias de los intentos de salvación: operaciones, cortes, suturas, pinchazos... Prescindí de mi tiempo libre, enlazando un turno tras otro, un café tras otro. Necesitaba estar agotada para no acordarme de lo sucedido por la mañana; cada vez que me venía el interrogatorio a la mente, la indignación me corroía. ¿Cómo era posible que Inés nos tuviera tan engañadas? ¿Y si al final teníamos que pagar aquellas facturas de nuestros bolsillos?

A las ocho, Inés se personó entre los muertos con la cara desencajada, como uno de ellos; parecía habérsele borrado hasta el maquillaje y eso que se le notaban varias capas. Ni rastro del efecto *flash*.

—¿Qué te han dicho? —pregunté seca.

—Nada.

—¿Y para eso has venido a verme? ¿Te han pedido discreción?

Se mordió un labio, pero no añadió una palabra.

—Chica, nosotras nunca te hemos fallado. ¿Ya no te acuerdas cuando tuviste problemas con tu maridito? —solté resentida.

—¡Claro que sí! ¡Cómo podría olvidarlo!

—¿Entonces? La inspectora nos dio a entender que fuiste tú la que nos falsificó la firma. ¿Es eso cierto?

—No es lo que piensas..., es que... me resulta difícil explicarlo.

—¡Así que es verdad! ¡Joder, Inés! ¡En menudo lío nos metiste! ¡A ver ahora cómo nos sacas de él, porque ni Rosa ni yo tenemos nada que ver con tus barullos!

—Yo también me siento engañada. ¿Podríamos..., podríamos hablar ahora?

—Si tienes algo que decir, mejor que lo escuchemos todas, ¿no? Por lo menos La Vieja Guardia, te recuerdo que somos una piña. O lo éramos. ¿Sabes que Rosa ha tenido que irse a casa con un ataque de ansiedad?

—¿Otro?

—Y por culpa tuya, estarás orgullosa. ¡Casi la mandas al otro barrio!

—Si me dejaras explicarte…

—¡Déjame en paz! ¿Te parece poco lo que tengo delante? Cuéntaselo a Rita, con ella no tienes secretos.

Inés salió con la cabeza baja.

Noche lúgubre

Tras un día interminable, a las diez de la noche, con la cabeza a cien y la tensión a tope, recogí mis utensilios despacio. Los pensamientos me asaltaban como aguijones de avispa. Creí que salía la última, pero todavía me tropecé con Martha. Eso bastó para que me desapareciera el cansancio.

—¿Te animas a tomar algo? —le propuse—. Nos vendría bien…

—¿No estás agotada? —Asentí y me devolvió una sonrisa cansada—. De acuerdo, yo también lo necesito. No creo que pueda volver a casa en este estado de excitación. He tenido al perito de la Policía encima todo el día, tuve que ir dos veces a comisaría a aclararle algunas cosas y todavía le acabo de colgar el teléfono… Natalia me tiene hasta arriba de mensajes, voy a tener que aguantarla al llegar a casa, así que casi prefiero tardar un poco más.

Solo me faltó dar palmas.

El Hollywood se había convertido en nuestro refugio y yo lo mantenía en secreto ante el resto. Nada más sentarnos, la dejé que me contará primero su periplo policíaco y luego me explayé yo.

—En resumen, uno de los peores días de mi vida. Y cuando en medio de la debacle me aparece Inés con cara de mosquita muerta, quise matarla. ¡Falsificarnos la firma! ¿Te das cuenta de que, si no lo reconoce, nos podrían reclamar a nosotras esa cantidad?

—Por lo que cuentas, no es seguro que fuera ella...

—Yo puedo perdonar cualquier cosa, pero la mentira y la traición, no. Si fue capaz de ocultarnos que se está construyendo un chalé, la veo capaz de cosas peores. ¿Es cierto que se puede comprar esa ropa tan cara por Internet a precio de saldo?

Martha conectó su móvil y me enseñó algunas páginas.

—¿Ves? —Me indicó los precios—. Aunque sean de *outlet* o imitaciones, no te los regalan.

—Algo no me encaja. Nos han subido el sueldo, vale, pero no tanto como para comprarse zapatos de mil euros. Inés se ha estado comportando como si hubiera recibido una herencia.

—A lo mejor la recibió. O cobra algún tipo de extra que vosotras no sabéis.

—Nos hubiéramos enterado, somos amigas..., o lo éramos.

—Lo seguiréis siendo, no temas. Estos acontecimientos alteran a cualquiera. Tenías que haber quedado con ella..., podrías llamarla.

—¿Te pica la curiosidad? —le pregunté sorprendida.

—¡¡Sííííí!!

Marqué su número maldiciendo la hora en que se me había ocurrido comentárselo. «*¿Cómo decirte que no te quiero compartir con nadie?*», pensé.

—Parece que no lo coge —manifesté aliviada al segundo intento.

—¿No responde al móvil? ¡Qué extraño!

—Tienes razón, suele tenerlo siempre activo por los niños... Lo tendrá sin sonido y estará de camino a casa. O ya dormida.

No le dimos más importancia y tras la segunda copa, Martha, apasionada confesa de la novela negra, propuso varios finales estrambóticos para los extraños sucesos del tanatorio, con un Jaime que oscilaba entre Barbazul y el Jorobado de Notre Dame. Nos partimos de risa. Al despedirse, le ofrecí subir a casa a tomar la última y casi estuvo a punto de aceptar, pero se mantuvo firme. Fue a darme un beso de despedida y esta vez se lo devolví, atrayéndola hacia mí sin que se resistiera. La besé largamente y nuestros cuerpos se ahormaron, cálidos, blandos. Nos despedimos con desgana y una sonrisa trémula. Entré en el salón dando volteretas de alegría, con el sabor de sus labios en los míos. Cuando me sonó el teléfono, corrí a responder pensando que sería ella.

En su lugar me llegó una voz asustada.

—¿Claudia? Soy la madre de Inés, la canguro nos ha llamado, tiene que marcharse y mi hija no ha aparecido. No conseguimos localizarla, ¿está contigo?

—No. Yo también la telefoneé antes y no me contestó…

—¡Dios mío! Igual le ha pasado algo… ¿Aviso a la Policía?

Me invadió un sudor frío al imaginármela en una celda. Seguía siendo mi amiga.

—¡No, no seas alarmista! Con el follón del accidente igual está todavía trabajando, me entero y te vuelvo a llamar.

—Hubiera avisado, mi hija es muy responsable, demasiado incluso. Tú la conoces.

Miré el reloj, Martha todavía no habría llegado a su casa. La llamé.

—¿Cómo se puede saber si una persona está detenida? —le pregunté sin ambages.

—¿Te refieres a Jaime? ¿No había salido?

—No, a Inés. —Y le expliqué lo sucedido.

—Tal vez fue a ver a Rosa, si se sentía culpable después de lo que dijiste… A lo mejor Rita sabe algo.

—Rita me dijo que no había dormido casi anoche. Me da apuro despertarla, bastante loco ha sido el día para provocar otra alarma innecesaria. Llamaré a Rosa primero.

—Hago unas pesquisas y te cuento.

Rosa estaba en el sofá con Mirlitón viendo una serie.

—¡Creí que eras Inés! Me llamó hace un par de horas lloriqueando disculpas y diciendo que me quería mucho para luego colgar de repente...

—Pues está desaparecida, me acaba de llamar su madre.

—¡No digas tonterías! Me dijo que estaba en la oficina... ¿No le habrá dado un infarto?

—¡Cómo eres, Rosa! Siempre pensando lo peor...

—Mira, me pongo algo encima y voy al tanatorio. Inés jamás desaparecería sin avisar. Y si le ha pasado algo y yo fui la última con quien habló, nunca me lo perdonaría.

Faltaba un cuarto de hora para la medianoche.

—Quédate ahí, yo me acercaré a echar un vistazo.

—¡Ni hablar! ¡La idea fue mía!

—Pues paso a recogerte y nos acercamos juntas.

Me entró la llamada de Martha camino del ascensor.

—En comisaría no está, ni herida en ningún hospital. ¿Ha podido liarse con alguna cita de esas que tenía por Internet? Ya le advertí del peligro de los desconocidos... ¿No estará con el surfero?

—Inés no es así, te lo prometo. Podrá robar, pero a sus hijos del alma no los deja solos sin una explicación. ¡Ni a sus padres! ¡Menuda es ella! Rosa y yo volvemos al tanatorio.

—Pues me uno a vosotras, pasad a recogerme.

Me alegré.

Cuando llegamos, el aparcamiento estaba vacío. Salvo por el coche de Inés, nuevecito y resplandeciente, en su lugar habitual.

—Señal de que no se ha ido, todavía estará dentro...

—¡Hay luz en las oficinas! —Les señalé las ventanas iluminadas.

Echamos a correr las tres a la vez. Encontramos la puerta del despacho de Inés abierta de par en par.

—¡Tiene aquí el bolso!

—Y el abrigo. Hace demasiado frío para salir sin él, debe estar en el edificio. ¡Vamos a buscarla!

—¿Y si... llamamos a la Policía? —propuso Rosa.

—¡Espera, mujer! Puede haberse caído sin más, el móvil lo ha dejado encima de la mesa... Mira, tiene más de treinta llamadas.

Revisamos juntas los espacios comunes y después nos repartimos el edificio. Cada puerta que abríamos y cerrábamos sin encontrarla era un nuevo aldabonazo de temor. Registramos incluso el almacén de la apagada cafetería. Impacientes y decepcionadas, nos juntamos en la floristería.

—Parece como si se hubiera evaporado. ¿Qué hacemos?

—Acabo de hablar con la madre, ya han llegado del pueblo y están con los niños. No le he dicho que estaban aquí sus cosas por no asustarla más. El padre dice que va a avisar a la Policía, igual había que comentárselo a la inspectora Ocaña.

—¿Le has dicho al padre que es sospechosa de falsificar facturas?

—No, porque no estamos seguras de que haya sido ella.

—Les tengo dicho que cierren las puertas de las neveras, si el frío se va se nos estropean las coronas. —Rosa señaló una entreabierta al fondo del almacén—. Por más que insisto... El otro día por la mañana me encontré la luz encendida...

Se dirigió hablando sola hacia las cámaras frigoríficas, sin que le prestáramos mayor atención.

—Lo mejor será avisar a Rita —planteó Martha.

—Sí y que ella hable con la inspectora.

Un repentino golpe seco, procedente del interior de la última cámara, me hizo dar un salto. Sin saber muy bien por qué, cogí unas tijeras de podar y avancé empuñándolas.

—¡Rosa!, ¿se puede saber qué estás haciendo ahí dentro?

No hubo respuesta.

—¡Rosa! ¡Que no estamos para bromas! —dijo Martha, que iba pegada a mí.

Una luz azulada se filtraba por la abertura del recinto hermético. Abrí la puerta de golpe. Las tijeras se me cayeron de la mano con estrépito. Martha me sujetó ahogando un grito. Rosa yacía en el suelo, desmayada.

Y allí estaba Inés.

En medio del refrigerador, entre decenas de coronas alineadas, suspendido de uno de los arneses que las sujetaban al techo, su cuerpo colgaba con una cuerda al cuello. Por el color violáceo de su piel, comprendí que nada podíamos hacer ya por ella.

Mientras Martha pedía auxilio por teléfono, intenté reanimar a Rosa. Al cabo de un cuarto de hora, una ambulancia se la llevó aún inconsciente. La Policía nos pidió a Martha y a mí que nos quedáramos allí. Rita y la inspectora Ocaña aparecieron casi a la vez. La médica forense estaba tan afectada que no tuvo ni el valor de darnos el pésame cuando ordenó bajar el cuerpo a instancias del juez de guardia.

Inés. Me había pedido ayuda y yo la había rechazado. ¡Se había ahorcado! ¡Ahora que nos iba tan bien!

¿Sería a causa de las facturas falsas? ¿Qué había detrás de todo aquello?

—Bueno, hemos terminado, es mejor que os vayáis a casa y descanséis unas horas —dijo Rita.

—Yo me quedaré.

—Quizá no debas ser tú quien la prepare...

—Por supuesto que seré yo, me niego a que la toquen otras manos.

Entre la forense y yo la colocamos sobre una camilla. Realicé el recorrido hasta la sala de tanatopraxia con un velo enturbiándome la vista. Enfrentarme a su cuerpo desnudo, frágil, con aquella marca negruzca en el cuello me hizo retrotraerme a los inicios y recordar a la bella Ofelia. Preparé el instrumental minuciosamente. Los ruidos crecientes indicaban que el primer turno estaba incorporándose. Incapaz de contener el llanto, las lágrimas empezaron a rodar, una tras otra, cada vez más grandes, más ardientes.

Inés. No podía creerlo.

Cerré los ojos mientras le imponía las manos, deseando que, por una vez, mis visiones pudieran ayudarnos a saber qué había sucedido. Nada más rozarla, empezaron a pitarme los oídos y enseguida pude verla entrar en la floristería, tambaleante. Caminaba envuelta por una capa de odio denso, palpable, contra sí misma. Parecía muy segura, no obstante, en un momento dado, se detuvo y dio un salto, como si algo o alguien la hubiera sobresaltado. No vio nada, porque siguió revolviendo cajones hasta encontrar una cuerda de plástico. Pese al temblor de sus manos, hizo con maña un nudo corredizo y comprobó que el lazo le entrara en la cabeza con una frialdad inusitada. Avanzó despacio llevando la cuerda en una mano, tras dejar con mucho cuidado un sobre encima de la mesa de Rosa… Pero no había dejado carta de despedida, no la habíamos encontrado dentro de la cámara ni en su despacho. Ese pensamiento me distrajo. Intenté volver a la escena y, entonces, reparé que había alguien más en ella. Una sombra que avanzaba por detrás…

La voz de mi ayudante me devolvió a la superficie:

—Han llegado los padres.

Salí a recibirlos maldiciendo.

Estaban destrozados. Habían dejado a los niños en casa de una vecina y creían que había sido su ex quien le había puesto la cuerda al cuello. El padre amenazaba con matarlo. A mí me hubiera gustado estar convencida de la culpabilidad del futbolista. Habría sido un clavo al que agarrarse.

Volví a mi cubil negándome a que nadie me echara una mano y dudando si lo entrevisto en mi trance sería fruto del cansancio.

—¡Si pudieras hablar, amiga mía!

Le arreglé la melena y le pinté los labios de color cereza, el que mejor le quedaba, dándole un aire a la protagonista de

Amélie, su película favorita. Conseguí subirle las comisuras de los labios, como si sonriera. Cuando me fui a descansar, el sol casi estaba en lo alto e Inés se mostraba en su ataúd tan hermosa como había sido en vida.

Ya por la tarde, volví al tanatorio fuera de servicio. Cuando Rita me vio en la sala dando el pésame, me invitó a pasar a su despacho. Y me encontré a Rosa allí sentada.

—¿Qué haces aquí? ¿No te han dejado ingresada?

—Volví en taxi desde Urgencias, yo también he querido homenajearla, le he preparado la mejor de las coronas en nombre de La Vieja Guardia.

Nos fundimos en un abrazo lloroso. Desde el otro lado de la mesa, la gerente nos observaba imperturbable.

—Ya sé que no estáis trabajando, pero pensé que deberíais saberlo. Jaime es inocente. Alguien ha estado falsificando su firma y la vuestra, y ese alguien era Inés. Está claro que se vio pillada y no pudo resistir la presión. Lo único bueno es que el caso se cerrará, esta publicidad es nefasta para Memento Mori…

—Para empezar —la interrumpí—, me duele que te preocupes ahora por la publicidad. Y para seguir, tiene que haber un error. Inés nunca haría eso.

—Era muy exigente consigo misma. Supongo que la vergüenza sería mayor siendo su padre guardia civil, ella lo tenía como un referente.

—¡Razón de más! ¿Cómo iba a darle ese disgusto?

—Siempre estaba agobiada por el dinero, quizá vio una forma fácil de hacerse con él y la tentación le pudo.

—Debió volverse loca. Por más que hubiera falsificado o robado, mejor sería asumirlo que dejar dos huérfanos… —lamentó Rosa.

—Aceptaría que robara, pero quitarse la vida… ¿Encontraron alguna nota?

—No.

Me preguntaba por el sobre. Solo era una visión. Pero estaba segura. Y de que alguien más estaba presente.

Yo me sentía culpable. Tal vez no poder confesarse con alguien provocó su hundimiento. Ni siquiera logró tranquilizarme Laura, que se pasó casi una hora hablándome sobre los suicidas y convenciéndome de que, si Inés había tomado la decisión, poco podíamos haber hecho ninguna para evitarlo.

—Tendré remordimientos toda la vida. Es terrible pensar que nadie te quiere y que eres prescindible. Y más cuando no es así…

El acto de despedida fue dramático. El mediocre futbolista se había presentado con aquella rubia de bote adicta a la silicona y pensar en que sus hijos quedarían a cargo de aquellos dos nos indignaba. Los padres anunciaron que plantarían cara por los niños. Elisa y Jorge estaban atónitos, esperando que alguien los despertara de aquel mal sueño. Y todas nos sentíamos partícipes de su infortunio.

Por más vueltas que le dimos, no nos quedó más remedio que aceptar los hechos: la Policía no parecía tener ninguna duda. El afán de delinquir de Inés quedó probado. La Fiscalía consideró el suicidio una autoinculpación y archivó las diligencias. La muerte extingue las obligaciones y las acusaciones.

Aunque el caso se cerró, la herida abierta entre nosotras tardaría en cicatrizar. El *dream team* de Rita perdió fuelle y sus integrantes oscilábamos entre la culpabilidad, la incredulidad y el rencor.

El gusano había entrado en la manzana.

Los medios de comunicación escarbaron sin piedad, alentados por el agente del futbolista, que no encontró mejor modo de devolverlo al ruedo de la fama. El morbo aumentó con la publicación de una foto de Inés en el proceso de tanatoestética, cuando todavía el maquillaje no había cubierto la marca de la soga.

—¿Qué coño es esto? —Rita se lanzó contra mí con el periódico en la mano.

Yo ni lo había visto ni podía explicármelo. Pero al ver la foto cuadré datos aislados.

—¡Lo mato! ¡Fue el último que entró, fijo! Está todo el rato con el puto móvil. Le impedí hacerse selfis con los muertos para colgarlas en Instagram y me la tiene jurada, apuesto a que esta la hizo mientras yo salí a ver a los padres.

A mi ayudante lo echaron en el acto.

—Es culpa de la precariedad y nula profesionalidad de los contratos —protesté ante Rita.

—Pues toma medidas, que la responsabilidad es tuya.

A partir de aquel suceso, el personal de tanatopraxia dejaba sus móviles en las taquillas del vestuario.

Rita apeló al código deontológico periodístico y amenazó con retiradas de patrocinios, así que la noticia pasó rápido a páginas interiores. Un par de breves, y en unas semanas nadie recordaba lo sucedido.

Memento Mori había superado su primera crisis.

Del turismo rural y sus sorpresas

La que estaba inmersa en su particular crisis era Martha. Natalia y ella ya habían iniciado el proceso de separación.

Mi perseverancia empezaba a dar sus frutos y yo estaba encantada, he de confesarlo sin rubor.

Planeábamos irnos a vivir juntas, pero yo anhelaba y temía por igual ese momento. A la larga nunca me había funcionado una relación y esta tenía varios elementos en contra. Se veía, por ejemplo, con la música. Mientras yo admiraba a Chavela Vargas, la Señora, Martha prefería a la también mexicana Paquita la del Barrio, y donde a mí me gustaban los cantautores, el pop y el rock, a ella le iba más la música trap. «Ojo, antes de que llegara al mundo latino y la sodomizara el reggaetón», avisaba. Las dos aborrecíamos este último, en eso coincidíamos. Y en poco más. Mientras que yo era defensora acérrima del pequeño comercio local, Martha era una adicta a las compras por Internet y si podía no pisaba una tienda física. A mí me gustaban los chuletones y a ella el brócoli. ¡Éramos tan distintas!

Le propuse pasar fuera ese fin de semana para conocernos mejor y aceptó encantada.

—¡Pero que haya wifi!

—Bueno, pensaba justo en lo contrario: un lugar alejado

del mundanal ruido para estar en contacto con la naturaleza, dar paseos…

—Me hablaron de un complejo de turismo rural que cumple tus requisitos y los míos. Por autopista está relativamente cerca.

Ella misma se encargó de la reserva y me puso la dirección en el GPS.

El monigote que se alzaba en la rotonda metía miedo, con unos ojos y una boca que brillaban en la oscuridad.

—¡Parece un diablo!

Cuando atravesamos el arco de madera, no pude evitar un silbido.

—¡Tenías razón, Martha! ¡Qué sitio tan especial!

—¿A que sí? La publicidad insistía en que te sientes transportada al fondo del mar en plena montaña y es cierto.

Era viernes por la noche y el lugar parecía muy tranquilo. A la entrada del complejo, nos estaba esperando una mujer en bicicleta.

—¡Buenas noches! Síganme con el coche hasta su casa, es la última de la calle principal a mano izquierda, pueden aparcar detrás. Y fíjense en ese caserón grande con corredor, es el de recepción, ahí siempre hay alguien que les puede abastecer de lo más necesario. El desayuno se sirve de 8 a 10, basta con que avisen un cuarto de hora antes.

Martha salió del coche para recoger las llaves mientras yo aparcaba donde me había indicado. Sacamos el equipaje nerviosas como colegialas en su primera excursión y abrimos las maletas encima de la cama. Mientras la mía representaba la precisión de la que está acostumbrada a economizar en sus viajes, la de Martha se asemejaba más a la de una adolescente tras finalizar su campamento de verano. Propuse encender la chimenea para dar ambiente y Martha se ofreció a ir por la leña al edificio de la entrada. Antes de haber metido la comida en la nevera, la sentí entrar de nuevo. Caminaba de puntillas.

—Claudia.

Me di la vuelta alarmada por el timbre congestionado de su voz.

—¿Qué pasa? —pregunté temiendo que se hubiera encontrado con algún animal. O que ya estuviera arrepentida de haber ido.

Volvía sin un mísero leño en las manos.

—El coche de Laura acaba de entrar en el recinto.

—¿Laura? ¿Qué hace aquí? ¿Qué te ha dicho? ¡Ya es mala suerte!

—No… No me ha visto.

—Bueno, mujer, habrá que saludarla, a mí tampoco me apetece encontrarme con alguien del curro, pero Laura es maja.

—Es que… déjame comprobar una cosa. —Cogió su móvil—. A ti te suena que Rita tiene un negocio como este, ¿verdad?

—¡Mierda! ¡No me jodas que hemos venido a la boca del lobo!

—¡Ya está!, ¡lo tengo! —Lanzó un silbido hondo. Me mostró una imagen.

—Rita y su marido en una fiesta de beneficencia navideña, lo digo por las bolitas y el espumillón.

—¡Muy aguda! Pues este sujeto y nuestra querida Laura se acaban de fundir en un tórrido abrazo con beso de tornillo. Ya decía yo que me sonaba la cara de él…

Me senté de golpe en el borde de la cama.

—¿Quieres decir que Laura está liada con el marido de Rita? ¡Mira la mosquita muerta! ¿Cómo se llama este sitio?

—La Fuente del Diablo.

—¡Hostia! —Caí en la cuenta—. ¿Qué vamos a hacer? ¿Y si viene para quedarse?

—Pues está en horario de trabajo. Rita se ha ido de viaje y, hasta donde alcanzo, Laura tiene turno.

Decidimos esperar a ver qué pasaba.

Era la primera vez que estábamos juntas y solas. Nos repartimos los espacios en el baño, elegimos lado de la cama y colocamos nuestra ropa dentro del armario sin tocarnos, como atrapadas por un hilo invisible.

La cocina era reducida. Tropezamos de espaldas.

—¡Ay, perdona! —dijimos a dúo dándonos la vuelta con una risa nerviosa.

Quedamos una frente a otra. Aunque yo era fuerte y Martha menuda, las dos teníamos una altura parecida. El corazón me daba saltos. Alargué el brazo y le solté el pelo, dejando que se deslizara como un velo rubio sobre su cara. Se lo apartó con delicadeza.

—Creí que nunca llegaría este momento…

Acerqué la cara lentamente sin dejar de mirarla, con la respiración entrecortada. Martha cerró los ojos y, cuando alcancé sus labios con los míos, emitió un lento gemido. Nos besamos. Despacio, con besos cortos, carnosos, cálidos. Nuestras lenguas se buscaron, torpes, ansiosas. La casa estaba húmeda y helada, no habíamos encendido el fuego y, sin embargo, ardíamos. Nos abrazamos con fuerza, los cuerpos pegados, excitadas, por miedo a perdernos, para saber que no era un sueño. Sin separarnos, con la respiración y el movimiento sincronizados, buscamos el camino a la cama. Nos tiramos encima de la colcha y, torpemente, logré desabotonarle el pantalón.

Luego todo fue más rápido, mis manos acariciando su cintura, sus nalgas, apartando su minúscula braguita, hundiéndose en su sexo húmedo y cálido mientras su lengua recorría mi cuello, sus uñas se me clavaban en la espada. Llevaba tanto tiempo refrenándome, tantas veces había imaginado aquel instante, que llegué al orgasmo al rozar su clítoris con la yema de los dedos. Aprovechando mi debilidad, se dio la vuelta, acopló su muslo entre mis ingles, apretó mi mano con la suya y hundió mis dedos en su sexo moviéndose rítmicamente hasta gritar. Y yo con ella. Aquello me volvió loca. Le hubiera arrancado la ropa a mordiscos, pero Martha me apartó con una sonrisa y se puso de pie sobre la alfombra. Medio desnuda, con el pelo revuelto, empezó a desvestirse sin dejar de mirarme. Lasciva. Provocadora. Yo me incorporé y, pieza a pieza, fui imitándola.

Y Martha que se acerca, ya desnudas ambas, y me enfrenta, pubis con pubis, vientre con vientre, y se aleja y acerca, nuestros pezones se tocan, fresa y avellana, se lamen, se muerden, avellana y fresa. Jadeamos, mojadas, el deseo me inunda, me devora, me revienta y subo al cielo, ciega, y ella conmigo, nuestros gritos al unísono, no paran, nos acoplamos de nuevo, aguadas, sudorosas, venus a venus, tijeras, mi lengua busca su clítoris, lo bate, gemidos, alaridos, una y otra vez, ahora a mí, piel con piel, desgranando las horas sin sentir hasta caer rendidas.

Al despertar, me encontré a Martha fisgando por la ventana.

—Ya se ha ido.

—¿Has estado despierta hasta ahora? —pregunté arrebujándome en el edredón—. ¡Qué frío!

—Nooo. —Corrió a meterse debajo y abracé su cuerpo helado hasta hacerlo entrar en calor—. Me levanté al oír arrancar el motor.

—¿Y qué hacemos? Igual no es mala idea pasar el día dentro de la cama, pero habrá que ir a buscar algo de comer…

—¡Apuesto a que no vuelve!

—¿Y eso?

Se levantó para coger su inseparable *tablet*.

—Entré en la agenda de Rita, su avión llega ahora por la mañana. Laura no puede permitirse no estar en su puesto. De todas formas, tuve una idea que igual es una tontería… o no…

Se puso las gafas, una chaqueta por encima de los hombros y se concentró en una de sus interminables búsquedas.

Me recosté contra los almohadones pensando en voz alta.

—Hasta que fue la Policía en busca de Jaime, consideraba el tanatorio un lugar de trabajo ideal y creía tener las compañeras perfectas. Sin embargo, todo era una mierda enmascarada. Y tras lo de Inés, ahora resulta que Laura, una tía a la que yo considero legal y por la que habría puesto la mano en el fuego, engaña a su mejor amiga. ¿Cómo se sentirá Rita si se entera de que su marido le pone los cuernos? Aunque tal vez tengan una relación muy abierta y ella está enrollada con Jaime. ¿Tú qué crees? ¿Será esto el poliamor?

Martha seguía a lo suyo, ajena a mis disquisiciones.

—¿Sabes qué vamos a hacer? Ofrecen visitas guiadas por el pueblo, vamos a concertar una y así hablaremos con él. ¿Te conoce?

—No creo, yo sí me fijé en él durante la inauguración, pero él solo tenía ojos para Rita. Y cuando pasaron a la carrera por mi zulo yo llevaba mascarilla y gorro… ¿Qué le diremos si nos pregunta dónde trabajamos?

—Pues diremos que tú eres peluquera y yo informática, sin más explicaciones.

Marcó el número de la centralita y concertó la visita para dos horas más tarde. Entretuvimos ese tiempo practicando lo aprendido, dejando que la luz del día estrechara nuestros lazos, que el amor y el sexo fueran uno, ocupando los espacios con hermosas palabras.

—Me encantan tus tatuajes, pero yo sería incapaz de hacerme uno. Te dará la risa, pero no soporto las agujas. ¿Tienen algún significado?

—Son tribales, empecé con dieciséis años, primero me hice este de atrás y luego brazo, pierna y muñeca.

Le acaricié el que tenía allí donde la espalda pierde su nombre.

—Me enamoré de ti el primer día, cuando apareciste con el paquete —le dije derretida.

—Me percaté de inmediato. Y el día que me entraste en el bar, sentí como si un globo me explotara dentro.

—¡No dejaste traslucir nada!

—La fidelidad a Natalia me lo impidió…

—La fidelidad está muy sobrevalorada…

—¡Ya me lo contarás a partir de ahora! —dijo divertida.

—¡No!

—Desde entonces soñaba contigo cada vez que ponía la cabeza en la almohada. Hacía el amor con mi pareja y era tu cara, cerraba los ojos y te veía, tuyo era su placer y solo con tu recuerdo me corría. Me resistí lo indecible. Ella era mi primera novia, habíamos hablado de casarnos, de iniciar los trámites para adoptar… Me oponía a arrojarlo todo por la borda. Además, eras una señora, una loba, y yo a tu lado una pipiola. ¡No veía más que inconvenientes!

—Ven, mi pequeña Caperucita…

Casi no llegamos a la visita.

Alfonso nos atrajo de inmediato, con su punto candoroso de *hippie* trasnochado y un contagioso entusiasmo por el actual Viesca.

Las rastas se le balanceaban al caminar y su paso tenía la lentitud del que no conoce la prisa. Llevaba un jersey desgastado hecho jirones y un remendado pantalón donde no cabía otra mancha. Le di un codazo a Martha cuando pasamos debajo del letrero de El estanco de Laura.

—Hay en total siete parterres divisorios con los colores de los chakras, desde el rojo en la entrada al violeta del final del pueblo, en lo más alto del cerro, donde podéis ver la parte que se conserva de la torre vigía. El pueblo se fundó en el siglo XII y llegó a tener casi dos mil almas y hasta cuatro iglesias. De una no se conserva ni el recuerdo, de otra el ábside central, la tercera la usamos como almacén y la cuarta aún conserva un retablo gótico de gran valor.

—¿Cuántas personas viven ahora aquí?

—Entre trece y quince. Y casi todos trabajan para La Fuente del Diablo. Hemos ido incorporando las casas mejor conservadas al complejo, intentando mantener su función original: la biblioteca mantiene parte de sus fondos, donde estuvo el banco hay un cajero y en los bajos de ese edificio, que en su día fue hotel, están el bar, el restaurante y el colmado. Alquilamos también habitaciones y salones para congresos, con capacidad para cien personas.

Continuamos el paseo por el empedrado pavimento, mientras lo escuchábamos admiradas. Nos detuvimos a contemplar una tortuga enorme y una especie de batiscafo convertido en cenador.

—Tenemos contratados dos jardineros a tiempo completo.

—No parece que tengáis mucha ocupación... —observó Martha.

Estábamos solas, como mucho habría otro apartamento y un par de habitaciones del hotel ocupadas. ¿Cómo se podían sostener tantos empleos? Supe que estaba echando cuentas con la rapidez y agudeza que la caracterizaban.

—Estamos en temporada baja y la crisis ha influido mucho. En ese sentido tenéis suerte: cuando está lleno de gente resulta insoportable transitar por estas callejas tan estrechas. Ya llegamos a la iglesia, pasad.

Abrió el portalón de madera tallada con una enorme llave de hierro, escogida del llavero colgante de su cinturón, que sonaba como un esquilón al caminar.

—¡Menudo peso! Parece muy antigua, ¿es la original?

—En Viesca hay muy pocas cosas que no lo sean. Restauramos lo antiguo hasta donde podemos, antes de sustituirlo por algo nuevo.

La luz del mediodía se filtraba a través de las vidrieras, inundando de colores la piedra desgastada. Las paredes desconchadas aún conservaban restos de las cenefas vegetales que marcaban los nervios de las bóvedas. El retablo era una maravilla, obra de un siciliano que se había afincado allá por el siglo XIV en lo que era entonces una próspera población. El noble donante y su mujer aparecían arrodillados en el panel central, sosteniendo en sendas bandejas los senos de santa Águeda en una representación muy poco común.

—Es la patrona de Viesca y se sabe que, en el día de su fiesta, las mujeres asumían el mando y eran los varones quienes se ocupaban de las tareas domésticas. Se sigue celebrando así todavía en muchos lugares del país.

Rita debía pertenecer a la cofradía de la santa.

De regreso nos invitó a un vino elaborado a partir de unas cepas centenarias que habían provisto de buen caldo al mismísimo Napoleón. En el interior, el bar mantenía el aspecto de los chigres de pueblo, con las paredes de piedra y mesas de madera. Hasta la mujer que lo atendía parecía sacada de una estampa del pasado, con su mandil impoluto sobre la saya y su pañoleta de cuadros a la cabeza.

—¡El vino sabe a gloria!

—Pues esperad a probar los embutidos…

Al final, comimos como reinas.

Alfonso resultó ser una grata compañía y un excelente conversador. Estuvimos a punto de meter la pata un par de veces, pero logramos enmendarnos. Nos llevó a visitar su taller y nos regaló sendos llaveros de madera, el de Martha con la figura de un delfín y el mío con una foca. No sé si fue por asociación de ideas, preferí no tomárselo en cuenta.

Volvimos cuando el sol comenzaba a declinar.

—Es… demasiado auténtico, ¿no? —comenté con Martha cuando nos quedamos a solas.

—Esto debe costar un pastón. Y el tanatorio, de momento, no produce tantos beneficios. O este tipo y Rita están forrados de pasta o están hipotecados hasta las cejas.

—No logro recordar si nos contó algo, aunque hubiera jurado que se trataba de una casa de turismo rural, no de un pueblo entero convertido en complejo turístico.

—Llama a Rosa, igual lo sabe.

La pillé saliendo del centro de salud.

—Nada nuevo, el estómago. Ya sabes que los nervios se me calcan ahí y me cortan hasta la respiración. Y más desde la muerte de Inés.

—¿Y qué te han dicho?

—Nada nuevo tampoco: ansiedad. ¿Para qué me llamabas?

—Por una tontería... Se trata del negocio de turismo rural que tiene Rita, lo estaba comentando con Martha y no recordaba exactamente cómo era.

—Inés lo sabía con detalle, ella fue varias veces. A mí me suena que son unos apartamentos en un pueblo abandonado y que es el marido quien se encarga de ellos. Voy hacia el tanatorio, si quieres le pregunto.

—¡No! No quiero que piense que cotilleamos de ella a sus espaldas...

—¿Qué tramas, Claudia?

—Nada, Rosina querida, olvídate, es una tontería. Y cuídate mucho ese estómago...

La preocupación por ella me duró poco.

Estaba enamorada.

Explicaciones insuficientes

Martha y yo no nos mudamos a vivir juntas de inmediato. Nuestra historia estaba comenzando a escribirse y yo quería hacerlo despacio y con buena letra, tras tantos fracasos a la espalda.

Muchos años atrás, en Nueva Orleans, caí fascinada por la historia de Marie Catherine Laveau. La escultura que ocupaba un lugar preeminente en el recibidor de mi casa la representaba como una sacerdotisa negra y sensual, enredada en una serpiente y con una calavera a sus pies. Ante su tumba en el cementerio de Saint Louis, realicé los ritos oportunos y le pedí a la Reina del Vudú que me concediera una buena mujer. Con poca fe, todo sea dicho. Ahora que estaba convencida de haberla encontrado, fuera o no producto de la magia negra, no quería precipitar la convivencia.

Los padres de Inés celebraron el fin de año en la capilla del tanatorio y todo el personal acudimos en bloque. Los noté avejentados. La madre, vestida de luto riguroso, estaba demacrada y al padre le había salido un tic en el ojo que ponía nervioso al interlocutor más templado. Hasta los niños parecían envueltos en una mortaja de tristeza, convertidos en adultos de repente. Behite se los llevó aparte y los entretuvo haciéndoles algunos trucos. Al salir, Rosa y yo nos quedamos hablando con sus abuelos.

—Llevamos un año de pleitos por la custodia —nos informó el padre de Inés—. Tuvimos que pedir un préstamo para sufragar los gastos del procurador y la abogada en el juicio contra el exmarido. Batallamos para conseguir la patria potestad, argumentando la condena por maltrato, pero el juez estuvo de su parte desde el primer momento. Ganó y volvimos a recurrir, en esas estamos. Nos pone continuas trabas para verlos, así que nos espera un largo calvario.

—La madrastra les pega —contó la madre de Inés—, hemos interpuesto una denuncia, igualmente archivada por el mismo juez. Luego nos enteramos de que es un fiel seguidor del equipo de mi exyerno…

—Yo no he vuelto a pisar una iglesia. ¿Qué clase de Dios permitió que mi hija se quitara la vida tan joven y siendo madre? Eso no es un dios ni nada, es imposible que exista —concluyó el guardia civil con el rostro encendido y disparando flases con el ojo.

—Además —continuó ella gimoteando—, tiene que ser mentira eso de lo que la acusaron. No puede ser verdad, yo crie una hija honrada… ¡Y es mentira que estuviera haciéndose una casa en el pueblo! ¡Es una falsedad!

Rosa la abrazó llorando.

El padre se alejó maldiciendo y pensé que iba a darle algo. Contuve el llanto, deshecha por dentro.

Había invitado a mi casa a Víctor y Rosa, los que quedábamos de La Vieja Guardia, y a Laura y Behite. Y por supuesto a Martha, que me ayudó a cargar provisiones y a apartar cachivaches. Entre las dos trasladamos al trastero la réplica de una momia a tamaño natural que me había traído de Egipto, junto con el esqueleto que sostenía las toallas en el baño, a Rosa no le hacían mucha gracia ninguno de los dos y prefería evitarle cualquier disgusto. Decidí que celebraríamos el encuentro en la Sala de las Máscaras, así llamada pomposamente por no quedarle un hueco para una más en las paredes, y ante el altar de la maga negra encendí una vela por Inés. Una forma de hacerla presente, de invocar su memoria, su espíritu.

Esa tarde, en especial.

Unas por conocerla mucho, otras por conocerla poco, desde aquella aciaga fecha casi nunca aludíamos a ella. Excepto Rosa, que perdida sin su ayuda, lamentaba a diario su ausencia. Laura llevaba tiempo insistiendo en la importancia de que habláramos sobre lo sucedido, que era necesario poner en común nuestras impresiones, cómo nos había afectado a cada una... Aquella cita en el primer aniversario la había propuesto ella, con la intención de que nos sirviera de catarsis.

—¿Cuántos años hace que conocíais a Inés? —preguntó Laura para darnos pie, como buena terapeuta.

Me encargué de romper el hielo contando los episodios de nuestra vieja amistad.

—Yo todavía no entiendo qué hizo ni cómo... —se lamentó Víctor.

Martha intentó explicarlo:

—Para abonar una factura se necesita una orden de pago que tiene que ser firmada por el director, o por la gerente en su ausencia. Se estipuló así desde el primer día y debe ser lo único de lo que se encarga Jaime. Yo creo que Rita lo organizó así para tenerlo entretenido y que no se meta en la gestión cotidiana. Si se trata de facturas electrónicas, basta con darle a un botón y es automático. Pero las que están en papel llevan esa autorización igualmente en papel, eso fue cosa de Inés, como responsable de pagos y contabilidad. Decía que había empresas que no utilizaban la factura electrónica y Rita se lo consintió como una reliquia del Tanatorio de la Villa cuando, en realidad, lo que hacía era propiciar el fraude.

—¿Y cómo logró falsificar la firma del director? —insistió Víctor.

—Con un corta-pega casi infantil. La Policía encontró en el cajón de su mesa la firma de Jaime recortada. Ella elaboraba una orden de pago, la imprimía, le pegaba el recorte con cello, fotocopiaba ese collage y lo destruía. A partir de ahí, trabajaba solo con la copia, que archivaba como si fuera original. Al parecer, nadie se daba cuenta.

—Se supone que tenemos una oficina digital, papel cero…, ¿y la estafa se basaba en recortes y pegamento? —preguntó incrédula Behite.

—Como lo oyes. A mí también me resultó inadmisible al principio, yo hubiera obligado a todos los proveedores a pasar por el aro de la teletramitación, pero Inés argumentó la casuística de algunos proveedores antiguos y lo aceptamos creyendo que ella conocía mejor el negocio.

—¿Y entraban muchas facturas en papel?

—Se generó un sistema mixto, nada recomendable. Pero no, no serían demasiadas, un quince por ciento del total, no más.

—Y las facturas de tanatopraxia las falsificó por el mismo procedimiento, los policías encontraron otro recorte con mi firma —aclaré.

—Exacto. En total hubo treinta cargos en la cuenta de Servicios Funerarios, S. L.

—Pero mi firma estaba en facturas originales, no en fotocopias… —recordó Rosa.

—Tu caso es distinto. A ti te imitó la firma. Las facturas de floristería son tan falsas como esas firmas, pero las órdenes de pago son verdaderas. Se las colaba al jefe y él las firmaba sin más.

—¿Y al muy imbécil no le chocaba ver otro proveedor? ¿No sabía que teníamos exclusividad con Viveros Fresno? ¡Tiene razón Martha cuando dice que la culpa es suya por no saber lo que pasaba en su casa! Para una cosa que tenía a su cargo…

Rosa se echó otra copa de anís y se quedó de pie en el centro de la sala. Dio un trago largo y, clavando la vista en la puntera de los zapatos, nos confesó compungida:

—Nunca me atreví a contároslo hasta ahora…, fui yo quien la enseñó a hacer mi firma. —Hizo caso omiso de nuestras exclamaciones de sorpresa—. Una tarde se sentó delante de mí en el taller y me dijo: «*¡Qué firma tan rara tienes, Rosa!*». Yo le expliqué que era como la de mi madre y que los tres círculos imitaban pétalos de rosa. Se puso a probar y la corregí hasta que le salió igual.

—¡Qué arpía, cómo te engañó! No te disgustes, a todas se nos quedó cara de imbéciles —clamé indignada.

—Pero ¿cómo lo hizo? ¡Sigo sin entenderlo! —repitió Víctor.

Martha sonrió armándose de paciencia:

—El grupo Memento Mori está formado por más de cien firmas, y cada una de estas subcontrata a otras algunas partes de su actividad. Inés se inventó una empresa desde la que facturar a Memento Mori pedidos que nunca habíais realizado ni llegarían jamás. En una cuenta ingresaba el dinero obtenido con esas facturas, a veces en metálico y otras mediante transferencia.

—¿Y por qué se llevaron a Jaime?

—Él era quien figuraba como ordenante de los pagos y fue por tanto el primer sospechoso…

—¿Y la cuenta a nombre de quién estaba?

—¡De la misma persona que la empresa! En concreto, una tal María Sánchez Fernández. Inés obtuvo sus datos en el propio tanatorio, cuando esta mujer se los facilitó para la esquela de su padre. Nuestra compañera inscribió a Servicios Funerarios en el Registro Mercantil, haciendo figurar a esa tal María como titular unipersonal. El objeto social de la empresa era la provisión de servicios funerarios de floristería, tanatopraxia, traslado de cadáveres y organización de exequias. Para evitar que la mujer pudiera recibir ninguna notificación que levantara sus sospechas, Inés mantuvo como sede fiscal su propio domicilio familiar. Y a efectos de comunicaciones, le asoció un apartado de correos.

»Luego abrió una cuenta por Internet en Bankired, también a nombre de María Sánchez Fernández, con las mismas señas. Por último, falsificó el certificado bancario de que esa cuenta se correspondía con la de esa empresa. Es muy fácil hacerlo, la gente se fía de los PDF y nadie comprueba los metadatos o pide originales.

»Dio la empresa de alta en nuestra base de datos de proveedores y empezó a recibir las transferencias que ella misma se hacía, aunque oficialmente se efectuaban desde el grupo Memento Mori a la cuenta de María Sánchez Fernández, como titular de la empresa Servicios Funerarios, S. L.

—Pero necesitaría personarse en el banco para abrir la cuenta…

—No es necesario, si la abres por Internet te sirve con la copia del DNI.

—¿Y el banco nunca le pidió a la titular de esa cuenta que se presentara a firmar o a realizar alguna gestión?

—Quizá sí. Pero ¿quién podía saber si ella era María u Inés?

—Usurpación de la personalidad…

—¡Pero cómo iba Inés a hacer eso, por Dios! ¿Estamos locas o qué?

—¿De cuánto estamos hablando? Al principio se acercaba al medio millón —recordó Rosa.

Martha leyó en su portátil.

—El importe de las treinta facturas emitidas y cobradas por Servicios Funerarios, S. L., en la persona de María Sánchez Fernández, alcanzó 965 579,20 euros. Hacienda dispone de un sofisticado sistema de detección del fraude, cruza los datos aleatoriamente y detecta cuando algo no concuerda. Eso fue lo que sucedió con esa mujer. Como esos ingresos no estaban declarados, la Agencia Tributaria se dirigió a ella reclamándole su justificación. Alguien hizo bien su trabajo.

—¿Tanto costaban la chacha, el colegio de los dos críos, el conservatorio, sus modelitos…?

—¿Adónde pensaba fugarse con tanto dinero? ¡Casi un millón de euros!

—¿Y esa pobre mujer? ¡Menudo susto! No quiero imaginar si estoy agobiada para llegar a fin de mes y me llega Hacienda reclamando esa cantidad. ¡Para volverse loca!

—Bueno..., eso le pasó más o menos. A causa de la angustia generada por la reclamación tributaria, unido al desconocimiento de qué estaba pasando y en qué iba a terminar, estuvo de baja laboral con diagnóstico de trastorno mixto ansioso depresivo. En cuanto se incorporó a la empresa, la despidieron, y eso que llevaba trabajando en ella más de veinte años.

—Desde luego, le hundió la vida...

—¿Y por qué Inés cogió sus datos y no los de otra persona muerta, a la que no habría perjudicado?

—Porque cometió un error, fruto del azar, el destino o la casualidad, como queráis llamarlo. El día que murió el padre de María Sánchez Fernández falleció una mujer con el mismo nombre. Por lo que luego pude comprobar, ese día estaban llenas todas las salas, debía haber un barullo del carajo.

—E Inés confundió los carnés.

—Sin duda. Pensaría que el DNI de una muerta nunca podría ser detectado por Hacienda, lógicamente no figura como activo. Cuando, en realidad, estaba usando el de una persona viva.

—Esto lo tuvo que pensar con tiempo —intervino Behite—, algo tan sencillo y complejo a la vez no se te ocurre de golpe...

—Ninguno creemos que Inés hubiera sido capaz; sin embargo, su suicidio fue una confesión —dijo Víctor contrito.

—Muy conveniente. Sirvió para desviar las sospechas sobre cualquier otra persona. Se autoinculpó y exculpó al jefe. ¿Todavía no habéis caído? Jaime la mató —soltó Martha.

—¿Qué dices? ¡Has perdido el juicio!

—¡Dejadla que se explique!

—Gracias, Claudia. Es una suposición, pero pensadlo: ¿a

quién beneficia su muerte? A Jaime. Si la Policía no llega a ir a por él, nada de esto hubiera sucedido. ¿Y qué pasó cuando lo detuvieron? Que no duró un día dentro porque su padre, el excelentísimo señor fiscal superior, llamó al comisario o al juez y les dio la orden de que lo soltaran. El delito estaba ahí, alguien debía cargar con el mochuelo. Y escogen a Inés. Cualquiera pudo poner esos recortes en sus cajones, ¿no es cierto?

—¿Quieres decir que la mataron? —preguntó Behite sorprendida.

—La autopsia se realizó en el tanatorio. La noticia de la detención de Jaime ya le habría llegado a la forense y la tesis de que Inés fuera culpable también. En ese contexto cobra otro sentido, ¿no? ¿Habrían analizado el cuerpo de forma distinta si hubiera existido la sospecha de un asesinato?

—El informe pericial es bien claro y el escenario no ofrece dudas. El que presentas es un guion digno de la mejor novela negra, pero te has dejado llevar por tu imaginación, Martha.

—Pues si admitimos que era culpable, no solo lo era de la suplantación de firmas, tengo constancia de que cobraba comisiones. No era una santa y puede que hiciera algo más de lo que estar arrepentida.

—¿Qué quieres decir? —Rosa saltó como un resorte.

—Aunque se llevaron el disco duro y borraron la copia en la nube, siempre guardo otra en mi propio servidor.

—¿Has estado fisgando en sus archivos después de muerta? —preguntó Víctor boquiabierto.

—Por encima. Las trazas de su relación con las empresas son evidentes. La casa a la que adquirimos el último horno mandó un presupuesto inicial pero el definitivo tenía un ligero incremento. Curiosamente, esa cantidad se corresponde con la cuota anual del conservatorio de Elisa, que fue abonada al día siguiente.

Rosa se sirvió otra copa de anís y caí en la cuenta de que la botella, abierta en su honor, había mermado más de la mitad.

—Ya sé lo que vas a decir y mejor no digas nada. Me está doliendo la barriga y el anís me calma.

—Es un remedio casero tradicional —dijo Laura—, una copita está bien. Si abusas, puede ser contraproducente.

—Y vosotras, ¿qué? ¿No estáis bebiendo acaso? ¿De qué vais? Todas tan listas y majas y ahora, además, moralistas. ¡Ya está aquí la pobre Rosa con sus locuras! ¡Y ahora descubrimos que es una borracha solitaria! Yo sí quería a Inés, era mi mejor amiga… —Comenzó a hipar—. ¡Y no consiento que una recién llegada hable mal de ella! ¡Quién no comete un desliz!

La miré boquiabierta. Nunca la había visto así.

—Creo que ya os he dado información de sobra... —Martha cerró el portátil.

—No es por ti, creo que se siente identificada con Inés. En realidad, haces algo parecido con ese proveedor tan majo, Honorio, ¿verdad? —De pronto, muchos cabos sueltos me encajaron—. ¿Cuánto cobras por esos diseños que te ayuda a hacer Martha? Tú también dejaste atrás las estrecheces, como Inés. ¿O no? ¿No dijiste que habías remodelado el piso? Y como el estado de tu madre había empeorado, cambiaste a tus padres de residencia a otra muy especializada y cara. ¿Con qué dinero hiciste todo eso?

—¿Qué estás insinuando? —Rosa se puso hecha un basilisco.

Víctor saltó a su lado y la cogió por los hombros.

—No esperaba esto de ti, Claudia, y menos en estas circunstancias…

Rosa lo apartó de un manotazo, se enderezó congestionada, mantuvo la dignidad suficiente para recoger sus cosas y salió dando un portazo.

—Lo siento, Claudia, yo me voy con ella. Tu actitud es inadmisible, después de tantos años y sabiendo lo sensible que es…

Víctor salió detrás y oímos su voz escaleras abajo intentando calmar a la florista. No pude por menos que reír amargamente.

—O sea, que todas robaban…, debí haber supuesto que así era. ¡Menuda idiota!

—No puedes llamarlo robo, las empresas tienen un margen para agradecer a sus clientes la confianza depositada en ellas —matizó Laura.

—¡Pues chanchullo! ¡El que regala bien vende, si el que recibe lo entiende!

—Llamadlo como queráis, yo no lo considero motivo para suicidarse —aclaró Behite—. A Víctor y a mí nos han ofrecido importantes descuentos para adquirir un coche particular y él ha aceptado, supongo que por eso se ha incomodado. Yo tengo el coche nuevo, si no hubiera actuado como él. ¡Tonta sería! Y es del concesionario que nos suministra los vehículos funerarios, pero no le veo delito. Lo de Inés es distinto: un plan premeditado y mantenido a lo largo del tiempo.

—Supongo que es como la canción, ¿no? *El pobre quiere más, el rico mucho más y nadie con su suerte se quiere conformar…*

—A medida que los lujos y excesos se convirtieron en cotidianos, necesitaba más, como los yonquis la heroína —concluyó Laura—. Si tienes quien te haga las labores domésticas dejarás de hacerlas tú, y si te acostumbras a comer en los mejores restaurantes los fines de semana, ¿quién prepara la comida un sábado? Viajarás en primera con maletas de piel y… una vez que te calzas unos zapatos de mil euros supongo que no es fácil volver a usarlos de cincuenta, ¡apuesto a que te hacen llagas, cuando antes no!

—Laura tiene razón —dijo Behite—. Yo he visto cómo el dinero lleva a la ruina, es un vicio mayor que las drogas, al final acabas robando para ser el más rico del cementerio…

—¿Es lo que hacen los políticos, no? —preguntó Martha—. No sé de qué os extrañáis, los modelos que nos transmiten son esos: robo y engaño. Cuando ves que todos roban, te sientes legitimada para robar. Es un magma que fluye desde arriba colándose por las rendijas hacia abajo.

—¡A eso voy! Este país es el reino de la corrupción, pero semejante montaje no se le pudo ocurrir solo a base de ver telediarios. ¿Dónde pudo Inés aprender esas técnicas tan elaboradas?

—Si todavía fuera Rita... —dijo Laura inocente.

—¿Qué quieres decir?

—Me refiero a su ascendencia meteórica. Bueno, no sé si contároslo, conozco la historia a través de un amigo común y le debo discreción.

—Si sabes algo importante, no deberías ocultárnoslo. Sabemos guardar un secreto.

—Y solo con eso que has dicho puedo rastrear su pasado en la red hasta donde ni te imaginas, no sabes las posibilidades de la arqueología internauta —amenazó Martha medio en serio medio en broma.

La miramos expectantes. Laura tomó aire.

—¿Os suena Espinera? —Negamos las tres, pero Martha me miró de reojo y bajó la cabeza—. Es la capital del municipio donde se halla el pueblo natal de Rita y el mío. Ahí empezó todo. Su abuelo fue alcalde de Espinera, su padre nació con el carné entre los dientes y Rita pertenecía al Partido por tradición familiar. Los suyos insistían en que, para lograr algo en este país, había que estar afiliado. Recuerdo cuando se hizo de las Juventudes, mis padres ya habían muerto y yo no le encontraba sentido a nada, así que no la seguí en aquel viaje. Cuando en Espinera cambió el signo de la corporación municipal, el Partido pasó a la oposición, donde sigue desde entonces, pues el actual alcalde sale elección tras elección por mayoría absoluta.

»Mantuvieron a un candidato durante años, pero hace dos legislaturas, cansado de perder elecciones, anunció su marcha. El Partido se vio en un lío, nadie quería encabezar una causa perdida, y se lo propusieron a ella: mujer, joven, nieta de alcalde, natural del municipio… Rita jugó sus cartas y aceptó dar la cara a cambio de un puesto. Tened en cuenta que nunca terminó los estudios; aunque figure como economista y abogada en las redes profesionales, no cuenta más que con unos cursos de uno y otro.

—¿Estás hablando de nuestra gerente? —Behite no daba crédito a lo que olía.

Me apetecía creerla, pero su palabra había quedado devaluada ante mis ojos desde el día en que la vimos en Viesca.

—Sí, querida. Yo puse esa misma cara de asombro cuando me enteré. Estuve fuera un montón de años y era lo que menos me imaginaba.

—Esa fuente… ¿es de confianza?

—De total y absoluta confianza, aunque no os diré quién es.

Podía hacerme una idea.

—Como no estaba muy claro dónde podían colocarla, la contrataron para llevar las redes sociales, durante año y medio, en una de las fundaciones del Partido. Al perder las elecciones municipales y acabar ese plazo, quisieron echarla, pero Rita recurrió al Juzgado de lo Social y les ganó. En esa fundación no querían readmitirla y, como seguía de concejala, amenazó con abandonar el Partido y pasarse al grupo mixto. Según mi contacto, le dieron a elegir entre seguir una carrera política o profesional. Ella, muy hábil, prefirió el camino profesional, se apartó y pusieron a otro de concejal en su lugar.

»La recolocaron en la televisión autonómica con un puesto base y aceptó, pues no tenía otro remedio. Se presentó al concurso de jefa de Informativos, no lo ganó y demandó al ente público acusándolos de tener un techo de cristal y de no haberla promocionado por ser mujer. Perdió el juicio y amenazó con sacar los trapos sucios de su sustituto en la candidatura a la alcaldía. Para tenerla controlada le pusieron un despacho en la sede del Partido, adscrita al gabinete de Prensa. Tuvo tanta suerte que a su jefa, una reputada periodista, la pillaron totalmente ebria dándose el lote con un destacado miembro de otro partido. Nadie sabe cómo se filtraron las fotos y no falta quien la señala a ella.

»A partir de ese momento su poder fue in crescendo, siendo más temida que odiada. Rita es muy lista, sabe a quién arrimarse y cómo eliminar la competencia. Las últimas elecciones fueron definitivas. Tras tres legislaturas bajo la sombra de una corrupción desenfrenada, nadie apostaba por que el Partido se mantuviera en el poder. Nuestro anterior presidente se libró de la cárcel por estar aforado, era imposible que repitiera y eligieron candidato a este gaznápiro actual dando la Comunidad Autónoma por perdida. A Rita le ofrecieron el cargo de coordinadora de campaña, a mi entender para quemarla y librarse de ella. Se equivocaron. Fue capaz de auparlo a la presidencia. Eso la convirtió en figura clave dentro del Partido y yo pienso que, si no le llega a surgir el contrato de Memento Mori, habría dado el salto a la primera línea de la política.

—¿Dejó el chollo de la política para venir a un tanatorio? —se extrañó Behite.

—¡Memento Mori es mucho más que un simple tanatorio! —exclamé ofendida.

Me levanté a buscar bebidas en la cocina. ¿Y si era mentira lo que Laura estaba contando? ¿Qué ganaba difamando a Rita? Las calumnias podrían ser comprobadas al día siguiente… Regresé a la sala hecha un mar de dudas.

Laura continuaba hablando:

—Se rumorea que el propio presidente y sus consejeros, además del fiscal superior y otros altos cargos, incluso ministros, han invertido en este proyecto.

—Y no sería imposible que parte de esa inversión sirviera para blanquear dinero negro… —concluyó Martha.

—Me abofetearía por pánfila —dije muy seria—. Si lo de Inés no me lo esperaba, esto que cuentas me deja de piedra.

Mis compañeras se liaron a hacer cábalas:

—En realidad, aquí gana tanto o más que siendo ministra, pero ponerle cafés al director…, ¿será verdad que están liados?

—Llegué a oír que había tenido un rollo con el presidente…

—A una mujer de su planta siempre se la acusará de lo mismo —matizó Martha.

—¿Y si esto es una tapadera para el Partido? Podría ser una buena fórmula de financiación irregular.

—Y no descartemos a Jaime. Le vemos como un títere en manos de Rita, pero puede ser el artífice de la trama. ¿Quién dice que no lo pergeñaron juntos, aprovechándose de la ingenuidad de Inés?

Agité las manos para que pararan:

—No merece la pena discutir entre nosotras. Fuera quien fuera, el caso está sobreseído e Inés, a todos los efectos, ha sido designada culpable.

Esa era la única certeza.

Flores tronchadas

Al día siguiente, Rosa no apareció por el tanatorio.

—¡Qué raro! Nunca ha faltado al trabajo sin avisar desde que la conozco —dije al enterarme, presa de remordimientos por haber porfiado con ella la tarde anterior.

Como terapia, el encuentro no había tenido mucho éxito. Enfrentarnos a la verdad más bien había servido para distanciarnos. Había descubierto que, quien más quien menos, todos chanchullaban. Y recelaba de la versión ofrecida por Laura sobre la gerente, la relación con su marido le restaba imparcialidad. ¿Podía estar sembrando sospechas sobre Rita en su propio beneficio?

Lo peor, sin embargo, era el disgusto de Rosa.

—Con lo sensible que es, seguro que está muy dolida. Ella fue la que encontró a Inés, creo que tardará en asimilarlo, deberíamos ser más amables con ella, sobre todo tú, Claudia —me recordó Víctor todavía ofendido—. Cuando vuelva del último servicio le haré una visita.

Ya de regreso, pasó por tanatopraxia a informarme:

—Ayer sufrió otro ataque de ansiedad, se empastilló en exceso y está medio dormida. Me dijo que mañana irá al médico y después se incorporará al tajo.

Debieron cambiarle la medicación, porque apareció en un estado de excitación desconocido y con renovados ánimos. Demasiados. Influenciada por nuestra conversación, se dispuso a romper el contrato que Memento Mori había firmado en exclusiva con Viveros Fresno. Rita montó en cólera cuando recibió la llamada de un alterado Honorio poniéndola al día de las pretensiones de la florista. La llamó a su despacho y empezó a darle voces antes de que cruzara la puerta:

—Rosa, llevo aguantando todas tus manías desde el principio. Ni te sabes imponer ni te sabes administrar, ¡eres un verdadero desastre! Y ahora que consigo que funciones medianamente bien, te pones gallita y pretendes volver a las andadas.

—Rita..., es que... Viveros Fresno me paga las vacaciones y yo pensaba que tenían un concierto para sus trabajadores, pero he llamado para comprobarlo y no es así. Lo hacen para que les compremos solo a ellos, es una patente de corso. Ayer intenté localizar a mis antiguos proveedores, la mayoría ha desaparecido debido a esta competencia desleal...

—¡Competencia desleal! ¡Lo que me faltaba! ¡El pez grande se come al chico! ¡Menuda noticia! ¡Sabes que con tus antiguos proveedores no daríamos abasto! ¿Lo tuyo no eran las flores?

—Sí...

—Pues déjame a mí las gestiones, ¿quieres? ¿O pretendes emular a Inés? ¡Y yo que confiaba en vosotras! La Vieja Guardia para aquí, La Vieja Guardia para allá..., en cuanto me descuido me metéis un pepino en el culo. ¿Quieres hundir más el tanatorio? ¿No basta con la mala prensa que nos dio el ahorcamiento? ¿O con el dinero que hemos perdido a cuenta de tu amiguita y sus chanchullos? ¿Me vas a decir ahora que rechazaste algún sobre de Honorio? ¡Bien que te los metías al bolso! No te extralimites, que te vas a la puta calle. ¿Hablo claro?

Yo estaba escuchando desde el cubículo de Martha. Rosa sentía más miedo que respeto por la gerente y procuraba evitar comportamientos blandengues delante de Rita. Por eso sus sollozos me encogieron el alma. Sentí sus pasos acelerados abandonando el despacho, seguro que aborreciéndose por no haber podido contener el llanto.

Intenté interceptarla.

—¡Ya no eres mi amiga! —me rechazó.

Corrí detrás, pero Laura me detuvo y fue ella quien la acompañó, hablándole muy despacio, como a una niña pequeña. Permaneció a su lado hasta que se calmó y luego fue a verme.

—Un suceso así puede acabar trastocando las mentes más equilibradas, Claudia. Por un lado, nos sentimos culpables y por otro, intentamos descargar la culpa en el prójimo, es lógico que se desaten conflictos.

Rosa enfermó.

El médico insistió en que cogiera la baja pues no estaba en condiciones de ir a trabajar. Se encerró en casa y no quiso ver a nadie. El único al que permitía la entrada era a Víctor, que solía pasar a saludarla todas las mañanas y llevarle el periódico. Por las tardes alguna vez iba Behite, a ensayar con ella sus juegos de magia o echar una partida al Scrabble. Pese a que yo la llamaba casi a diario, hasta pasado un mes no aceptó recibirme.

—¿Te importa venir con Laura? —me pidió.

Creí que buscaba su opinión como psicóloga. Cuando entramos por la puerta, me asaltó un agrio olor a rancio y lo primero que hice fue abrir las ventanas. Laura nunca había estado en su casa, pero a mí me sorprendió constatar que su afamada pulcritud había sido sustituida por el polvo, y el abandono cubría como una pátina a la enferma. Hasta Andrés, a su lado, se veía ajado y con los colores desvaídos. Rosa no paró de acariciar a Mirlitón mientras duró nuestra visita.

—Fijaos cómo estaré que ni voy a ver a mis padres… —arrastraba las palabras y unos hilillos de saliva en las comisuras de los labios indicaban que estaba fuertemente dopada.

—¿Qué te dice el médico?

—Depresión. Que son los nervios y que se me pasará. Es tremendo, no se lo desearía ni a mi peor enemigo. Creo que me voy a morir, que no voy a salir nunca más de la cama. Encima me paso el día vomitando y con unas diarreas tremendas.

—Si quieres, venimos a buscarte para dar un paseo al mediodía cuando haga sol…

—Podríamos escaparnos, una u otra.

Rosa ni nos escuchaba.

—Os he mandado venir porque sois las únicas personas que podéis ayudarme: ¿Es verdad que el ojo graba la última imagen vista antes de morir?

Laura la miró calibrando su estado. Yo entendí rápido por dónde iba.

—Es sobre Inés, ¿verdad?

Empezaron a rodarle lágrimas sobre el peluche.

—Sí, pero no es por las facturas… Son sus ojos, los ojos de Inés. Se me clavaron al entrar en la cámara y me torturan sin piedad, quieren decirme algo. No puedo apartarlos de mí, se me aparecen por la mañana y por la noche. ¡Laura, dime que no estoy loca!

—Esa imagen, si existiera, que es muy discutible, se llama optograma. La optografía fue considerada una ciencia hasta principios del XX. Se aceptó durante mucho tiempo y tiene arraigo popular, pero ha quedado totalmente desmontada tras macabras comprobaciones que no te voy a contar…

Seguramente Inés había visto antes de morir quién era esa sombra que la perseguía. ¿Y si se le había quedado grabada en la retina? Concordaba con mi visión, lástima que me hubiera quedado a medias. Yo creía a Rosa.

¿Es posible prescindir de la racionalidad? A veces, me gustaría.

Rosa había intentado contactar con la muerta: había ido a una bruja de las que se anunciaban por televisión, pero salvo un sablazo nada más le había dado, ni una pizca de tranquilidad.

Seguimos hablando un largo rato, pero nuestra compañera no atendía a razones. Habíamos ido dispuestas a animarla y salimos compungidas, con la energía consumida en su *karma-*

torio. Quiero creer que algo la ayudamos, pues se incorporó al trabajo a la semana siguiente sacando fuerzas de flaqueza. La recibimos entusiastas, pero no era ni su sombra.

Para colmo, los padres de Rosa fallecieron con apenas unas semanas de diferencia, dejándola sumida en un estado catatónico. Fue un período dramático, aunque, por lo menos, los ojos de la ahorcada pasaron a un segundo plano. La pálida piel de Rosa se volvió translúcida dejando transparentar azuladas venas y afilados huesos.

Daba pena verla.

—Ahora quedamos solos los tres: Andrés, Mirlitón y yo.

Lo decía como quien ve cerca el fin de sus días y eso me exasperaba. Cada vez tenía menos paciencia con ella. Dejé de frecuentar la floristería, aunque era consciente de que Rosa me lo añadía a su lista de agravios. Ella ya no pintaba figuras caprichosas y Martha se dedicaba a revisarle las cuentas, cada vez más llenas de errores, pues Rita había dicho que no le pasaría una más. Pero en cuanto acababa, salía corriendo.

El pretexto no era inventado: cada día le exigían nuevos requerimientos al sistema. Y esta vez no era cosa de Jaime, sino de su padre. Tras la primera auditoría, el fiscal, convencido de que a su hijo le tomaban el pelo, pidió una segunda. Y las dos, tras cobrar un pastón, concluían lo mismo: en segurizar el programa de tal forma que no pudiera producirse otra alteración del gasto contable bajo ningún concepto.

Martha, sobrepasada de trabajo pues al final recaía todo en ella, no paraba de protestar.

—Cada vez estoy más convencida de que Rita o Jaime, si no los dos, estaban implicados en el asunto de la desviación de fondos. ¿Por qué no se dieron cuenta de que Servicios Funerarios era una empresa fantasma? Me obligaban a emitirles informes económicos semanales, ¿no los revisaban? ¿No vieron que en las carpetas había fotocopias en lugar de originales? ¿No les chocaba que se fuera tanto dinero para esa empresa?

Casi un millón, ahí es nada. ¿A ninguno le llamaban la atención los cientos de tarros de maquillaje o las toneladas de flores? Nos quieren hacer creer que se la colaron por un fallo informático y no fue así: el sistema era impecable: la gestión en papel generó un agujero de seguridad, vale, pero solo con haber echado la cuenta de la vieja se habrían percatado. Deberían haber sido juzgados por negligentes, eso por lo menos. ¡Menudas piezas! Y estos capullos de las consultorías piensan que por poner puertas al campo se va a solucionar.

A mí cada vez me resultaba más artificial mi relación con la gerente. Había colocado a una mujer de su confianza en el lugar de Inés, pero yo evitaba mantener con la nueva más contacto de lo necesario y prefería utilizar a Martha como intermediaria. Intentando que Rita no se percatara de mi alejamiento.

Gracias a la Fundación Pro Vida Digna, y por tanto a Memento Mori, me había convertido en una profesional cotizada y se me invitaba como experta en los foros del sector. Aunque fuera una reputación ganada a pulso, le debía el trampolín a Rita. Siempre se había portado bien conmigo.

Al ver la cantidad ingente de material que tenía acumulado, Martha me había planteado organizar una exposición didáctica e histórica sobre la buena muerte, algo nunca realizado hasta la fecha. Me bastó exponer la idea en un par de congresos y ya pugnaban por ella dos centros culturales de primer orden.

—Ni hablar —me dijo Rita cuando se enteró—, la primera exposición se realizará en el Tanatorio de la Corte, este es tu hogar. Si me apuras, será Memento Mori quien levante y financie el Museo de la Muerte, donde podrán ser expuestos a perpetuidad esos zarrios funerarios que atesoras. Antes tendrás que hacerle otro favor a la fundación. No puedo decirte nada por ahora, pero algo se está cociendo que necesitará de tu *know how*…

¡El Museo de la Muerte!

Era mucho más de lo que hubiera soñado. Se lo agradecí efusivamente, sintiéndome como una cucaracha por hacer caso de las insidias interesadas de Laura. Mis sospechas sobre ella eran tan intensas como el sentimiento de deslealtad que me provocaba tenerlas.

Quien también andaba atribulado era Víctor, por causa de su hija Adela. Coincidiendo con el suicidio de Inés, su relación con Memento Mori se había consolidado y la abogada becaria había firmado un contrato de seis cifras a cambio de su exclusividad. En nada, Adela pasó a ocupar el lugar de Inés como mano derecha de Rita desbancando a la sustituta, y al igual que la difunta, la vimos modificar paulatinamente su forma de vestir y su lenguaje, pasando de ser la mascota cariñosa de La Vieja Guardia a una tirana con látigo que contribuía a enrarecer el ambiente.

Su primer enfrentamiento con el personal fue a causa de su pretensión de imponernos cambios horarios sin consulta previa. Aunque la decisión no fuera suya, Adela carecía de talante conciliador y levantó ampollas y un muro de aislamiento a su alrededor.

Yo me enfrenté con ella en una reunión de dirección: nos cruzamos duras acusaciones de las que ninguna pensaba retractarse. Víctor se posicionó a ciegas del lado de su hija, lo que supuso el enfriamiento definitivo de nuestra relación. La única que no le hacía el vacío era Rosa, que recurría a él tanto para que le fuera a cambiar una bombilla como para colgar un cuadro.

—Yo sé que Adela no obra bien. Acaba de llegar y entrar cual elefante en una cacharrería es fruto de la inexperiencia y la juventud. Deberías tener más paciencia y comprensión con ella. ¡Es una cría! —mediaba Rosa.

—Ya no lo es, y no pienso rendirme ante sus pretensiones.

A medida que el tiempo pasaba, la florista no levantaba cabeza. En las reuniones de coordinación permanecía callada, gacha, a veces sin responder siquiera a las preguntas directas. Advertido el deterioro, Rita decidió darnos un escarmiento ejemplar utilizándola como chivo expiatorio. Un día la detuvo cuando iba a entrar en la sala y, a la vista de todos, le espetó:

—Si no tienes nada que aportar, no hace falta que vengas más. Total, para estar de cuerpo presente y mente ausente... —Y le dio con la puerta en las narices.

Tuve claro cuál sería el siguiente paso, ella también: su destitución como jefa del taller de floristería, si no el despido. Rosa regresó a su puesto con la mayor entereza posible. Aquella misma tarde acudió a Urgencias y la ingresaron *in extremis.*

No sufría depresión. No era trastorno nervioso.

Un cáncer de estómago se la llevó por delante en dos meses agónicos. Llevaba años manifestándose, equívocadamente diagnosticado como ansiedad. Barajamos demandar por mala praxis a su médico de cabecera, que la llenó de ansiolíticos, pero no éramos familia directa ni teníamos fuerzas para pelear contra el corporativismo médico y una Justicia sin corazón.

Una tarde nos convocó con motivo de su cumpleaños. Llenamos de globos y banderines la habitación del hospital. Aunque había pedido expresamente que nadie llevara regalos, Víctor apareció con una tarta. Le cantamos el *Cumpleaños feliz,* pero la homenajeada ya no tenía fuerzas y tuve que soplar por ella. Probó un trozo del pastel para vomitarlo de inmediato. Cincuenta y tres años cumplía.

Allí estábamos rodeando la fría cama: Martha y yo; Laura, que no le quitaba ojo a cada reacción de la homenajeada; Behite, sin soltarle la mano desde que llegó, y Víctor, su amado amigo junto a la cabecera. Nos miró como queriendo grabar nuestras caras, y soltó una frase lapidaria:

—Mereció la pena vivir solo por conoceros.

Luego se recostó en el almohadón sonriendo dulcemente, y cerró los ojos. Nos fuimos despidiendo uno a uno, con un beso y un *hasta mañana* sin saber que era su último día. Así la recordaríamos.

Al igual que Lina Sandoval, Rosa había elegido una muerte digna. Pero al contrario que ella, prefirió la soledad para llevarla a cabo, evitando las despedidas. A la mañana siguiente de nuestra visita le aplicaron la eutanasia concertada, en presencia solo del equipo médico. Nada más recibir el aviso de su muerte, Víctor recogió su cuerpo en el hospital y lo depositó en el tanatorio con el corazón encogido. Apenas reconocí aquella cara huesuda y afilada, aquel cuerpo lleno de pinchazos por cuyas venas corrían más fármacos que sangre. Mientras yo la maquillaba, se encaminó a su casa para recoger a Andrés y Mirlitón, cumpliendo así el deseo de la difunta, que había pedido ser enterrada con ellos.

Cargando con los bienes más preciados de nuestra amiga apareció por la sala de tanatopraxia. Yo ya había terminado mi trabajo sobre ella y me ayudó a colocar a los tres en el féretro. Andrés no entraba de canto y tuvimos que ponerlo debajo. Cuando acabamos, nos fundimos en un reconfortante abrazo. Era una situación cómica, pero no estábamos para risas.

¿Qué quedaba de La Vieja Guardia? Víctor y yo. Que casi no nos hablábamos.

Viveros Fresno donó un sakura, un cerezo japonés de flor rosada para el Bosque de la Memoria. Las floristas plantaron un macizo de rosas ante el memorial, convencidas de que nunca tendrían otra jefa como ella y muy atribuladas por haber confundido los síntomas y haberla tachado, tantas veces, de solterona histérica.

A Víctor le cayeron diez años más encima de golpe. Él, que siempre había presumido de su mata de pelo negro sin necesidad de tinte, vio cómo se le volvía blanco de un día para otro, con el consiguiente pasmo general.

Al llegar a casa tras su funeral, añadí una vela al altar de la Reina del Vudú. Empezaban a ser demasiadas.

Aquella noche lloré en los brazos de Martha como una niña pequeña, sintiéndome culpable.

Mala conciencia

Un día, meses antes de la muerte de Rosa, Víctor estaba en el garaje sacando brillo al capó de un coche fúnebre —pese a que disponían de lavacoches automático— cuando Adela se plantó delante de él.

—¡Papá! ¡Ese trabajo no te corresponde!

—No tengo nada que hacer ahora mismo y mejor que estar mano sobre mano... ¿Qué te trae por aquí?

—Me mudo. He alquilado un piso y haré el traslado esta tarde. No son muchas cosas, he contratado una furgoneta pequeña.

Víctor acusó el golpe con la boca abierta.

—Hija, ¿cómo que te vas de casa? ¡Con lo que cuesta un alquiler! ¿No estás bien con tu madre y conmigo? ¡Y alquilaste una furgoneta! Yo te hubiera hecho el transporte...

—Rita me ha encontrado un piso muy céntrico y bastante grande, cerca del tanatorio, que me servirá también de despacho.

—¡Pero si no lo hemos visto siquiera!

—Papá, soy yo la que voy a vivir en él. Estuvimos mirando varias agencias y puedo asegurarte que se trata del mejor de cuantos vimos.

—¡Miraste agencias con Rita! No sabía nada...

A Víctor y Beatriz el síndrome del nido vacío los pilló por sorpresa. Tardarían en asimilar su ausencia...

Adela, en cambio, no miró atrás.

Rompiendo un pacto no escrito, tras la muerte de Rosa, Víctor se presentó en el piso de Adela sin avisar, pese a que la joven les había dejado bien claro a sus padres que era su espacio privado y solo se iba de visita mediante invitación.

Víctor llevaba más de una hora dando vueltas al mismo tema y la hija ya estaba exasperada:

—Es que no entiendo por qué me vienes con esas ahora, a mí ya se me había olvidado. Nunca debí contarte nada, papá.

—Sobre todo, no se lo digas a tu madre, Adela.

—No pensaba hacerlo, tranquilo. De verdad, no entiendo por qué te pones así, te dije al día siguiente lo que había visto aquella noche y fuiste tú el que me mandaste callar.

—¡No quería que tuvieras problemas!

—¿Y ahora sí? ¿Es por la muerte de Rosa? Jamás imaginé que fuera a afectarte tanto...

Quizá hubiera sido ese el momento de contarle que estuvieron liados en un tiempo lejano, al nacer ella. Rosa acababa de llegar al tanatorio, desbordaba ilusión por todos los poros, era dulce y su piel marfileña apenas tenía arrugas ni sus ojos mostraban el ansia que acabaría con ella. Él se disculpó a sí mismo echándole la culpa a Beatriz, tan metida en su papel de madre tras el parto que lo hizo sentirse abandonado.

La pasión duró unos meses. Luego Víctor dejó claro que no quería seguir engañando a su mujer. La florista se planteó abandonar el tanatorio, pero acuciada por la necesidad, no le quedó más remedio que seguir trabajando a su lado. Se acostumbró a quererlo en silencio. Mantuvo otras relaciones, pero ninguna fraguó.

Perdida toda esperanza, a Rosa le bastaba el discreto coqueteo que mantenían y los detalles que él le prodigaba alimentaban sus fantasías nocturnas. Solo Behite lo sabía.

En el último mes, cuando ya el fin era inminente, Rosa destapó el caldero. Sintiendo que la vida se le escurría, las palabras manaron tan repentinamente de su interior como un flujo piroclástico. Víctor jamás imaginó que la florista hubiera mantenido encendida más de veinte años la llama del amor. Dimensionó su sufrimiento, la fidelidad, la entrega sin correspondencia, la magnitud de aquel deseo ahogado, pero nunca desaparecido. Y calculó cabalmente qué parte le correspondía de su triste y doloroso fin. La factura era impagable.

Le hubiera gustado contárselo a Beatriz, pero era demasiado tarde, así que una ocultación se sumó a la otra y ambas le pesaban como losas. Y luego estaba la tercera, el encubrimiento que implicaba a Adela.

—Rosa fue la gota que colmó el vaso —dijo sincero—. Esconder secretos no es lo mío. Debemos acudir a la Policía.

—¡Lo que me faltaba! ¡A estas alturas! Te recuerdo que trabajo en exclusiva para Memento Mori. ¿Qué coño pretendes?

Víctor la miró con reparo. Antes nunca usaba palabrotas.

—Lo que viste aquella noche puede ser clave, se supone que esa persona no estaba en el tanatorio. —Víctor no se atrevía ni a decir su nombre.

—Cuando te lo comenté, no le diste importancia. Además, los casos cerrados no se reabren. Y seguramente haya sido una coincidencia.

Demasiadas coincidencias.

Víctor intuía a quién habían visto por última vez los ojos de Inés, pero no se lo mencionó ni a su examante en el lecho de muerte, temiendo perjudicar a Adela.

—Rosa nunca creyó que Inés se suicidara… Ni las demás, si me apuras. Y yo tampoco.

—¡Pues lo hizo! ¿Estás tonto o qué?

—Según su declaración, no estaba allí a esa hora…

—¡Déjalo ya! Tú no tuviste la culpa de la muerte de la una ni de la otra. ¿Por qué no te tiñes el pelo? Tiene razón Rita, te avejenta demasiado.

—Me avejenta la mala conciencia, hija.

—¡Siempre fuiste un sentimental!

—Y tú no eras así antes…

—¡Afortunadamente!

—Si Claudia y el resto lo supieran…

—Papá, vete a casa. Tengo mucho que hacer y mamá se estará preguntando dónde estás.

Víctor se marchó tan confuso como había llegado. La Vieja Guardia se había ido a pique. Y él se sentía un impostor, un farsante.

Un cómplice.

Encerrona televisada

Recuerdo aquellos meses posteriores a la muerte de Rosa como una locura.

En medio de tantas turbulencias emocionales y antes de que Martha se mudara de forma definitiva, emprendí reformas en mi piso que se convirtieron en una pesadilla. Durante meses asistí a un desfile interminable y a deshora de operarios, albañiles y pintores. Ya no sabía quién tenía mis llaves ni a quién iba a encontrarme en casa a mi regreso.

Deseosa de liquidar cualquier resto de vida anterior, tiré tabiques, pinté las paredes de colores, llevamos al trastero los frascos con fetos y cerebros de maleantes en formol, las máscaras y el archivo fotográfico. De paso, aproveché para deshacerme de los últimos restos de la peluquería de mi madre, dejando solo una foto enmarcada del día de la inauguración del Salón Maribel, donde poso con mis padres en la puerta. Así los quiero recordar, jóvenes y sonrientes. En lugar preminente quedó la Reina del Vudú, a Martha le parecía una talla de madera preciosa y yo le debía una…

En medio de aquel caos, hube de viajar a Suecia para formarme sobre las dos nuevas formas de cremación verde que habíamos incorporado, la química y la ultrafría. El tanatorio se había especializado en ecofunerales y esas eran las últimas tendencias. Hasta cambiamos el lema para resaltarlo de forma explícita: «Dar vida después de la muerte».

La hidrólisis alcalina la habíamos empezado a utilizar para el compostaje de los cuerpos, pero era una liofilización muy rudimentaria y los tejidos corporales tardaban demasiado en disolverse en el hidróxido potásico. Resultaba muy caro procesar los restos orgánicos y convertirlos en fertilizante. Lo ideal para convertir en polvo los cuerpos sería el helio líquido, pero es muy caro y escaso, por eso se sustituyó por el nitrógeno líquido. Para esta cremación era necesaria la ultracongelación previa del cadáver y eso exigía una máquina criogenizadora que no teníamos, así que fui en su busca. El viaje me vino bien, pero, como siempre, añadió un nuevo capítulo a mi interminable enciclopedia. A la vuelta, decidí poner punto final a mi ensayo. Sin más dilación.

—Que no, Rita. Te repito que estoy escribiendo, quiero acabarlo de una vez. Además, hace tiempo que no piso una tele y mis intervenciones públicas son limitadas. ¿Quién se va a acordar de mí?

—Y yo insisto, Claudia. Si alguien tiene que representarnos, eres tú. ¿No te declaras *talibana* de la buena muerte? ¡Pues ha llegado tu momento! No vale echarse atrás. No nos defraudes, confiamos en ti.

—¿Por qué no va Laura? Tiene mejor presencia. Y ahora se trata ya de un asunto que está más cerca de su campo…

Llevábamos discutiendo la mitad de la reunión. Yo necesitaba aislarme para escribir, pero reconocía que no podía negarme a su petición. Cuando nadie sabía si eutanasia se escribía con hache, yo ya recogía firmas para su legalización. Habíamos conseguido la Ley de Muerte Digna, que estaba funcionando sin incidencias notables, más de dos mil personas se habían acogido a ella y la cifra crecía cada año. Pero el Gobierno había querido aprovechar el impulso dando un paso más, y cuando ya se estaba acabando la legislatura presentó en el Parlamento el proyecto de Ley de Muerte Voluntaria.

Los argumentos eran innegables. Y controvertidos.

—Yo no estoy convencida ni soy tan radical como tú —replicó Laura—. Antes de avanzar por ese camino, reforzaría los servicios públicos y la investigación mental. Considero un fracaso de las ciencias y de los profesionales de la Salud que una chiquilla de 17 años, violada y maltratada, se suicide voluntariamente como Noa Pothoven, la autora de *Ganar o aprender*. Es negar que una vida trágica pueda tener enmienda, siempre hay posibilidad de encauzar una situación desesperada.

—¡Si nos ponemos así, la mitad de la gente que se suicida no necesita psiquiatras, sino sindicatos que defiendan sus derechos! Dicho esto, claro que debe permitirse esa posibilidad —reconocí—. Existe en otros países y entiendo que la gente más joven reivindique la ampliación de sus derechos. Personalmente, ya me doy por satisfecha con lo conseguido, entendedlo.

—Me asombra que adoptes esa actitud conservadora, no es propia de ti, Claudia. Cierto que el movimiento ahora mismo tiene otras cabezas visibles, pero tu nombre le daría prestigio y continuidad a la lucha. Y no olvides que tienes un compromiso con la causa, pero también con tu empresa.

Rita tenía razón: ser una veterana no me eximía de ponerme al frente. Y Memento Mori había invertido mucho en mi formación y promoción. Tocaba ser agradecida.

Acepté el envite. Y reactivamos la fundación Pro Vida Digna.

Cientos de personalidades firmaron un manifiesto en contra de la nueva ley y la Conferencia Episcopal se puso en pie de guerra, desplegando su artillería en todos los frentes. Los mensajes eran directos y aún más apocalípticos —si cabe— que en la ocasión anterior, pero llegaban tarde para una sociedad que ya había asumido la eutanasia. Como pasó la otra vez, el lenguaje se suavizaría tras concederle el Gobierno a la Iglesia católica nuevas exenciones fiscales y prebendas en el campo educativo. Las protestas se trasladaron entonces al ámbito de la enseñanza, al verse favorecida la religiosa frente a la pública, pese a ser un país laico. Las pancartas cambiaron sus lemas y la atención mediática se desvió hacia el nuevo foco de conflictos. Yo asistía fascinada al esperpento.

Así se lo hice saber a Martha.

—Durante años la eutanasia fue estigmatizada por los que ahora la defienden a capa y espada. ¿Dónde queda la ideología?

—Tal vez la ideología sea un concepto caducado... ¿No puede tratarse de una evolución natural de la sociedad? Por una vez, ¿no podíamos igualarnos al resto de países civilizados y superarlos?

—¡Vives en tu mundo mágico! —La miré cariñosa—. No seas inocente, nada de todo esto hubiera sido posible si Rita no tuviera unos tentáculos y un peso en el Partido que se nos escapa.

—No lo sabemos con certeza, Claudia. Sea como fuere, siempre fuiste una pionera y es una proposición irrenunciable.

Accedí por darle gusto a Martha. A sus ojos, el encargo de Rita me honraba.

El motivo de la controversia era mi participación en el programa estrella de la temporada: *El invitado sorpresa*. En su formato, la persona entrevistada se sometía al interrogatorio de otra famosa, desconocida hasta ese instante y afectada por el tema a tratar o con un amplio conocimiento sobre el mismo. La conductora era conocida por sus opiniones en contra de la eutanasia y me temía lo peor. Ya había tenido un encontronazo con ella, era inoportuna y maleducada. Rita lo sabía, pero sus planes, como siempre, iban más lejos:

—Si esta ley se aprueba, daremos la campanada. Tengo una baza en la cartera que nos lanzará al estrellato.

La presentadora me recogió en el coche oficial y la emisión en directo empezó durante el trayecto hasta el estudio. Tras el saludo y mi presentación, fue a por todas:

—La Ley de Muerte Voluntaria, cuyo proyecto viene a defender nuestra invitada, contempla la intervención deliberada para poner fin a la vida sin necesidad de enfermedad incurable ni asistencia médica. En resumen: el Gobierno ha regulado la eutanasia y ahora pretende regular el suicidio. ¡El suicido, señores! Ni más, ni menos. ¿No te intriga saber quién va a ser tu oponente, Claudia?

De partida, no me gustó nada que me confundiera con una portavoz gubernamental. Tentada estuve de contestarle con cajas destempladas pero, en un derroche de elegancia existencial, como diría Lina Sandoval, mantuve la distancia. No en vano había ensayado con Martha.

—Muchas gracias por haberme invitado a este programa, al que acudo en representación de la Fundación Pro Vida Digna, donde luchamos por una muerte acorde. Espero que la persona invitada me permita exponer cuáles son nuestros argumentos. Para ir entrando en materia —miré fijamente a la cámara—, les adelantaré el más contundente: el suicidio es la primera causa de muerte no natural y su cifra sube cada año. Esconder la cabeza debajo del ala no ayuda a caminar. Este dato debería alarmarnos…

—Luego entraremos en detalles, damos paso a la publicidad.

Ya sospeché algo cuando, cerca del estudio de televisión, se nos incorporaron dos motoristas de la Policía para abrir paso al vehículo. Una multitudinaria protesta de los grupos ultra y católicos más conservadores impedía el acceso portando banderas, pancartas y algo estremecedor: horcas. Mientras la atravesábamos, con excesiva lentitud a mi modo de ver, procuré evitar el contacto visual con aquellos rostros violentos y amenazantes que me insultaban y golpeaban las ventanillas. Con disimulo, miré Twitter. Los detractores de la ley habían lanzado *#LeyAsesina* para hacer arder las redes sociales coincidiendo con el programa, menos mal que Martha había preparado una contundente respuesta, y los partidarios de *#LaMuer-*

teEsMía empezaban a movilizarse. Ante la entrada principal se había montado una vigilia con velas y cánticos religiosos, y no nos quedó más remedio que acceder por una puerta lateral.

Vistos los preparativos, me puse en lo peor y la sonrisa de triunfo de la periodista cuando le dio paso al plató confirmó el peor de los pronósticos.

—... y con nosotras estará... ¡¡¡Norberto!!!

Aplaudí procurando no traslucir mi enfado. Esperaba a un erudito o a un profesional de sesgo contrario, incluso a un cura, no a la figura más controvertida del momento. Norberto había adquirido notoriedad a partir de la desaparición de su hija. Cuando se produjo, se pensó en un secuestro y él recorrió radios y televisiones lanzando proclamas sobre la inseguridad ciudadana y reclamando toque de queda para las mujeres y la intervención militar. Al ir pasando el tiempo sin que el cuerpo apareciera, culpó de violación y asesinato al novio de la chica, basándose en indicios que fueron desestimados por la Policía sin llegar ni al juzgado. Optó entonces por trasladar la culpa a los inmigrantes y solicitó el registro de una nave ocupada cerca de su casa, consiguiendo que fueran devueltos a sus países de origen por ilegales, pero sin poder probar relación alguna con la desaparición de su hija. Tampoco se pudo comprobar que fueran los feriantes que habían instalado sus atracciones a la salida del pueblo.

Cada semana ofrecía en bandeja una nueva cabeza y las elucubraciones provocaban altercados; el más grave, el incendio de un centro de menores extranjeros no acompañados que había en el pueblo a manos de una turba enfurecida que reclamaba justicia, afortunadamente sin consecuencias mortales. En aquel circo mediático que duró más de un mes se sucedieron las médiums y ocultistas que proporcionaban sabrosas pistas falsas provocando una avalancha de testimonios equívocos. Ya empezaba a ser cuestionado el proceder arbitrario de Norberto cuando el mar le devolvió a su hija.

Ahogada. Por voluntad propia, la autopsia fue concluyente. Entonces el padre volcó el caldero sobre los defensores de la Muerte Voluntaria, acusándolos directamente de incitar a los jóvenes al suicidio.

Ya los dos sentados en el estudio, su mirada me provocó un escalofrío, pese al calor de los focos. Estaba lleno de odio, buscaba venganza. Había salido a cazar y yo era la pieza.

—Usted mató a mi hija —dijo con voz profunda y blandiendo hacia mí un dedo acusador—. Usted es una asesina, como esa ley que defiende.

No me achiqué. Hablé tan bajo y despacio como pude:

—Le rogaría que bajara el tono. Entiendo que es usted víctima de un episodio traumático, por eso no se lo tomaré a mal. La voluntad de no vivir en una persona joven nos impresiona, y más a quienes la rodean, que tienden a sentirse culpables, ¿no es cierto? Su hija no es la única que ha tomado esa decisión, las cifras lo han convertido en un problema social, por eso es necesario abordarlo de forma colectiva.

»En este país se suicidan más de diez personas al día, ahorcadas en el interior y ahogadas en la costa la mayoría, como su hija. Y el objetivo de esta sociedad debería ser hacer menos penoso el abandono de esta vida a la persona y sus allegados, independientemente de si la muerte proviene de una enfermedad, un accidente o es fruto de una decisión personal.

—¡Matarse es un pecado! ¡Tan grande como asesinar a otra persona! Por algo los suicidas no tienen cabida en tierra sagrada. ¡Solo Dios da y quita la vida!

—No seré yo quien ponga en duda sus creencias religiosas, pero la muerte voluntaria siempre estuvo ahí, acompaña al ser humano desde los inicios. Sin embargo, se ha despreciado públicamente, se ha vilipendiado a quienes la han practicado y ha supuesto un estigma para su parentela, por eso se oculta. Lo que pedimos es descorrer el velo, liberar a sus familias del pecado, saber qué pasa en sus cabezas...

—¿En esas cabezas? ¿Qué va a pasar? ¡Están locos! A mi hija le dio un ataque de locura, azuzado por sus proclamas. Ustedes son unos asesinos de menores.

—Perdone que le lleve de nuevo la contraria, pero no está comprobada esa asociación que usted hace entre muerte voluntaria y locura…

—¡El suicidio es un problema de salud pública! Con un buen sistema de salud mental no habría suicidas, se lo digo yo.

—Echar la culpa a los profesionales y al sistema es eludir la responsabilidad que nos corresponde. Y si ha leído el proyecto, la ley obliga a las Administraciones a crear servicios específicos dentro de la Salud Mental y a adoptar medidas preventivas. Además, hay quien sostiene que la muerte voluntaria es una decisión de personas más lúcidas e inteligentes que el resto.

»Ahí tienen el ejemplo de Séneca, el más conocido. En Roma y en otras culturas el suicidio era considerado el máximo exponente de la dignidad humana. ¿Puede haber algo más triste que el vacío de no encontrar sentido a la propia vida? ¿Para qué esperar el fin durante años cuando se está hastiado de vivir? Para el psicoanálisis, la tendencia suicida es inherente al ser humano y…

—¡Déjese de chorradas! —me interrumpió grosero—. Tanto hablar de suicidios es contagioso, luego actúan por mimetismo… ¡La prensa no los publica para evitar que haya más!

—Esto se llama efecto Werther, por una obra de Goethe, muy popular a fines del siglo XVIII, que hizo que muchos jóvenes se quitaran la vida a imitación del personaje. Trasladarlo a estos tiempos es absurdo: con Internet y las redes sociales tienen a su alcance millones de páginas donde se les enseña a morir. La hipocresía social no ayuda, el silencio es más perjudicial.

—¿Me está acusando a mí de la muerte de mi hija? —Se levantó sobre los reposabrazos.

—Fíjese en el polo contrario, el efecto Papageno, que tiene un efecto preventivo del suicidio. Este nombre procede de un personaje de *La flauta mágica* de Mozart, un hombre humilde que trata de quitarse la vida, pero al que disuaden tres espíritus mostrándole otras alternativas. Se trata de ofrecer referentes de personas que intentaron quitarse la vida pero que renunciaron.

—¿Dónde queda el derecho a la vida? ¡Ese sí es un derecho humano fundamental! —exclamó fuera de sus casillas.

—Por supuesto, pero no puede convertirse, de ninguna manera, en la obligación de vivir. Y no entra en conflicto con el derecho a morir, todo lo contrario. Si tengo derecho a vivir, tengo derecho a finalizar mi vida dónde, cuándo y cómo yo decida.

—Nadie podrá convencerme de que esta ley no supondrá un aumento de la mortalidad.

—¿Aumentó la Ley de Divorcio el número de divorcios? ¿Provocó más abortos la Ley de Interrupción Voluntaria del Embarazo? ¿El derecho al matrimonio igualitario perjudica a las personas solteras o a las parejas heterosexuales?

»Cuando una persona mayor se muere de repente, todos firmaríamos una muerte así. Sin embargo, si esa misma persona expresa su voluntad de morir, le diagnostican depresión y seguramente sus hijos le prolonguen la vida innecesariamente, en contra de su deseo.

—¿Y en qué posición quedan los profesionales con esta ley? —intervino la presentadora.

—La ley actual los convierte en protagonistas y permite que puedan ser acusados de mala praxis, mientras que la nueva ley devuelve el protagonismo a las personas. De la misma forma que el funcionario del Registro Civil no puede obligar ni impedir que dos personas se casen, es un error grave trasladar la decisión de morir al médico.

El programa continuó con ese dos contra uno, pero las encuestas de opinión realizadas durante su emisión me dieron como ganadora por un reducido margen.

Aquella sobreexposición provocó que tuviera que cerrar mis perfiles en las redes durante un tiempo, agobiada por los insultos y amenazas. Llegaron a enviarme una bala al tanatorio.

Nuevamente la sensibilización costó esfuerzo e inversión, pero esta vez la sociedad estaba más mentalizada. La redacción definitiva de la ley logró ser consensuada tras numerosas reuniones y arrebatadas discusiones, y fue aprobada en ambas cámaras legislativas. Y así como en su día la muerte se puso de moda, el suicidio dejó de ser un oscuro tabú.

Rita se frotó las manos.

Coincidencias notables

El mismo día de la publicación de la ley, la gerente nos convocó al equipo a una reunión extraordinaria y todos me ovacionaron por mi contribución.

La sensación del trabajo bien hecho se apoderó de mí y es una de las más gratas que conozco. Había dejado los mejores años de mi vida en un sector que había crecido y cambiado conmigo. Poco tenían que ver los funerales con los de antes y en nada recordaba el Tanatorio de la Corte al Tanatorio de la Villa. Si cuando mi madre murió podías ir a prisión por ayudar a morir a un ser querido, la nueva ley garantizaba la seguridad y felicidad de mucha gente. La apuesta por la buena muerte había sido ganada.

—¡Muchas gracias a todos! Y gracias también, Rita, por tu confianza.

—¡Muchas gracias, Claudia! Y ahora me gustaría presentaros el nuevo proyecto de Memento Mori. Cuéntaselo tú, Laura.

Desde la pantalla, un hombre sonriente con aspecto de granjero nos saludó en otro idioma. Laura detuvo el vídeo, claramente casero.

—Este es mi amigo Philip Nitschke, un físico y humanista australiano al que conocí en Canadá.

—Es el fundador del grupo proeutanasia Exit International. —La interrumpí—. ¡Un grande en la materia!

—Phil inventó una cápsula para permitir el suicidio activo sin participación de terceros o de médicos. Te metes dentro, cierras herméticamente y aprietas un botón que libera nitrógeno provocando la muerte. El proceso completo no llega a cinco minutos. No es ni necesario extraer el cuerpo de la máquina, pues la parte principal sirve de ataúd. Y puede ser reproducida mediante impresión 3D. El nombre comercial es Sarco.

—¿Has visto el sarcófago? —Sentía curiosidad, no lo conocía más que por fotografías.

—Sí —continuó Laura—. Phil lo presentó en una feria holandesa y allá me fui con Rita.

—Ese hombre es un fenómeno. Sin más —valoró Rita—. Nos presentó el prototipo con unas gafas de realidad virtual, la sensación es de ahogamiento en seco, una hipoxia indolora. Al reducirse el nivel de oxígeno, el mareo genera una sensación de relajación que dura unos instantes. Es una muerte breve y dulce. Volví encantada. Además, Phil se comprometió a asesorarnos en su implantación.

—¿Cualquiera podría usarlo? —preguntó Martha—. Porque entonces no somos necesarios…

—Sí, querida, somos imprescindibles —tomé la palabra—. Aunque la muerte voluntaria sea una decisión personal, al final es obligatorio pasar una entrevista, como se hace en los casos de aborto o antes de firmar el Testamento Vital. Se trata de garantizar que quien tome esta decisión no lo hará como fruto de un arrebato. Alguien cualificado y competente, siempre profesionales de la Psicología, ha de dar luz verde. Supongo que por eso estás metida en el ajo, Laura…

—¡No! No seré yo quien evalúe los casos personalmente. O también sí, en realidad…

—Déjame a mí —la interrumpió Rita—. Como todos los productos y servicios del grupo Memento Mori, la atención será integral y técnicamente pionera. Y estará implementada en inteligencia artificial; para ello contamos con tu colaboración, Martha —soltó la bomba.

—¡Inteligencia artificial! ¡Rita, me haces feliz, lo sabes! —dijo la aludida saltando sobre el asiento.

—¿Recordáis a Lina Sandoval? —Incluso las nuevas habían oído hablar de ella, convertida en una leyenda—. Pues su hijo Homero, el insigne matemático, ha decidido involucrarse en su desarrollo y hemos firmado un convenio de colaboración con la Universidad de Oxford. Ha sido él quien le ha puesto el nombre: nuestro Sarco se llamará IDeath.

—¿Tiene que ser en inglés? —pregunté hastiada.

—Además del *cosmopaletismo* patrio que adora los anglicismos, la I obedece a IA, las siglas de Inteligencia Artificial, pero también significa 'yo'. El mensaje sería: «Yo decido morirme», o si colocamos un corazoncito en medio de las dos palabras, I love Death, 'amo la muerte'.

Nos proyectaron unas imágenes con el futuro logo.

—Suena legionario…

—Otra razón para elegir el inglés. ¿Les explicas lo que significa un desarrollo en inteligencia artificial, Martha?

Se concentró en su *tablet*, seguramente calibrando alguna forma asequible de presentación para personas no iniciadas.

—¿Visteis la película *Descifrando Enigma*?

—¿Sobre un genio matemático británico que descubrió el código alemán durante la Segunda Guerra Mundial? Y en lugar de hacerle una estatua lo persiguieron por ser homosexual, sí, la recuerdo.

—Alan Turing desarrolló la máquina analítica inventada por Ada Lovelace, una matemática del siglo XIX considerada la madre de la informática. Turing lo enunció muy claro: «Una computadora podrá ser llamada inteligente si logra engañar a una persona haciéndole creer que es un ser humano». Y con la inteligencia artificial, nos estamos acercando.

—IDeath será mucho más que un sarcófago o una computadora: será un sistema más inteligente que los seres humanos —explicó Laura—. El demandante tendrá una conversación previa con IDeath que garantizará, con un cien por cien de acierto, si puede ser o no usuario de la propia máquina. A mí una perturbación mental puede pasarme desapercibida, a IDeath jamás.

Rita no cabía en sí de gozo.

Como siempre en esos casos, lamenté que mis amigas no estuvieran para verlo. Me reiría de la aprensiva Rosa; en cuanto a Inés..., mejor hubiera sido morir dentro de un cilindro de plástico que colgando de un gancho como un cerdo.

Martha se volcó con ahínco en el proyecto haciendo innumerables horas extras durante meses. Fue su forma de abstraerse de los conflictos. Aún quedaban flecos sueltos de su anterior vida en pareja y eran frecuentes las llamadas intempestivas de Natalia, por no decir que su vida seguía en cajas ocupando una habitación.

—Cuando acabe con IDeath me pongo a ello —aseguraba.

Se había tapado el motivo tribal del brazo con otro tatuaje, una cabeza de león con un diamante en la frente y oculta la mitad por rosas, como si estuviera sufriendo una mutación y su fiereza se trocara en belleza. Y amor. Porque allí abajo, entre la cabellera, con fina letra inglesa, estaba mi nombre grabado. Seré cursi, pero cuando apareció con el nuevo *tatoo*, lloré como una tonta.

Me sentía viviendo una luna de miel, disfrutando de una tranquilidad hogareña que jamás había tenido. Eso me había permitido retomar la escritura, en cuanto IDeath estuviera funcionando, nos pondríamos con el Museo de la Muerte y la edición del ensayo que Rita me había prometido. Martha me ayudaría a maquetarlo; por el momento, IDeath centraba todos sus esfuerzos. De día y de noche.

—¿Qué haces? —exclamé poniéndome la bata encima.

La pillé haciendo visajes delante del espejo a las tres de la mañana.

—No podía dormir y estaba trabajando —confesó.

—¡No me lo puedo creer! Ayer estuviste diez horas en el tanatorio, llegaste a casa y, sin terminar de cenar, ya estabas delante del ordenador. ¿Y ahora esto?

—Lo siento..., sé que no te hago mucho caso últimamente, pero es que Homero me ha abierto la cabeza a nuevos horizontes, la inteligencia artificial tiene unas posibilidades infinitas...

De inmediato se lanzaría a soltarme un chorro de tecnicismos que ni entendía ni me interesaban y yo pondría caras de inteligencia para no defraudarla.

—... y cuanta más información metes, más consigues, así de sencillo. Alpha Go Zero, un sistema desarrollado en inteligencia artificial como IDeath, tuvo suficiente con unos días para aprender a jugar al ajedrez y ganar al mejor programa del mundo.

—Martha...

—¿Sabías que el departamento de Inteligencia Artificial de Facebook se vio obligado a desconectar a dos robots porque habían creado un lenguaje propio con el que se entendían entre sí...?

—Eso suena a bulo... Anda, cariño, vente para la cama.

—¡Es una idea genial! —Siguió poniendo caretos frente al espejo.

—Tienes ideas geniales un día sí y otro también. —Le tiré suave de un brazo—. ¿No podías tener una libreta en la mesita para anotarlas sin tener que levantarte? No me molesta que enciendas la luz...

Se acostó refunfuñando y cayó a plomo sobre la almohada. La arropé y me arrimé a su cuerpo para darle calor, siempre tenía las nalgas y los pies fríos, y ese día más. Yo, por el contrario, andaba con el termostato desregulado a cuenta de la menopausia y tan pronto sudaba como un pollo como me destapaba y me quedaba helada. Respiré hondamente su olor, la fragancia de su cabello y una ola de deseo me envolvió. Era una lástima que, cuando ya teníamos las menstruaciones sincronizadas, la mía se estuviera retirando. Aunque, según Martha, era una suerte y me envidiaba.

Con el sueño perdido, me puse a darle vueltas.

Me daba rabia que se implicara tanto en los proyectos de la empresa. Se estaba dejando la piel con aquella jodida máquina de matarse y total, ¿para qué? Serían otros quienes se harían ricos a su costa. No podía quitarme de la cabeza que Jaime y Rita, por inducción u omisión, habían influido o estaban implicados en la muerte de mis compañeras..., todos llenándose los bolsillos con comisiones menos Martha, mi pequeño genio, aquella lumbrera que no tenía precio, y yo, la supuesta ideóloga, que solo servía para dotar de músculo al resto y batirse en la tele con energúmenos.

Y ese Homero...

Mi chica y él se pasaban el día conectados. La oí hablar en sueños y sonreí, seguro que estaba resolviendo alguna ecuación. Era como una niña pequeña con un juguete nuevo.

Me dormí pensando lo mucho que la quería, lo mucho que me gustaba, la suerte que tenía.

La fiesta de la democracia

Yo nunca había votado al Partido.

Martha, en la anterior ocasión, pero estaba arrepentida.

Behite practicaba la abstención como castigo al sistema.

Laura lo había votado siempre por estar en él su amiga Rita.

Aquel domingo se celebraban nuevamente las elecciones generales y autonómicas y ninguna de las cuatro le iba a dar su voto. De hecho, estábamos siguiendo los avances con especial interés, esperando que se pegara un batacazo. Habíamos discutido mucho de política las jornadas previas. Desde un punto de vista corporativo, deberíamos refrendar a nuestros gobernantes, que habían promulgado leyes que nos beneficiaban como empresa. Y como personas. El problema es que continuaban los recortes y las privatizaciones en los servicios públicos, y los casos de corrupción no habían cesado. Pero algo más que la injusticia social o la falta de ética entre sus líderes nos provocaba su repudio.

Las muertes de Inés y Rosa.

Si no hubieran sucedido, probablemente no habríamos examinado con lupa los entresijos del gran grupo empresarial que nos tutelaba y no habríamos descubierto algunos aspectos lo bastante turbios como para desconfiar. Hablo en plural mayestático, pero fue Martha quien entró en la Internet oscura utilizando uno de sus muchos perfiles ocultos.

—Mira, Claudia, ¿lo ves? Esta es la *Dark Web*, aquí se utilizan algoritmos anidados para ocultar información que no deseas que conozcan tus usuarios, tus enemigos o la competencia.

—¿Es la de los terroristas? —pregunté asustada.

Soltó una carcajada.

—¡No! Pero andas cerca. Forma parte de la *Deep Web*, que es a la que te refieres. En la Internet profunda se venden armas, drogas, personas…, puedes encargar una bomba o un asesinato, comprar un bebé o un riñón. Son páginas protegidas por contraseñas encriptadas, imposibles de detectar por los buscadores corrientes ni por las arañas inteligentes que rastrean la red.

Me podía la curiosidad tanto como me aterrorizaba la idea. Martha era como una bruja del siglo XXI. Una diosa tecnológica.

Hurgando en esa red, descubrió que el grupo Memento Mori era una sociedad opaca, indescifrable, cuyas participaciones estaban en manos de testaferros, evidente pantalla de alguien interesado en no figurar. Podía estar detrás el fiscal superior, el presidente autonómico, el del Estado o el papa de Roma. Además, se vinculaban a él un conglomerado ininteligible de pequeñas y medianas empresas, algunas administradas directamente por el grupo. Completaba el panorama la Fundación Pro Vida Digna, la que presumiblemente se haría cargo del museo y la editorial, creada para canalizar las donaciones y subvenciones, con un fondo indeterminado y difícil de calcular. El Tanatorio de la Corte también tenía un régimen tributario especial y desgravaba por su tratamiento ecológico de los residuos humanos y materiales. Aunque casi lo que más nos había beneficiado eran las modificaciones legislativas en el sector funerario.

En principio, nada delictivo. Pero lo cogieras por donde lo cogieras, nada claro.

Y en el camino, dos víctimas. No podíamos perdonárselo.

Martha y yo habíamos salido a pasear por la mañana y, de vuelta a casa, paramos a tomar un soleado vermú. Después de comer habíamos echado una amorosa siesta, cuyo recuerdo aún me hacía bullir por dentro. Teníamos confeccionada una lista de Spotify con nuestras canciones favoritas que sonaba de fondo. Yo estaba sentada en el suelo, vestida de faena, restaurando una cómoda —era como maquillar un cadáver— y Martha en el sofá, delante del portátil y con la *tablet* al lado.

El diseño del sarcófago estaba casi finalizado, solo faltaban pequeños ajustes, y la granja de impresoras 3D para fabricarlo en serie había sido montada ya por la empresa fabricante. Me resultaba fascinante contemplar aquel espacio lleno de nichos escupiendo piezas aditivas. Y más, saber que Martha lo manejaba desde el móvil.

La tele, sin sonido, desgranaba noticias electorales que apenas atendíamos. Hacía ya unos días que Homero y Laura habían dejado de llamar a Martha a deshora y gozábamos de una tranquilidad desconocida.

Sonó mi móvil. Era Behite.

—¿No vais a salir a celebrarlo? Hoy no tengo actuación…

—¡Qué dices! Todavía no han dado los resultados, no vendas la piel del oso antes de cazarlo.

—¿No visteis las encuestas a pie de urna? ¡El mapa va a cambiar de color! Pronostican el vuelco, el caciquismo llega a su fin. Después de cuatro legislaturas segando derechos y robando dinero público, su hora se acerca.

—Como santo Tomás: ver para creer.

—¡Qué escéptica! De acuerdo, espero vuestra llamada, mujer de poca fe. Le he dejado un mensaje a Laura en el contestador por si se animaba. *Ciao, bambina.*

El secreto de La Fuente del Diablo me impedía tratar a Laura con naturalidad y me daba coraje porque era una tía maja. No le pasaba lo mismo a Martha, que parecía haber borrado Viesca de su memoria. Salvo que Laura pasara consulta, en el trabajo formaban un tándem inseparable. La diferencia de edad entre ellas era mucho menor que la nuestra y hablaban una jerga parecida.

Estaba celosa, he de confesarlo.

—¡Sí, qué bien! Que venga Laura, a ver si me resuelve una duda...

—Algún día deberíamos decirle que la vimos en Viesca poniéndole los cuernos a Rita...

—Yo no pienso decirle nada, menudo apurón pasaría la pobre. ¡Qué sé yo, Claudia! ¿Quiénes somos nosotras para juzgarla? Además, me pegan mucho más ellos dos que ese chico con Rita. ¿No crees?

No saldríamos muy bien paradas tras haberla espiado a escondidas, así que habíamos optado por ocultárselo también al resto. Otro factor más que contribuía a mi desasosiego. En el Tanatorio de la Corte, todo eran tiranteces y encubrimientos. Tras la muerte de Rosa, Víctor dejó de frecuentar el Brujas. No quería vérselas conmigo. Y es que Rita había adiestrado bien a su hija Adela.

A morder.

Tras la modificación de los horarios, habían entrado a trapo con los turnos y las vacaciones. El objetivo era reducir la plantilla y volver al viejo planteamiento del Tanatorio de la Villa, donde todos servíamos para todo. Ya habían reducido la contratación externa, pero los despedidos habían ido a juicio respaldados por los sindicatos. En aquella pelea, yo me había situado radicalmente al lado de los temporales. A mí pretendían quitarme dos y, tras ir a testificar a su favor, habían sido readmitidos, lo que consideraba una victoria personal. Y Adela, una derrota inasumible, máxime por la bronca que le cayó de Rita. Cuando nos cruzábamos, se limitaba a un saludo cortés. A veces ni eso.

Así que mi desafección había aumentado. Y quería que perdieran las elecciones.

Las encuestas que apuntaban a un cambio claro de tendencia se habían equivocado, los resultados estaban ajustados y era previsible un empate. El globo que nos entró al móvil chafó nuestras ilusiones.

—No puede ser —lamentó Martha—. La gente está en la calle todos los días protestando contra ellos, ¿quién coño les vota?

—Pues los que no salen. —No podía ocultar la rabia—. En fin, si quedan así tendrán que pactar, eso no es malo.

Behite llamó de nuevo:

—Tenías razón. Habrá que ir a despenarnos en lugar de celebrarlo. Laura no da señales de vida, mejor no contamos con ella.

Colgué con un suspiro de alivio.

—Como Rita lo estará celebrando con el Partido, habrá ido a ver a Agroman. —Le guiñé un ojo a Martha mientras nos preparábamos para salir.

—¡Mira que eres mala! —Rio con ganas—. ¡Pobre Rita!

—No te preocupes por ella, que no le faltarán pretendientes ni sustituto, empezando por Jaime.

—¿Tú los has visto con las manos en la masa como vimos a Laura y Alfonso?

—Ciertamente, no.

—Pues no te inventes milongas, anda, no tiene la culpa de estar tan cañón. Y, por favor, no repitas estereotipos. Las mujeres tenemos esa desgracia: si eres guapa, o eres tonta o la mala de la película.

Me consideraba feminista, pero Martha con frecuencia me cazaba en alguna de esas. La diferencia entre ser más de Simone de Beauvoir o de Femen. A veces nos alcanzaba la madrugada hablando en la cama, afanadas en vaciarnos de pasado y construir juntas un futuro común. Martha decía que mi experiencia y sabiduría le daban seguridad, mientras que a mí me estimulaban su inteligencia y buen humor. Siempre estaba alegre.

Si me quejaba de haber engordado, decía que había ganado kilos de sensualidad y que estaba deliciosamente *curvy;* si me lamentaba de no encontrar tiempo para escribir, me convencía de que el cerebro trabaja solo; si esgrimía nuestra diferencia de edad como un obstáculo, enseguida encontraba parejas que nos la doblaban. ¿Que llovía? Sacaba su paraguas de Mr. Wonderful, «A mal tiempo, buena cara».

Esa era mi Martha.

Aquella noche estuvimos las tres por los bares como en los viejos tiempos. En uno de los últimos, Behite recibió un mensaje.

—Las redes están que arden. El recuento de votos lo lleva la misma empresa que está implicada en un caso de corrupción con el Partido y que además participa en el negocio armamentístico con países árabes. ¿Tú que dices, Marthita, ratita lista? ¿Puede haber fraude?

—Habría tongo en la adjudicación a esa empresa, no te lo discuto, pero la manipulación de resultados lo veo más complicado. Si el voto fuera telemático sería posible, recordad el escándalo de Florida en el año 2000, pero mediante recuento manual hay muchos filtros: apoderados, interventores, conteo de papeletas, se efectúan varios listados, se distribuyen copias…

—¡Vamos a bailar! —propuso Behite para retomar la diversión.

—*Yes! We are The IDeath Gang!*

El grito de guerra de Martha me trajo a la memoria aquel concierto de Bruce, cuando brindamos por La Banda de la Muerte. La Vieja Guardia vivía entonces su mejor momento;

después, nada volvió a ser lo mismo. Sentí el vacío de las ausencias. *Carpe diem.*

—Id vosotras, necesito una copa —dije yendo a la barra.

Al día siguiente llegué al trabajo con una resaca monumental. Una Behite sin muestras de cansancio vino a verme mientras me afanaba sobre una ancianita venerable.

—Tienes cara de funeral, te cuelgan las ojeras hasta la mascarilla.

—¿Cómo haces para estar así? —pregunté envidiosa. Llevaba tres aspirinas y dos cafés encima y no había conseguido eliminar el malestar.

—¡Magia! ¡Y te recuerdo que el viernes tenéis otra cita! ¡Me prometisteis ir a ver mi nuevo número!

Llevaba semanas anunciándose en los medios *La Bomba de Pandora* y la noche anterior, en plena fase de exaltación de amistad, habíamos concertado mesa en primera fila. Behite insistía en que era un espectáculo explosivo, y nos habíamos puesto en lo peor.

La semana transcurrió con expectación mal disimulada. En las redes se había hecho viral un vídeo de Pandora y a todas horas se mencionaba el nuevo espectáculo. Aquel viernes, Martha y yo nos encaminamos al vestuario con sendas bolsas.

—¡Guau! —exclamó el limpiador al vernos salir—. ¡Parece que vais de boda!

Yo llevaba un pantalón de cuero negro con un *body* de encaje del mismo color. Me lo ponía porque a Martha le encantaba, pero a mi juicio me marcaba demasiado los michelines. Ella se había vestido como más me gustaba a mí, con un traje sastre de raya diplomática sobre una camiseta blanca de tirante fino y escote en pico. Las dos llevábamos tacones, algo inusual que nos provocaba unos andares de pato. ¡Y eso que caminábamos cogidas del brazo para equilibrarnos! En lugar de ir al Brujas, como hubiera procedido siendo viernes, nos encaminamos directamente al Tugurio's en taxi, pues el coche suponía un peligro para la vuelta.

Al entrar, la sorpresa fue mayúscula.

—¿Aquella que está en la barra tomando una cerveza no es la inspectora Ocaña?

—¿Qué carajo está haciendo aquí?

Levantó un brazo a modo de saludo dejándonos sin escapatoria posible.

—Buenas tardes, inspectora.

—¡Llamadme Sara, por favor! Estoy fuera de servicio —exclamó regocijada—. Creo que actúa una compañera vuestra, ¿verdad?

—¿Quién se lo ha dicho? —pregunté mosqueada—. Se supone que su identidad es un secreto…

—¡Eh eh! Saberlo todo es mi oficio —me contestó sonriente—. Me he enterado de la muerte de la florista y aprovecho para transmitiros mi más sincero pésame. Cuando la conocí, Rosa estaba atribulada, pero se veía que era muy buena persona.

Noté que no se trataba de un cumplido y eso me hizo mirarla de forma distinta. Era más o menos de mi edad, una mujer atlética y con el pelo totalmente gris, corto y de punta. Reparé en su ropa, comprobando con agrado que podía ser mía: vaquero gastado, camiseta negra y chupa de cuero. Ambas habíamos escogido profesiones donde las mujeres estábamos escasamente representadas, con lo que eso lleva implícito.

—Si te quieres sentar con nosotras… —le dije señalando la mesa reservada.

Martha disimuló su sorpresa. Compartir mesa con una policía no parecía el complemento ideal para una velada perfecta, pero yo tenía un objetivo claro.

—Nosotras no creemos que Inés se suicidara.

—¡Vaya! Pensaba que eso había quedado claro…

—Alguien intervino, seguro. Rosa estaba convencida de que esa persona se había quedado grabada en los ojos de Inés, eso la martirizaba.

—Un optograma. —Me gustó que supiera lo que era—. Sabes que no tiene nada de científico, ¿verdad? Las investigaciones concluyeron que tenía un perfil suicida…

—No sé si lo tendría o no, pero jamás hubiera abandonado este mundo sin despedirse de Elisa y Jorge. Y de sus padres.

—A veces no dejan notas…

—O alguien se la llevó. —Yo seguía teniendo muy presente aquella sombra.

—Y también pensamos que no fue capaz de organizar aquel sistema de estafa —intervino Martha—. Yo trabajé cerca de ella, sé que tenía sus limitaciones. Y aquella cadena, en principio sencilla, estaba finamente elaborada.

—¡Al demonio! —La inspectora Ocaña tenía el vaso mediado y lo apuró de un trago.

Levanté la mano y le pedí otra copa. No se negó.

—A mí también me dio esa impresión cuando la interrogué, pero lo achaqué a que la culpabilidad la atenazaba. No hubo ocasión de una segunda entrevista, por aquel accidente múltiple, y cuando la volví a ver estaba colgando de una soga.

»Entonces analicé de otra forma su comportamiento y me di cuenta de que era propio de una persona atemorizada. De qué o de quién quizá nunca lo sepamos. Reconoció su firma en las facturas falsificadas de Rosa, pero quizá tenía razón cuando decía que no sabía nada de las de tanatopraxia. Su forma de decirlo sembró la duda en mí, aunque todos los indicios apuntaran a ella. Si no fue así, alguien la utilizó de señuelo. Eso me castiga desde entonces, pensar que el culpable ande suelto…

—Si te refieres a Jaime, es un panoli. Nosotras nos inclinamos por Rita, y es probable que actúe como pantalla de peces más gordos.

—¡Claudia! —Martha me taladró con la mirada—. Una cosa es que hagamos elucubraciones entre nosotras y otra que acusemos a una persona sin pruebas fundadas.

—¿La gerente? —La inspectora me observó sin hacerle mayor caso.

Le conté lo que sabía, lo que suponía y por qué sospechábamos de ella. A medida que iba hablando, mis argumentos parecían perder consistencia y ser cada vez más endebles.

—Como teoría de conspiración universal está bien armada, pero sería insostenible ante un juez.

—No importa, te agradezco la atención.

—El caso está cerrado y el espectáculo a punto de empezar. ¡Disfrutemos! —Martha alzó su copa.

Brindamos.

Cuando el telón se abrió ya me había convencido de que me estaba dejando llevar por una corazonada. Me concentré en Behite, que estaba imponente, enfundada en una tela que imitaba el estampado de los billetes de dólar. Vista la buena acogida del sarcófago en llamas del número anterior, esta vez el ayudante encerraba a Behite en una caja fuerte y la hacía saltar con nitroglicerina. La caja terminaba destrozada y Behite salía ilesa, mientras un confeti de dólares se desparramaba sobre los asistentes. A mí me cayó un ojo de George Washington en la copa.

Después de la actuación, Behite vino a sentarse a nuestra mesa. Se había puesto sus mejores galas keniatas. Pese a su empeño de mantener la identidad de Pandora en secreto, parte del público se fue acercando a felicitarla. La inspectora quiso retirarse, pero la artista estaba pletórica e imparable.

—¡De eso nada! Esta noche es mía y mando yo. Te quedas o te convierto en rana.

—De verdad, el alcohol me hace cada vez más daño…

—A mí también…

—¡Cómo puedes decir eso, Claudia! ¡Tú aguantas el doble

que yo! Otra copa por nosotras, nuestra diversidad y diversión... —dijo risueña Martha.

Sara Ocaña resultó ser una divertida compañía y lamentamos que se fuera.

—Llamadme si cualquier cosa os resulta sospechosa o reunís alguna prueba. Para vosotras siempre tendré el teléfono abierto. —Me dio su número privado en un aparte al marchar.

La noche se prolongó animada hasta que, ya amaneciendo, regresamos a casa. De camino, paramos a por churros, chocolate y el periódico en papel. La lectura de este último era un placer que la tecnológica Martha despreciaba —«¡Si las noticias ya están pasadas cuando se imprimen!»—, pero para mí seguía asociado a las mañanas de relax. Solté un taco espontáneo al leer los titulares en el ascensor, sobresaltando a Martha, que daba cabezadas sobre mi hombro.

—¡Han publicado los resultados definitivos! Con el recuento cerrado y el voto del extranjero incluido, el Partido mantiene el Gobierno y el presidente autonómico vuelve a ganar con la mayoría suficiente para gobernar solo.

Martha espabiló.

—¡Joder! ¡No puedo creerlo! —Se tiró al móvil.

Desayunamos comentando la noticia y nos acostamos todavía sin acabar de creerlo. Al despertar, noté el vacío en su lado de la cama y me di la vuelta. La entreví en la butaca al lado de la ventana, vestida únicamente con una camiseta y el portátil sobre sus piernas desnudas, cruzadas a lo indio para servir de mesa.

—¿Qué haces enganchada ya al ordenador? ¡Por favor! ¿Qué hora es?

—¡Son las tres de la tarde, remolona! Te prepararé un café recién hecho.

—Deja deja, ya me levanto...

Cuando me di la vuelta eran las cinco y media y Martha seguía en la misma posición con un sándwich en la mano.

—Ya debe ser interesante, ya…

—¡Lo es! —dijo sin apartar la mirada de la pantalla—. Hazte persona y te lo cuento, ¡vas a flipar!

Azuzada por la curiosidad, en veinte minutos estuve duchada y con una taza humeante en la mano. La besé en los labios y arrastré una silla a su lado.

—¿Recuerdas la visita guiada a Viesca? ¿Cuántos habitantes dijo el marido de Rita que tenía el pueblo?

—¿Unos quince? —respondí confundida.

—¡Exacto! —Señaló triunfante la pantalla—. Y ahora dime cómo puede tener censados más de quinientos votantes…

—¡¿Quinientos votantes?! Eso es un error…

—Lo llevo repasando todo el día. No hay error alguno. Y hubo 515 votos: sin abstenciones. Excepto quince, el resto ejercieron su derecho por correo.

—¿Qué me quieres decir?

—Tú misma. Y *casualmente* esos votos se fueron en bloque para el Partido. ¿Te imaginas esto a escala estatal si sucede en más pueblos? He estado rastreando, ahí sí podría estar la estafa por la que Behite preguntaba, no en el recuento.

—¿Qué vamos a hacer? ¿Denunciarlo?

—No hasta que tengamos pruebas. He estado informándome sobre el funcionamiento del voto por correo, debo comprobar antes una cosa…

El lunes, en el tanatorio me convocó muy misteriosa por WhatsApp: «¡¡¡Tengo que contarte algo, no aguanto hasta casa!!!».

Desde que Rosa no estaba, Martha y yo rehuíamos la floristería y nos encontrábamos en el Cementerio de Nuestras Mascotas, entre diminutas tumbas de ratones, pájaros, peces, perros, gatos, hurones…, con forma de seta, de bellota, de piña, de cervatillo o de enanito con el nombre del animal grabado en una placa de madera. Por las mañanas solía estar vacío.

Me estaba esperando sentada en un banco de piedra y con la *tablet* abierta:

—A ver por dónde empiezo... ¿Sabes que con una copia digital del carné, si me apuras hasta con una fotocopia, podrías obtener la documentación necesaria y remitir el voto por correo? El único requisito es estar inscrito en el padrón municipal. Ponte que yo envío encriptados 500 DNI a Viesca y hay una mano que los incluye en el padrón. Una vez empadronados, pasan al Censo Electoral de Residentes, el CER, y una vez censados ya pueden realizar su solicitud de sufragio desde el extranjero.

—No puede ser..., ¡el voto por correo tiene fama de ser un proceso complicadísimo!

—¡Claro! Porque requiere muchos desplazamientos al votante. Ahora imagina que otra mano recibe ese fichero en un consulado extranjero, solicita con esas copias de los carnés la documentación para votar de esos 500 españoles residentes que se encuentran temporalmente en su área de influencia, y luego remite certificados esos votos a través del propio consulado.

—Sin que en ningún momento nadie vea ni una cara ni un documento original.

—Exacto. Si fueras tú, tendrías que llevar el DNI original, un funcionario comprobaría que eres Claudia y compulsaría la copia. Ellos no. Y quien los reciba en la Oficina Electoral Central, abrirá el paquete remitido desde la oficina consular y enviará esos quinientos votos a la Junta Electoral Central. Apoderados e interventores que acudan al recuento manejarán un censo inexistente y qué saben ellos dónde queda Viesca.

—¡Es un fraude!

—A gran escala. En especial, si consideras que esos votantes están muertos.

—Muertos... —Palidecí.

—¡Sí, Claudia! Son hombres y mujeres que ni están en el extranjero ni de vacaciones. ¡No acuden a votar presencialmente porque no existen!

—¿En qué te basas?

—Me dio por cruzar los valores del padrón de Viesca con nuestra base de datos del tanatorio. No lo llames intuición, un nombre me llamó la atención: Modesto Rico Seisdedos. Inés me lo había mostrado un día. Yo llevo el apellido Seisdedos por la rama materna y me hizo gracia.

—¡Es cierto! ¡Tenía una libreta donde anotaba los nombres más raros que encontraba! Pomposa, Regaciano, Giganto, Trifanes, Abdón..., yo utilicé alguno como alias para ligar en los portales de contactos. Recuerdo uno que se apellidaba Moreno Espantoso...

—No creo que nadie haya podido introducirse en nuestra red para robarlos, así que concluyo que se hizo desde dentro. A cambio de mucho dinero, seguro. El grueso procede de cuatro oficinas consulares en concreto. No me extrañaría que se lo hubieran endosado como un favor: trapichéame estos pocos para mi pueblo, que nos estamos quedando sin gente, la sangría demográfica no cesa, etcétera, etcétera. O por pasta, sin más.

—¿Crees..., crees que Inés...? —No me atrevía a formularlo.

—Fue lo primero que pensé, pero las inscripciones en el censo fueron realizadas después de su muerte.

—Pudo haberlos vendido antes...

—Algunos fallecieron después de la muerte de Inés, eso la deja libre de sospecha.

—Y si no está relacionada con esto, puede que tampoco tuviera que ver con lo otro...

—Efectivamente. Sería extraño que en un sitio tan pequeño como este tanatorio confluyeran tantos delincuentes. Es más probable que no fuera Inés quien sustrajo el millón de euros, sino otra persona. Y al haber aumentado el control tras la auditoría, como ya no puede falsificar facturas, el culpable venda datos personales.

—Eso es ilegal, ¿no?

—¡Ya te digo! ¡Y a un partido político! ¡La bomba! Llamemos ahora mismo a la inspectora Ocaña. ¡Y a los medios!

—¡Espera! Un momento… Todos tenemos acceso a esos DNI, yo también, están anexados a la ficha. Tú eres la administradora del sistema...

—Sí, y tengo un superusuario.

—¿Y no puedes saber quién se los ha descargado?

Se dio una palmada en la frente.

—¡Tienes razón! Consultaré los históricos, es una acción que deja traza.

Me reí sola viéndola salir corriendo. ¡Esa era mi chica!

Estaba preparando la solución de formaldehído cuando me entró un wasap: «No te lo vas a creer: Laura», seguido de un GIF de horror. ¿Laura? Estaba segura de que me diría que había sido Rita. Incluso Jaime. ¡Laura! Le ponía los cuernos a su mejor amiga, ¿y además la estafaba? ¿De qué gente estábamos rodeadas? Entró otro: «Se los bajó de una tacada dos meses después del funeral de Inés». Y otro: «Antes de proteger yo el sistema», y una ristra de emoticones. «Hablamos de esto en casa, besos», le contesté. Me devolvió un meme de los Simpson que no entendí.

El resto de la jornada una palabra me rondó la cabeza: «trazabilidad». ¿Dejaría Martha huella de su paso por las redes? ¿Alguien podría detectar las intrusiones de la superusuaria? Intenté serenarme. Si lo que estaba haciendo no era legal, más ilegal era lo que estaba descubriendo.

Decidimos invitar a cenar a Behite para contárselo, ya que habíamos compartido con ella inquietudes en la noche electoral. Se presentó con una botella de vino blanco y la pusimos al tanto antes siquiera de meterla en la nevera.

—Os seré sincera, no creo ni por un instante que sea Laura —nos dijo—. Ella es como tú, Martha, seréis mujeres capaces de matar y morir por una idea, pero os considero muy alejadas de los bienes materiales. ¿Por qué no se lo preguntas abiertamente? Estáis juntas el día entero a cuenta de IDeath.

Martha y yo nos miramos. Habíamos jurado guardar silencio, mas la situación se había desbordado.

Empezamos a describirle a dos voces el sorprendente encuentro en Viesca. Los ojos ambarinos de Behite brillaban sorprendidos.

—¡Laura con el marido de Rita! Es como un truco, una caja mágica, nada es lo que parece... De todos modos, no hay por qué refregarle sus devaneos amorosos, a mí como si se chuta, lo único que nos interesa es por qué ese día se descargó los ficheros.

—Y qué hizo con ellos.

—¿La invitamos a comer y la interrogamos?

—No creo que sea prudente. Se sentiría acosada y podría cerrarse en banda, máxime si esconde algo.

—Puedo preguntarle sin dar mayor importancia al hecho, solo para ver cómo responde...

—Eso puedes hacerlo igual si estamos presentes, sería algo más informal y entre las tres veríamos mejor su reacción.

El domingo siguiente se celebraba el Día de la Mujer y decidimos invitarla a celebrarlo con nosotras en una parrilla cercana. Laura aceptó encantada. Tomamos el vermú en el campo de golf disfrutando del verde y de la compañía. Regamos la carne con buen vino y grandes risas. Lo pasamos tan bien que no encontrábamos momento de romper el hechizo. Solo cuando el café estaba servido, Martha lo dejó caer:

—¿Sabéis que el sistema informático del tanatorio tiene un fallo? Bueno, tenía, porque ayer lo arreglé.

Behite y yo miramos al vacío haciéndonos las suecas, esperando a que Laura se interesara:

—¿Y cuál es? —preguntó al fin.

—El DNI va en un fichero anexo al registro que no estaba protegido y ¡cualquiera podía descargarlo! Estoy hablando de un agujero de seguridad enorme, si alguna persona malintencionada quisiera bajarse los DNI de todos los que pasaron por el tanatorio podría hacerlo. ¿Os lo imagináis por un momento?

Laura ni se inmutó y contestó sin que se le moviera un músculo:

—¿Y para qué iba nadie a hacer eso?

No pude contenerme:

—¿Y por qué lo hiciste tú?

—¿Qué estás diciendo? —dijo con voz helada.

—Al poco de morir Inés, cuando te enteraste de que Martha iba a poner filtros al sistema, bajaste los DNI que constaban en la unidad de red común.

—Y ese fichero recoge no solo los de los muertos, también los de cualquier persona que realice un trámite. Estamos hablando de miles de carnés. Sin filtrar. Los descargaste a un *pendrive* o un disco duro, la digitalización era de alta calidad, debían pesar mucho —concluyó Martha.

Laura no podía creerlo.

—Os juro por mi vida que no sé de qué me estáis hablando. Y si me pones una pistola delante, no sé si sabría hacer lo que me dices. ¿Qué está pasando aquí? ¿De qué fecha estáis hablando?

Martha se la dijo. Laura buscó en su calendario y nos lo mostró en la pantalla. Ese día estaba marcado entero con una cita: «Facultad de Medicina. Memorial».

No se nos había ocurrido comprobarlo antes. De hecho, ese acto había sido idea mía: se trataba de realizar un homenaje anual a los donantes de cuerpos y ese día había tenido lugar el primero. Lo planteé como una iniciativa para que los futuros médicos se familiarizaran con los cadáveres, pero viéndolos como personas, no como maniquís. Para ello, los parientes les contaban sus últimos días, sus enfermedades y tratamientos. Algunos aportaron fotografías o vídeos. Había resultado un encuentro valioso, pero sobre todo, podía asegurar que ese día ni Laura ni yo nos habíamos movido del paraninfo.

—Pudo llevarlo a cabo alguien que tuviera tu clave, aprovechando precisamente que estabas fuera —caviló Martha.

—Entonces, pudo ser cualquiera. Como nos haces cambiarla cada semana, la tengo anotada en un pósit en la pantalla.

—¡Toma ya seguridad! —Martha puso cara de horror.

—Tienen que ser Rita o Jaime, no queda otra —recapitulé.

Laura se sintió obligada a defender a su amiga.

—Rita puede ser ambiciosa e intrigante, mas no la veo capaz de delinquir hasta ese punto.

—Facturas falsas, firmas falsificadas, suministros inexistentes, carnés de identidad…, aquí alguien se está lucrando a lo grande y no somos nosotras —afirmé convencida.

—Lo más lógico es que sean Jaime y Rita compinchados. Es imposible que lo haga uno sin la connivencia del otro —concluyó Martha—. Y estoy convencida que se trata de blanqueo de capitales.

—¡En un tanatorio!

—No deja de ser una empresa… —dije muy seria—. ¿O piensas que es muy diferente a las que aparecen en los múltiples casos de corrupción que ves en los telediarios?

—¡En un tanatorio se produjo hace poco una estafa muy sonada! —recordó Behite—. Fue orquestada por un grupo de servicios funerarios como Memento Mori, pero más pequeño, y consistía en cambiar los féretros de alta calidad por otros más baratos. Incluso llegaron a incinerar cadáveres sin ataúd, algo que contraviene la ley. El dueño tenía millones de euros guardados en casa en bolsas de basura…

—Hablaré con Rita —decidió Laura.

—¡Ni se te ocurra! —gritamos las tres a coro.

—Vosotras fuisteis sinceras conmigo, yo quiero darle también su oportunidad. Si tiene montado este tinglado, por algún lado hará aguas su relato, creo que podré detectar inconsistencias si las hubiere.

—Ojo, es muy lista. Vale más que no sospeche nada.

—Tranquilas, la conozco muy bien.

—En cuanto hables con ella me llamas, ¿vale? —le dijo Martha preocupada.

—¡Por favor! ¡Es Rita! ¿Qué me va a hacer?

Rupturas

Después de darle muchas vueltas, Laura decidió que lo mejor era invitarla a comer.

—¿Y eso? ¿Quieres pedirme un aumento?

—Bueno, creo que nos hemos distanciado y me gustaría pedirte disculpas en lo que a mí me toca.

—¡Vaya! Eso está bien, acepto encantada entonces.

—Hay un restaurante italiano nuevo, pero queda un poco lejos. Mejor llevar un solo coche que los dos, ¿el tuyo o el mío?

—Prefiero que vayamos con el mío si a la vuelta no te importa que te deje en una parada de bus... Luego tengo que ir a Viesca.

¿Fue aprensión de Laura o lo dijo con retintín? La psicóloga prefirió no pensar en ello, hasta que Rita volvió a sacar el tema durante el trayecto:

—Todavía no conoces La Fuente del Diablo. Tendrás que perdonarme por no haber sacado un día para llevarte de visita, pero tú también andas siempre tan liada...

Laura palideció rezando por que las gafas de sol le taparan la cara. Volvió la cabeza hacia la ventanilla.

—Ya...

—Lo raro es que, en todo este tiempo, no hayas ido a Viesca. ¿No sentiste curiosidad por ver qué había sido de la casa de tus padres, cómo estaba ahora?

—Quizá precisamente por eso…

—¿Lamentaste alguna vez habérmela vendido?

—No.

Fue salvando el interrogatorio con monosílabos. A Rita le blanqueaban los nudillos al volante.

Llegaron al restaurante y se sentaron en un incómodo silencio. Escogieron un entrante para compartir y un plato cada una.

—¿Me quieres hablar de IDeath? ¿Algo va mal? —le espetó Rita en cuanto sirvieron el vino.

—¡Al contrario! Martha está realizando los últimos ajustes y, salvo catástrofe, se mantiene la presentación la semana que viene.

—Fue un acierto imitar el «I love NY», se rifan por las pegatinas. Y el vídeo promocional fue *trending topic* varios días seguidos. ¡Esta Martha es un fenómeno!

—Sin embargo, no te veo contenta, ¿algo te preocupa?

Rita guardó silencio. A Laura le pareció que lo pensaba demasiado.

—Quizá esté empezando a cansarme de este trabajo —dijo la gerente pelando minuciosamente un langostino—. Las muertes de Inés y Rosa no han traído nada bueno. Mira Víctor, por favor, con el pelo blanco y esas ojeras parece un ánima al volante del coche fúnebre, mete miedo. ¿Qué imagen da de la empresa? Ya le dije a Adela que o lo convencía para teñirse, o tendría que echarlo. Empiezo a estar hasta el moño de esta gente, La Vieja Guardia es de una mediocridad que espanta, perdieron el espíritu del principio. Hasta Claudia, tan guerrera, parece que hace las cosas a desgana.

—¿Qué quieres? Cumplen con su trabajo, tampoco vas a pedirles que se impliquen tanto como tú. Después de dos pérdidas seguidas, están muy afectados. Por lo demás, Memento

Mori va bien, ¿no? Me da la impresión de que has levantado un negocio muy rentable…

El camarero pidió permiso para retirar los platos.

Rita se limpió los labios con su servilleta detenidamente, sin dejar de mirarla fijamente a los ojos.

—Me extraña que hagas esa pregunta…

—¡Vaya! —Se sonrojó—. Pensé que tus preocupaciones provenían de los temas económicos. ¿Y el Partido? Al final ganaron también las elecciones autonómicas, se supone que el actual volverá a ser presidente, eras muy amiga de él, ¿qué sabes?

Rita se esponjó.

—Te confesaré una cosa: me ha propuesto como jefa del Gabinete. Me lo estoy pensando.

—¡Enhorabuena! Solo haberte tenido en cuenta ya es meritorio. ¡Pero no quiero pensar en el Tanatorio de la Corte sin ti! Jaime no sabrá qué hacer…

—Contratará a otra que le saque las castañas del fuego, eso ya camina solo. El Grupo Memento Mori se ha convertido en una franquicia y ya está contemplada la apertura de sucursales en todo el Estado. IDeath nos ha dado el espaldarazo definitivo y en eso has tenido mucho que ver…

—Gracias, amiga, tus palabras me conmueven… —Esperó a que el camarero les sirviera el segundo plato. Y lo soltó—: Martha descubrió un fallo de seguridad en el sistema, ya está arreglado.

—¿Y cómo es que no sé nada? —preguntó Rita molesta.

—Debía ser una tontería, por lo visto cualquiera podía descargarse algunos ficheros, los carnés de identidad, por ejemplo.

Rita se quedó en suspenso, y luego bajó la vista. Laura la vio demasiado concentrada troceando el entrecot y se preparó para lo que pudiera confesarle. Al cabo, la gerente levantó la vista y la apuntó con un trozo de carne ensartado en el tenedor.

—Preguntabas por los beneficios. Ya me gustaría que los hubiera, la expansión de momento no es más que un proyecto. IDeath nos está disparando los gastos. Tendremos que eliminar alguno superfluo..., y tu sueldo será el primero.

—¡¿Cómo?! —Creyó haber oído mal.

—No te importará sacrificarte por la causa, ¿no? —Sonrió con sorna—. Así podrás asegurar que IDeath salió adelante gracias a ti...

—¿Estás diciendo que me despides?

—Lo que has oído. ¿O creías que tirarte a Alfonso no iba a tener consecuencias? ¡Tú piensas que soy tonta! En un pueblo tan pequeño todo se sabe. Así que, al acabar, puedes ir al tanatorio, recoger tus cosas y darte el piro. No quiero volver a verte. ¡Serás cínica!

—Yo no dije...

—¡No dijiste nada! Lo ocultaste, fingiendo que jamás habías vuelto a Viesca —elevó tanto la voz que los demás comensales empezaron a mirarlas de soslayo.

—Rita, no puedes hacerme eso, he abandonado Canadá para trabajar a tu lado. Escucha, los tres éramos amigos, fue una vez...

—No fue una, sino seis. En La Fuente del Diablo por lo menos, fuera no sé si ha habido más. Y no me des explicaciones, que no te las he pedido.

Laura cerró los ojos. Doce veces, no seis. Habían estado otra media docena en el piso de ella. Encuentros tan intensos como fugaces, que los dos habían jurado mantener en secreto.

—¿Qué..., qué te ha dicho Alfonso?

—Es tan estúpido que ni recordaba que habíamos instalado cámaras de seguridad tras el robo. Da igual lo que digáis ambos, está todo grabado, sobran las explicaciones.

—Tú..., yo nunca te he visto con Alfonso desde que llegué, pensé que lo vuestro estaba acabado. Jamás quisimos hacerte daño, puedes creerme.

—¡Ahora voy a ser yo la culpable! Tu problema fue siempre pensar demasiado, y el de mi marido, todo lo contrario, no piensa con la cabeza. Lo vuestro sí que se ha acabado. Y yo acabaré con los dos.

Tiró la servilleta sobre la mesa y se marchó. El camarero, contrito, preguntó si quería algo más. Laura pagó la cuenta. Cuando llamó a Martha apenas se le entendía nada.

—¡No te muevas! ¡Espérame ahí!

Cruzó la ciudad saltándose los semáforos en rojo. Cuando llegó a la salida del restaurante la encontró sentada en la acera, junto a un árbol.

Laura subió como un autómata. Había dejado de llorar, pero la miraba sin verla. Se puso el cinturón.

—Me ha despedido…

—¿Que te ha despedido?

—¿Qué va a ser de mí?

—¿Por qué? ¿Fue por los carnés?

—No sé, igual, se lo pregunté, pero no creo…, es algo más gordo… —Se mordió el labio.

Martha tuvo claro que Rita había descubierto a los amantes. Y se percató de la dimensión del asunto. Llevaba meses trabajando codo con codo con Laura, no sabía lo que sentiría por aquel *hippie* del diablo, solo estaba segura de que por IDeath sentía algo superior. Laura era como ella y como Claudia: el trabajo era su prioridad. IDeath era más que un proyecto, era el hito de sus carreras y sus vidas. Se sentía culpable. Tal vez el robo de carnés actuó como detonador y el despido se había precipitado por su causa. ¡Si no le hubieran dicho nada!

—¿Y qué vas a hacer? ¿Hablarás con ella? ¿Intentarás que te readmita?

—No hay vuelta de hoja, se acabó…

—¡Rita es una cabrona! ¡No puede hacer eso! ¡Y menos, con IDeath a punto de presentarse! ¿Qué voy a hacer sin ti?

—Cámaras…, ¿desde cuándo lo sabe? ¡Esperó a que estuviera finalizado para despedirme...! —Cayó en cuenta de la maldad.

—¡Laura, eres la madre de IDeath! ¡Es tu proyecto!

—Es peor que perder un hijo… —dijo con voz ronca y mirada extraviada.

Martha se asustó. Y recordó a Inés.

—Ven a nuestra casa y nos lo cuentas. Claudia estará al llegar…

—No… no…, necesito estar sola…

—Laura, cariño, sin tonterías, quédate hoy a dormir con nosotras.

—Tranquila, estoy bien, no cometeré ninguna locura, simplemente necesito la soledad.

Habían llegado a su casa y se bajó del coche casi sin despedirse. Martha la vio alejarse. En cuanto se quedó sola, Laura telefoneó repetidas veces a Alfonso: «El número al que llama está apagado o fuera de servicio».

Lanzó el móvil contra el suelo, desesperada.

No podía castigarlos de esa forma, no era culpa suya, ni de él, cada cita juraban que sería la última y se despedían convencidos de no volver a verse, llorando el adiós como definitivo. Luego venía el insomnio, el intercambio de mensajes y llamadas en los que exaltaban su amor, pero prometían renunciar a él y se emplazaban a mantener una relación de amistad. Quedaban para hablar, tomar una copa, sin más. Nunca en un sitio público, no vayan a vernos, tu casa o la mía. Una copa, un porro, unas risas y la distancia inicial iba disminuyendo, hasta que sus pieles se rozaban y sucedía lo inevitable. Arrepentidos, planeaban cómo decírselo a Rita, pero nunca encontraban el momento o alguno se echaba atrás, y volvían a la casilla de salida. Se despedían con el firme propósito de, esa vez sí, olvidarse, y durante un tiempo mantenían una actividad febril para no dar opción a que volara el pensamiento. Pero uno de los dos mandaba un wasap con un emoticón, una noticia, una foto…, y la rueda volvía a girar.

Las lágrimas afloraron al recordar la última vez que se habían visto. «¿Qué somos, Laura?», le preguntó él con un poso de tristeza. «Somos amigos, Alfonso, buenos amigos. Nos quisimos y nos querremos siempre. —Jugueteó con una rasta sobre su vientre—. Esta es una pompa de jabón. Desaparecerá si sopla el viento.»

«Hagamos algo nuestro, de los dos, alejémonos de la sombra de Rita...»

La última vez era él quien insistía. Y ahora no le cogía el teléfono.

Al día siguiente Laura apareció por el tanatorio con cara macilenta y empaquetó sus cosas en silencio, ante la mirada contrita de sus compañeras. En aquellos pocos años había juntado más de lo que podía llevar aún con ayuda.

—Te lo enviaremos por mensajería —le aseguró Martha al verla desbordada.

—Gracias, eres un cielo.

Salió por la puerta trasera, acompañada por ella y por Claudia. Behite las estaba esperando fuera.

—Vamos a llevar ahora mismo las sospechas que tenemos sobre el tráfico de carnés a un juzgado.

—Mejor llamamos a la inspectora Ocaña.

—No quiero que hagáis nada. —Tragó saliva—. Hasta aquí hemos llegado. Hemos vivido momentos imborrables que nunca olvidaré y espero que sigamos siendo amigas cuando esto se calme. Y tú, Martha, termina lo que empezamos. Te he mandado un correo con las últimas indicaciones y si consigues estabilizar IDeath, avísame... —se le quebró la voz.

—Algo falla en la compilación del código, llevo varios días sin dormir dándole vueltas —confesó Martha desolada—. Pero lo conseguiré, te lo juro. Por ti y por todas nosotras.

—¡Por nosotras! —asintieron emocionadas.

—¡Te vengaremos!

Se abrazaron en una piña.

Desde su despacho, Rita contemplaba la escena que tenía lugar en el aparcamiento. Por la ventana abierta le llegaron las voces entrecortadas.

—¡Estúpidas! —masculló.

Qué sabrían ellas de venganza…

Tierra quemada

El sueño había finalizado.

Sabía quién lo estaba llamando, por eso apagó el teléfono incapaz de contestar. Pura cobardía. Se sentía como un mosquito enganchado en la tela de una araña. Estaba obsesionado con Laura y soñaba despierto con ella. Cuando se daba cuenta, la apartaba de su imaginación. Pero siempre volvía.

Para Alfonso había supuesto reencontrarse con lo mejor de sí mismo y deseaba convencerla para que se fuera con él. Aunque no pudiera ofrecerle un gran tren de vida, sabía que eso a Laura le importaba poco: iba sobrada de dinero y prestigio y más tras dar a luz al Suicidador, cómo él lo llamaba.

—Esperaré por ti, pero en cuanto acabes ese aparato, te vienes. —Y apuntaba al rosal con el dedo. Llamaba Laura al sol, le preguntaba cómo hacer tal o cual cosa, o la reñía si se enfadaba. Su espíritu se le aparecía en el barro, en la madera, en un árbol…

—¿Tú has visto al Alfonso hablar solo? —preguntó un vecino de Viesca al jardinero—. ¿Se habrá vuelto majareta? Esta soledad no es buena para un hombre tan joven…

—¡Serán los porros! —le contestó el otro con sorna.

Estaba liando uno tras otro sentado en la cocina. La realidad se había impuesto.

Había dejado paulatinamente que su mujer tomara las riendas de su vida y dependía de ella para todo. Fuera de Viesca no tenía dónde ir ni sabría cómo sostenerse. Para colmo, por su culpa habían despedido a Laura.

¡Cámaras de vigilancia! ¿Cómo había sido tan torpe, tan necio?

Le ardía la cara de vergüenza recordando la puesta en escena. Nada más ver a Rita bajarse del coche, supo que habría problemas y se inventó una excusa para pasar la tarde arreglando un tejado en el otro extremo del pueblo. Por la noche encontró a su mujer acodada sobre la mesa con una copa al lado del portátil. Casi había vaciado la botella.

«Eres un cerdo.» Y volvió la pantalla hacia él.

Alfonso tragó saliva, incapaz de decir nada. Empezaron a temblarle las manos y el mechero se le cayó al suelo. Allí estaban, fundidos en un tórrido morreo, recortados en el vano de la puerta. Las imágenes no dejaban lugar a dudas. Se sorprendió pensando en la pasión que reflejaban. Apartó la mirada.

«No te abochornes, no. Grábatelo bien, será la última vez que veas a esta zorra, pienso despedirla. ¡Engañarme con mi marido en mi propia casa!»

Alfonso hubiera querido decirle que él era el responsable, que no querían hacerle daño, que cada vez juraban que sería la última. O que se trataba de encuentros terapéuticos entre dos corazones solitarios, porque ella lo había apartado y sepultado en Viesca. Y si no quería faltar a la verdad, hubiera sido el momento de sincerarse, de confesarle que amaba a Laura, que su matrimonio tocaba a su fin tras años de distanciamiento. Podía haber roto una lanza a favor de su amante, rogarle que no la echara. Incluso implorar perdón de rodillas, intentar de alguna forma aplacar la furia de su mujer.

En lugar de todo eso, calló.

Y aguantó en silencio la sarta de improperios que siguió al visionado de la cinta de seguridad. Rita lo castigó con refinada crueldad: sabía cómo hundirlo en el fango, como enlodar su estima. Le echó en cara sus dependencias, sus olvidos, su pereza.... Cogió una linterna y se encaminó al claro del bosque donde su marido plantaba marihuana de guerrilla, se suponía que a escondidas también de ella. Alfonso corrió detrás intentando detenerla, pero estaba enloquecida y arrancó sus plantas una por una, con escrupulosa saña, pisoteando con esmero los cogollos contra el barro. Bajo la luz de la luna le recordó a una colérica Gorgona. Y tuvo miedo.

—¡Esto se acabó! Eres un *hippie* de mierda trasnochado y poco de fiar, conseguirás que nos detengan a todos. ¡Drogadicto! ¡Seguro que traficas!

Era mentira y ella lo sabía.

Alfonso no hubiera soportado el aburrimiento de Viesca sin sus porritos y ella lo acompañaba cuando estaban juntos sin mostrar disgusto. Le sentaban mucho mejor que la coca. Rita consumía cocaína con sus amigos políticos, ámbito donde abundaba tanto como el cava o las prostitutas. Lo justo para no parecer una estrecha o ser excluida, sabía bien ella a qué horas y en qué estado se tomaban las decisiones de envergadura. Y quería estar presente.

Le gustaba controlar las vidas ajenas y la propia, y para eso, necesitaba una mente clara, no obnubilada. Las cosas que sucedían a su alrededor respondían a un meticuloso plan trazado por ella. Con Laura, Rita descubrió de pequeña lo gratificante que resultaba ser adorada, además de contar con alguien que te hiciera los deberes. Aquella veneración disminuyó cuando Laura empezó a tener ojitos solo para Alfonso. Por primera vez desde la guardería, su satélite dejó de orbitar a su alrededor. Le dio la vuelta a la situación como un calcetín y, de ser la tercera en discordia, pasó a llevarse el gato al agua y librarse del ratón. Laura salió catapultada al espacio exterior y Alfonso terminó cazado. Rápidamente le encontró claras ventajas. Nadie practicaba el sexo oral como él. Y la idolatraba.

Laura se convirtió en pasado. Creía que para los dos...

No debería haberla llamado. Una celebridad en Canadá, pero hasta llegar al Tanatorio de la Corte era una psicóloga más, una colaboradora de los grandes. Y ahora se la disputaban en los encuentros internacionales. Le había pagado la publicación de artículos en revistas de impacto y gracias a Memento Mori había ganado prestigio e influencia.

¿Y se liaba con Alfonso? ¡Menuda zorra!

¿Y él? ¿Qué se creía? ¿Que podía engañarla?

Lo supo por Antonio, un vecino del pueblo al que había contratado como vigilante tras los robos y que ejercía fielmente su labor. Gracias a él tenía localizados los cultivos de su marido y sabía si se iba a pescar, abandonaba Viesca o venían sus amigotes a colocarse y a pasar el fin de semana de gorra. Especial seguimiento hacía también de los invitados que ella enviaba, no siendo pocas las veces que lo había requerido para que instalara cámaras ocultas en los coquetos apartamentos. Nunca sabía cuándo tendría que utilizar como salvaguarda una orgía o un adulterio.

Antonio era un hombre locuaz y solía ponerla al día ya antes de tomar asiento, por eso aquel día Rita lo observó con extrañeza. Se había demorado en acudir a su llamada y llevaba un rato sentado en la silla, mostrándose remiso a hablar.

«No tengo mucho tiempo, ¿piensa estar ahí hasta mañana?»

«Igual no quiere oírlo.»

«¿Armó alguna mi marido? ¿Tan gorda que no me la puede contar?»

«Sabe que entre mis funciones está el mantenimiento del sistema de videovigilancia, comprobar que funcione, conservar las cintas.... Cuando me ausento de Viesca, a la vuelta suelo revisarlas para ver si sucedió algo mientras estuve fuera, si quedaron bien grabadas. Había estado unos días de viaje y operé como siempre.»

«¿Qué vio, Antonio?»

«A su marido con otra. Las cintas ahí están, no las he querido tocar.»

«¿Le ha comentado algo?»

«No, por supuesto, usted me ha dejado bien claro quién manda y quién me paga.»

«Déjeme ahí las grabaciones. No necesito más, gracias, puede retirarse.»

Rita se contuvo hasta verlo con sus propios ojos. Eso sí que jamás se lo hubiera esperado, aquellos dos pardillos juntos. Un ansia de venganza enorme la envolvió. Hizo sus cálculos y observó que los encuentros coincidían con viajes suyos. Sonrió para sus adentros y lo achacó al miedo que le tenían. Eso le gustaba. Pero seguía siendo una indecencia que pagarían muy cara.

Rita sabía que Alfonso se había enrollado con algunas turistas porque él mismo se lo había confesado, no porque Antonio se lo hubiera dicho. Mira cómo esta vez había cantado, bien claro vio el vigilante que no se trataba de un ave de paso. Consideraba una afrenta que fueran amantes, pero sobre todo la ofendía verlos devorarse con desenfreno, con el fuego abrasador que las grabaciones evidenciaban.

Nada que ver con Jaime.

Nunca se habían ido a la cama. Habían tenido más encuentros en su apartamento y, después de la princesa Leia, se había metido en la piel de otros personajes, incluso había permitido que le tomara las medidas para confeccionarle un traje de Cat Woman. Lo encontraba inofensivo y hasta le divertía. Siempre seguían el mismo ritual: la invitaba a cenar, servía las copas y ella bajaba al sótano. Se vestía con el disfraz preceptivo para la ocasión, declamaba el texto seleccionado en la pantalla y, cuando una campanilla sonaba tres veces, volvía a ponerse su ropa detrás del biombo y salía. Otra copa y para casa.

Desde el primer día sospechó a qué se dedicaba él mientras ella recitaba y en la segunda cita no le cupo duda. Al entrar en la sala de ordenadores se fijó en la papelera metálica que había al lado del sillón, vacía y brillante, y cuando salió estaba rebosante de pañuelos de papel usados. El pudor le impedía contárselo a alguien, solo Laura lo sabía, y no todo. Se lo comentó como si quien se disfrazara fuera el mismo Jaime, convencida de que así era también.

«Como profesional, ¿tú crees que hay algo que temer?»

«¡No, mujer! No se trata de ninguna psicopatología, se llama *cosplay* y lleva de moda muchos años. Es una suerte de juego de rol centrado en los disfraces, hay quien lo considera arte interpretativo, incluso.»

¡A la mierda todos ellos! Laura, Jaime y Memento Mori. Aceptaría el puesto ofrecido por el presidente, se lo había ganado con creces. Y no soltaría a Alfonso, no le daría el gustazo de ponérselo en bandeja. Alfonso era su marido y lo seguiría siendo.

A esas alturas era como un jersey viejo, gastado, cómodo, de esos que utilizas para andar por casa pero no llevarías ni a la compra. Las pocas veces que lo había invitado a algún acto se había sentido avergonzada. La ropa cara le quedaba como una escopeta a un santo. Con aquellas rastas, su perilla rojiza y sus aretes piratas, no había traje que no lo convirtiera en un espantapájaros y eso que tenía un cuerpo atlético. Y follaba como los ángeles. Las visitas a Viesca la relajaban, no sabía si gracias a los aires del pueblo, el humo de la marihuana, su carácter pacífico o lo bien que satisfacía sus demandas amorosas. Llegaba eléctrica, con los músculos en tensión, y al segundo día ya estaba en zapatillas remoloneando en el sofá. La Fuente del Diablo había sido su mejor inversión y consideraba a Alfonso incluido en el pack.

Rita dividía el mundo en dos: los llamados a dirigir y los llamados a servir, la élite y la masa, triunfadores versus perdedores. Las oportunidades estaban ahí, sin embargo, unos las alcanzaban y otros no.

Como la pusilánime de Inés.

Había hablado con ella nada más enterarse del motivo de la detención de Jaime:

«Inés, hubo un pequeño contratiempo. Tienes que acudir al domicilio de María Sánchez Fernández. No se lo digas a nadie, ¿de acuerdo? Sí, de inmediato. En persona, sí. Es sobre ese asunto de Jaime. Dile que representas a Servicios Funerarios, S. L., que ha habido un error y que todo está ya bajo control.»

«¡Servicios Funerarios! ¿La..., la empresa?»

«Sí, Inés, sí. Tranquila, se limpia lo que haya que limpiar y aquí paz y después gloria. Proponle que haga una declaración complementaria a Hacienda, que le abonaremos la cantidad resultante y le daremos un dinero por las molestias.»

«¿Y si no quiere?»

«¡Cómo no va a querer! Pon cara de tonta, dile que fue una equivocación tuya, que el jefe te va a matar si se entera, que es un follón arreglar eso, que hay que mover muchos papeles... Lo que se te ocurra. Y que lo mejor es que la Agencia Estatal Tributaria le haga una complementaria y nosotros nos haremos cargo de la liquidación. Y no se te olvide ofrecerle una propina por las molestias. Acepta la cantidad que te pida de compensación, no creo que se dispare.»

«¿Nosotros? ¿El Tanatorio de la Corte?»

«¡Joder, Inés, Servicios Funerarios! ¡No te confundas! Lo importante es que lo arregles.»

«No no..., es que..., ¿y si... alguien pregunta por las facturas?»

«Esto lo hablamos desde el primer día, Inés. ¡Desde el primer día! Vuelvo a explicártelo: el delito no estriba en que hayas creado una empresa ni en que esa empresa facture para el Tanatorio de la Corte. El delito radica en que hayas cobrado por algo que no se hizo. Así que repite conmigo: todos los servicios y productos fueron prestados. ¡Todos!»

Que lo comprobaran. Que buscaran las flores o los litros de formaldehído. Que demostraran que no se habían servido.

«¡Y no le digas nada a nadie! El futuro de Memento Mori está en tus manos. Tu futuro y el de tus hijos. ¿Me entiendes?»

Rita se había ocupado de que las pruebas caligráficas apuntaran a Inés. En última instancia conservaba los recortes con las firmas de Jaime y Claudia, que siempre podrían acabar en el cajón de la administrativa. No había por qué llegar al límite. Ella podía neutralizar la investigación recurriendo al fiscal superior. O paralizarla, según si el togado que les tocara fuera asiduo o no a La Fuente del Diablo. Siempre había opciones. Si Inés mantenía la boca cerrada, claro.

Jamás creyó que se vendría abajo a la primera.

«Me equivoqué contigo.»

«¡Si no he dicho nada!», gimoteó. Acababa de declarar ante la Policía.

«Cualquier factura de Servicios Funerarios, S. L. que te mostraran, fuera copia u original, debías mantener que se correspondía con servicios realizados o compras reales. ¿No era así? —La otra asintió compungida—. ¡Genial! ¡Así de sencillo! ¿Y qué haces?»

En primera instancia, negó que las facturas fueran falsas siguiendo al pie de la letra las instrucciones de su cómplice. Ante la creciente presión, Inés terminó reconociendo ante la inspectora Ocaña que había falsificado la firma de Rosa.

«Tenía apuros económicos, devolveré el dinero…, fue solo un par de veces… o tres... al año».

La inspectora no la creyó. Saltó desbordada:

«¡Rosa y Claudia habían testificado antes! Y yo…, yo pensé que estábamos hablando de las facturas de floristería y me reclaman casi medio millón de euros. ¡De momento! ¡¡Yo no robé ese dinero!! ¡¡No fui yo!!».

«No des voces, por favor.»

«Tienes que decírselo, Rita. ¡Tú me dijiste que lo hiciera y cómo!»

«En todo caso, yo te dije cómo hacer las cosas bien. ¿Hace falta que te recuerde que el origen de este follón radica en que te equivocaste con los carnés? Perdona, bonita, pero el embrollo es gracias a tu inutilidad. Eres una inepta y una incompetente. Ahora no me vengas a llorar.»

«Reconoce que fuiste tú, Rita, esa inspectora piensa que yo soy la culpable...»

Estaba bien pensado. Inés se correspondía a la perfección con el garbanzo negro que buscaban: tenía necesidades económicas, capacidad operativa... y su imagen había sido recogida por las cámaras del banco en horarios coincidentes con los registros informáticos de movimiento de fondos. En una rueda de reconocimiento, María Sánchez Fernández reconocería sin dudar a la responsable de la empresa Servicios Funerarios, S.L. que fue a pedirle que olvidara lo sucedido y a ofrecerle dinero por mantener la boca cerrada.

Rita decidió cambiar de estrategia:

«Hasta ahora solo me has hablado de cosas que te afectan a ti. Yo nunca pisé el banco ni toqué la cuenta. Tú ibas a la ventanilla, metías y sacabas dinero, tú gestionabas los pagos, el domicilio fiscal de la empresa está en tu casa, eres la única que accedes al apartado de correos que tú misma abriste, tú fuiste a dar la cara con la afectada..., sabes qué va a pasar, ¿no?».

Inés tardó en pillarlo. Se quedó helada cuando fue consciente del enredo. Del engaño.

¡Rita la había estado utilizando! La había creído cuando le decía que se trataba de un proceder sencillo y extendido:

«¿Por qué no vas a poder llevar, como yo, un visón o unos Louboutin si se te antojan? Son cantidades de pequeño monto, nadie se enterará.»

«¿No es un delito?», había preguntado inquieta la hija del guardia civil.

«En este mundo las cosas se mueven así, no seas ingenua, yo no me lo he inventado. ¿Cómo crees que actúan los políticos, los gobiernos y las empresas? Desde el Vaticano a un pequeño club de fútbol de barrio, da igual un ayuntamiento que una gran corporación: es una maquinaria que funciona como un reloj suizo desde hace años porque todos contribuyen a engrasarla. Tienes que cambiar el chip, Inés; vienes de una economía doméstica, familiar y esto es el mercado, con sus hurones y serpientes. Para sobrevivir, lo importante es adaptarte al medio. Memento Mori maneja muchas sociedades y mucho dinero. Porque la empresa de Servicios Funerarios, S. L. facture dos partidas de claveles inexistentes no pasa nada.»

«Lo pensaré…»

Rita vio en el brillo de sus ojos que había encontrado a la socia adecuada.

Jorge no, pero Elisa había salido al padre: ropa de firma, la maquinita más moderna, el último modelo de móvil... La cría mitificaba al futbolista y había entrado en una conflictiva preadolescencia: cualquier disgusto con su madre suponía un mensaje al padre y la consiguiente llamada de la abogada amenazando con quitarle los niños por maltrato psicológico. Su ex le había puesto la última querella usando como ariete su trabajo: según él, por trabajar a turnos los tenía desatendidos y, al ser en un tanatorio, perjudicaba su salud mental. Adujo que los tenía obsesionados con la muerte. Increíblemente, el pleito seguía su curso en un juzgado de Familia. Inés no les había contado nada a sus padres, los habría matado del disgusto. Necesitaba un buen abogado para lidiar con aquel hombre o se quedaría sin los niños.

No le dio muchas vueltas. Vio el cielo abierto y aceptó.

Rita la convenció para crear la empresa y domiciliarla en su propia vivienda, aduciendo que ella ya tenía otra ubicada en La Fuente del Diablo. Le hizo creer que era una práctica imposible de detectar, dado que el epicentro del fraude era el

DNI de una persona muerta. Inés falsificó la primera factura para poder pagar los Reyes de ese año. No le resultó difícil imitar la rúbrica de Rosa, le había pedido que se la enseñara a hacer. Luego hizo la correspondiente orden de pago y la pasó a la firma del jefe. Rita le había dicho que firmaba lo que le ponían delante. Coló.

Una, dos, tres veces al año. La Matacapullos la libró de su ex.

Uno, dos, tres años. La comunión del niño. El violonchelo. Sus caprichos.

Diez facturas en total.

Ese fue su único delito. Ella nunca falsificó una orden de pago, por la cabeza de Inés no hubiera pasado jamás recortar la rúbrica de Jaime y menos la de Claudia. De ahí sacaba la tajada Rita, que llevaba mucho tiempo perfeccionando el sistema aprendido en el Partido. El secreto estribaba en permanecer limpia.

El mecanismo era sencillo.

«Voy a ver a Jaime, le llevo la carpeta de firmas. Como hoy tengo tiempo y tú andas apurada, he preparado yo misma las órdenes de pago de las últimas facturas que entraron.»

Pegar y copiar.

«Ya están las facturas y las órdenes de pago firmadas. No te levantes, las guardo yo misma en el archivador. Las he digitalizado ya y he subido los PDF a la unidad de red.»

«Gracias, Rita.»

Lo sencillo suele ser lo más eficaz.

Inés nunca echó en falta los originales ni detectó los duplicados. Ante ella se abrieron las puertas de una nueva existencia sin límites ni ataduras económicas. ¡Se había acabado ser pobre! Por fin alcanzaba el universo de lujo que otras esposas de futbolistas le pasaban por las narices y su ex no fue capaz a darle. Trabajando nadie se hacía rico, un sueldo daba para vivir tan solo. Y ella había empezado a vivir como una millonaria alternando las comisiones y los frutos de la empresa, esto es, utilizando los resortes del poder, a los que el común de los mortales no llegaba, porque eran eso, normales y no especiales. Las normas estaban hechas para el vulgo. Inés había dejado de ser una marioneta para convertirse en una titiritera.

Eso le decía Rita. Eso creía Inés.

Hasta que apareció la Policía.

La gerente tuvo claro que debía evitar como fuera que su subordinada volviera a entrevistarse con la inspectora Ocaña.

«Tú me metiste en esto…», le dijo con un hilo de voz que no le salía del cuerpo.

«Será tu palabra contra la mía y creo que sabes cuál será escuchada. Los argumentos contra ti son demoledores y en cuanto te realicen la prueba pericial caligráfica comprobarán que la firma es de tu mano, no de la de Rosa. ¿O no eras consciente de que emitías facturas falsas?»

«¡Me dijiste que era normal!»

«Nadie en su sano juicio te diría eso. Por supuesto, mantendré lo contrario. La ignorancia de la ley no exime de su cumplimiento y lo sabes de sobra. En cualquier caso, aunque me consideraran inductora, eso no está penado.»

«Me mentiste…, me dijiste que en el banco sospecharían si esa cuenta solo tenía tres entradas al año. Y te ofreciste para ingresar dinero en ella: "Te indico las facturas que yo vea sin problema, haces la transferencia y vas a recoger el dinero en persona el mismo día. Luego me lo traes y nos sirve para el *cash*. Así ven movimiento". Ingeniería financiera, dijiste.»

«Mira que eres cándida… ¿Quién va a creerte? Haberlo pensado cuando te metiste en esto. Figuras como responsable de Pagos y Contabilidad de Memento Mori. Todas las pruebas te incriminan. A ti sola.»

A Inés el mundo se le derrumbó encima. Daba lo mismo si confesaba o no, el daño estaba hecho.

Nada podría salvarla. Nadie querría ayudarla.

Se apoyó contra una estantería. No podía mirar a la cara a Rita. La había cegado la avaricia y había querido igualarse a ella. Le había fallado, primero confundiendo el DNI de dos mujeres con el mismo nombre y luego al no poder convencer a la María Fernández que seguía viva de que hiciera una declaración complementaria. Los músculos se le aflojaron y los miembros empezaron a pesarle cada vez más, como si no fueran suyos. Sintió frío. Hielo en las venas.

No merecía la pena vivir recibiendo un palo tras otro. Repasó su trayectoria y no vio más que un rosario de desdichas. Un valle de lágrimas, de fracasos, de frustraciones... Por cada error cometido, afiladas agujas se le fueron clavando en la cabeza. Rita tenía razón, sus seres queridos solo acumulaban decepción tras decepción a su lado.

«Y te lo repito: si destapas el caldero, la mierda te cubrirá a ti la primera. ¿Te acuerdas de aquel surfero rubito que conociste en el curso de vela y que invitaste a Viesca? ¿Al que le gustaba que te pusieras el corpiño de cuero negro para sodomizarte mientras tiraba de las bridas atadas a tus pezones? Tú lo pasaste bien, ¡pero a Elisa le resultará muy edificante ver el vídeo de tus aventuras sadomaso! Quizá a tus papis también les interese, su niña, siempre tan formal. No sabes con quién estás tratando, inútil de mierda. ¡Cómo pude confiar en ti!»

No gritaba, eran más amenazantes todavía los susurros, decirle aquellas barbaridades en voz baja, con el volumen contenido, mientras avanzaba hacia ella invadiendo su espacio, comiéndose su oxígeno, devorando la poca autoestima que la mantenía en pie.

Inés apartó de un empujón a Rita, tambaleándose, con la mirada vidriosa y una película de sudor helado sobre la piel. No quiso escuchar más. Había tenido una visión reconfortante, la solución a todos sus problemas. ¡Cuántas veces había cruzado su imaginación con la mitad de motivos! Las agujas ocuparon el hueco de la conciencia.

«¿Adónde vas ahora? ¡Espero por tu bien que no sea a ver a la inspectora!»

Inés ni siquiera contestó. El cerebro convertido en un alfiletero.

La gerente la vio salir y no pudo evitar una pizca de remordimiento. ¡Qué espíritu tan simple e influenciable! Quizá la había machacado en exceso, pero no podía correr riesgos. Era la primera vez que utilizaba una pantalla, hasta entonces se había encargado ella misma de ese tipo de transacciones. No fue algo que inventara, sencillamente se acopló a lo que veía como alumna aventajada. La tan arraigada costumbre de diversificar, de crear falsas empresas, le había permitido imputar al Partido gastos en beneficio propio. ¿Con qué creían que iba a pagar el coche, la ropa o la peluquería? ¿Con su dinero? Por no hablar de esos *pequeños retoques* que había empezado a hacerse cuando notó que le colgaba la papada. Que fueran invisibles dependía del cirujano plástico, y ella era clienta de una clínica en Manhattan que valía un pastón.

Domeñar la idiocia era su trabajo, lo que no menguaba su desprecio profundo por los idiotas. Lo peor era su imprevisibilidad, aunque en algunos casos la beneficiara. Como el de Inés. No esperaba tanto de ella, solo quería impedirle que declarara en su contra; sin embargo, al colgarse de aquella viga, le había proporcionado la más sólida coartada. La muy estúpida le había servido hasta el final.

Después de aquella conversación no la perdió de vista, evitando que se reuniera con la inspectora. Fue testigo oculto de cómo mendigó el perdón y la amistad de sus compañeras y de cómo la rechazaron. La espió mientras lloraba en su despacho y luego la siguió hasta el almacén de flores, descalza para no hacer ruido y con los zapatos en la mano.

Adivinó su intención viéndola manipular la cuerda y contempló impávida cómo cogía un taburete y abría la puerta de la cámara frigorífica. Con agilidad, entró al despacho de Rosa y se hizo con el sobre que la otra había dejado sobre su mesa. Observó desde la oscuridad cómo se hacía hueco entre las filas de coronas funerarias, se subía sobre el asiento y se estiraba, con la soga al cuello, para alcanzar uno de los arneses. Esperó a que lo lograra y, solo entonces, se dejó entrever. Podía haberla detenido; en su lugar, cogió por la puntera uno de los zapatos, estiró el brazo y enganchó una pata del taburete con el tacón de su Louboutin, tirando con fuerza. Un golpe sordo, un ruido seco.

Mientras Inés pataleaba colgando, habría jurado que le intentaba decir algo —*«¿Ayúdame?», «¿Bájame de aquí?», «¿Te odio?»*—. Rita se quedó mirándola hasta que los estertores cesaron, el morado se extendió alrededor de la cuerda, sus ojos se salieron de las órbitas y el cuerpo quedó inerte, balanceándose por su propio peso con un reguero de orina entre las piernas. Se apartó arrugando la nariz para que el líquido no manchara sus pies. Salió evitando dejar huellas.

Sí había dejado carta, sí.

Una larga misiva de despedida emborronada por las lágrimas, donde pedía perdón a sus compañeras, a los chiquillos por dejarlos huérfanos, a sus padres por los disgustos causados. Siempre había querido ser una buena hija, esposa y madre, pero todo le había salido al revés. Rita la había engañado, reconocía enumerando las actividades irregulares de la gerente con detalle. No obstante, si una de las dos sobraba, era ella por no haber sabido estar a la altura. En esta última parte, los tachones impedían la lectura. Había metido la carta en un sobre en el que escribió «Rosa», suponiendo que sería la florista quien la encontrara.

Rita se encargó de hacerla desaparecer en la trituradora de papel. Estaba realizando esa acción cuando oyó el arranque de un motor. Se asomó y vio salir el coche de Adela. Respiró hondo. Estaba segura de su fidelidad tanto como de su ambición. No obstante, al día siguiente la llamó a su despacho para reforzar ambas. La muchacha llevaba tiempo pidiéndole un contrato indefinido. Cuando la gerente le dijo que aceptaba su petición y le hizo firmar aquella extensa cláusula de confidencialidad sobre todo lo visto u oído en el Tanatorio de la Corte, la abogada entendió de sobra qué se le exigía. No comentó que se había ido de la lengua con su padre. Ya se las arreglaría con el viejo.

Después de triturar la carta, la gerente se dio cuenta de un detalle: en buena lógica, los recortes con las firmas de Jaime y Claudia que usaba para sus propios fines deberían tener impresas las huellas de la ahorcada. Ni corta ni perezosa, bajó de nuevo a la floristería. Con ayuda de una escalera, alcanzó la mano derecha de la difunta y le apretó los dedos sobre los recortes inculpadores. Después los colocó en los cajones de la mesa de Inés, ocultándolos al fondo y añadiendo cinta adhesiva y pegamento, para que no cupiera duda del procedimiento.

Confiaba en que Laura no cometiera una tontería similar. Dos en el mismo entorno darían que sospechar. Estaba enterada de algo, seguro, la pregunta sobre los carnés había sido capciosa. Alguien había sembrado en ella la semilla de la duda.

Descartaba a Víctor, se trataba poco con ellas desde que había convertido a Adela en su fiel ejecutora. Y era un pelele. Claudia, en cambio, tenía valor probado. Que fuera bollera le parecía hasta consecuente, no hubiera imaginado una profesión menos femenina. Desde que Martha se incorporó a la plantilla, aquella bruja que podía ser su madre había intentado fagocitarla, alejándola de ella. Para garantizar la fidelidad de su imprescindible documentalista, a Rita le convenía que siguiera con aquella muchacha desnatada con la que convivía. Y tener a la tanatopractora ocupada dando charlas por el mundo y escribiendo tostones.

Pero Claudia lo consiguió.

Y Rita lo supo antes que nadie, las había visto en las cintas de La Fuente del Diablo. ¡Qué coincidencia! Allí salían las dos pavas dando un paseo por el pueblo con Alfonso. No podía relajarse. La clave estaba en Martha, fijo. Era muy inteligente, pero demasiado legal; la había contratado por la primera razón y, debido a la segunda, nunca le había confiado sus trapicheos. En condiciones normales, sería la última sospechosa. «Pero en este puto tanatorio nada es normal», rezongó. La sometería a estrecha vigilancia y, como detectara alguna anomalía, la despediría.

Sin piedad.

Distopía deletérea

Llegó el gran día de la presentación de IDeath.

Más de cien periodistas de diferentes nacionalidades habían sido acreditados y otras tantas cámaras de televisión lo transmitirían en directo. En una carpa a la puerta del complejo funerario habían instalado una pantalla gigante. El interior de la pirámide se convirtió en un hervidero de público expectante. Los servicios funerarios se habían desviado al antiguo tanatorio Bendición Eterna, que seguía enfrente, ya reformado y con la enseña de Memento Mori ondeando en sus mástiles junto a las banderas oficiales.

#*InteligenciaArtificial* llevaba días siendo tendencia en las redes, desbancando incluso a #*MuerteVoluntaria* o al ya clásico #*LaMuerteEsMía*. Durante la última quincena, se sucedían los reportajes promocionales, documentales, anuncios... Martha había hecho sus deberes.

La víspera, Rita le había enviado por correo electrónico la escaleta del acto y las notas de prensa. Se citaba su nombre, pero había desaparecido cualquier mención de Laura. *Damnatio memoriae.*

—¡No pienso subir al estrado! ¡Me niego a apropiarme de su trabajo! Ella es el *alma mater* de la criatura y su nombre ha sido eliminado.

—De acuerdo —intervine—, pero también es tu proyecto. Llevas invertidas muchas horas en él y debes estar ahí arriba.

—Supuestamente tengo que dar las explicaciones técnicas, pero los perfiles psicológicos fueron cosa de Laura. ¿Por qué no subes tú conmigo? Sabes más sobre el suicidio...

—Lo primero, porque nadie me ha invitado. Y lo segundo, no es una charla, es la presentación de la máquina más moderna que jamás se haya diseñado y es obra vuestra. Puedes intentar convencerla de que te deje citar a Laura. Eso sería lo correcto.

—¡Tienes razón! ¡Exigiré citarla y que figure en los créditos!

Tardó en convencerla, casi una hora estuvieron al teléfono. Rita no estaba dispuesta a salir sola, así que terminó cediendo a regañadientes. Del disgusto, Martha durmió fatal, se pasó la noche dando vueltas. Por supuesto, yo tampoco pegué ojo.

Entre una cosa y otra, salimos tardísimo de casa aquella mañana, ella mordiéndose las uñas enfurruñada.

—Tenía que haberle dicho que no. Y además, esta camisa me queda pequeña.

—Estás guapísima y la camisa te queda divina. —Se la había regalado yo para la ocasión—. Por una vez que no vayas con esas prendas exageradamente grandes, modo camisón, no pasará nada. ¡Lo harás muy bien!

Cuando llegamos al aparcamiento alguien había ocupado nuestro sitio reservado.

—¡No voy a llegar a tiempo! —Martha empezó a arrancarse pellejos con los dientes. Si perdíamos un minuto más, le sangrarían los dedos.

—Esto está imposible, bájate aquí mismo. ¡Suerte! —dije dándole un rápido beso.

Tuve que dejar fuera el coche y entrar sorteando una manifestación. Centenares de personas, contenidas por un cordón policial, mostraban su disconformidad con pitos y pancartas. Se me pasó por la cabeza si la convocatoria no habría partido de la propia Rita para asegurarse las cabeceras de los telediarios.

Cuando asomé entre bastidores, el salón de actos estaba abarrotado. Le hice una seña con el pulgar arriba a Martha, que me correspondió aliviada. Estaba detrás del telón, con Rita al lado, sin separar apenas la vista de la *tablet*. A una señal del maestro de ceremonias, ambas salieron al estrado, una muy sonriente, la otra muy seria y estirándose la camisa hacia abajo. La gerente su situó en el proscenio y esperó a que el silencio se impusiera:

—¿Conocen a Alan Turing? ¿Han visto *Descifrando Enigma*?

Martha estuvo a punto de marcharse aprovechando la oscuridad. ¡Encima le robaba su ejemplo!... Me buscó con la mirada e hice lo posible por tranquilizarla mientras proyectaban en cuatro pantallas secuencias de la película.

—El escritor Isaac Asimov sí les sonará, ¿conocen las tres Leyes de la Robótica que enunció en 1950 en su libro de relatos *Yo, robot*? —Proyectaron las escenas más famosas de la película homónima—. La primera dice que un robot jamás hará daño a un ser humano, mas... ¿y si ese ser humano quiere morir? ¿Es lícito ayudarlo? —Las pantallas mostraron la cápsula de suicidio asistida inventada por el australiano—. Señoras, señores, les presento a Sarco. Algunas personas ya habrán oído hablar los últimos días de este sarcófago futurista, similar a una pequeña nave espacial, que ha sido el punto de partida para el nuestro: con ustedes, IDeath. —La imagen apareció agigantada.

»La nueva norma contempla una entrevista previa con personal cualificado y aquí es donde nos hemos venido arriba, si me permiten la vulgaridad de la expresión. Los profesionales de la Psicología no dejan de ser personas y como tales pueden equivocarse, IDeath no. Solo con su visto bueno se podrá utilizar el sarcófago, creado cada uno al gusto y a medida con tecnología 3D.

La gerente de Memento Mori se explayó en tono épico sobre el sistema inteligente aplicado al suicidio asistido y la Print Factory, capaz de fabricar las cápsulas del IDeath a demanda.

«¿Inteligencia artificial para suicidarse? ¿Ataúdes realizados en impresoras? ¡Oxford!» Los periodistas tomaban nota entre murmullos mientras sus móviles recogían el discurso.

Le tocó el turno a Martha, que en su introducción procuró usar los mínimos tecnicismos posibles para argumentar por qué el diagnóstico de IDeath sería más certero que uno realizado por humanos:

—El lenguaje corporal no miente, y nuestra cara dice más de nosotros que las palabras. El rostro se mueve gracias a unos veinte músculos faciales conectados a doce nervios craneales, a su vez segmentados en otros. Todos esos movimientos han sido codificados por el Facial Action Coding System, el FACS, un sistema de reconocimiento facial que los analiza e interpreta.

»El rostro humano ya se ha convertido en mercancía de alta tecnología. No solo para manejar los *smartphones,* sacar dinero del cajero o ahorrarse la cola en el aeropuerto. Estas técnicas de identificación son utilizadas por empresas, gobiernos y agencias de seguridad. Se dice que el FBI y el Gobierno chino tienen almacenadas las caras de toda su población.

Martha hizo una pausa para beber agua y consultar sus notas.

—Imaginen que esta información biométrica junto con todos los estudios realizados sobre Psicología Humana, Evolutiva y Forense, Antropología, etcétera, se juntaran en una supercomputadora. Big Data, este término les suena, ¿verdad?

—Se produjo un murmullo de asentimiento—. Para atacar este complejo proceso hemos desarrollado algoritmos de aprendizaje basados en técnicas Deep Learning. Se trata de un procedimiento que consiste en ir marcando en el código aciertos y errores de predicción, de tal forma que la máquina aprende a partir de millones de datos. Nadie sabe qué pasa dentro de esa caja negra, la Black Box, pero puedo jurarles que enfrente tienen a una inteligencia capaz de valorar a las personas mejor que ningún equipo psicosocial.

Para el final, reservó la gran novedad:

—Sarco se inventó con un botón de autoarranque interior porque hasta ahora, si alguien ayudaba al suicida en su acción, podía ser considerado homicidio. Con IDeath, hemos añadido un arranque manual que permite también desencadenar el proceso desde el exterior. Esto es, *que nos suiciden.*

—Con este sistema, te puedes preparar, decir adiós, estar entre los tuyos y abandonar este mundo sonriendo. El mayor logro hasta ahora para la Buena Muerte y la Vida Digna —concluyó Rita.

Felicité a las dos protagonistas y volví a mi cubil, dejándolas rodeadas de periodistas. De camino, me crucé con Víctor y no pude evitar sincerarme sobre la injusticia que consideraba la ausencia de Laura.

—Hombre, al principio era necesaria pero ahora que el tanatorio está a pleno rendimiento, ya no tanto. Y si hay que ajustar gastos, mejor ella que nosotros, ¿no?

—Suena un tanto egoísta, a mí más bien se me ocurre poner las barbas a remojar…, en fin. A tu hija se la ve muy contenta, parece mentira lo bien que ha encajado con Rita.

—Tiene mucho trabajo, solo con las reclamaciones judiciales de lo que deja a deber la gente, no para. Y claro que está encantada con Rita. Es una mujer tan competente... Hizo mucho por nosotros, aún no me explico cómo Inés pudo traicionarla así.

—¿De verdad crees que lo hizo?

—¡Vamos, Claudia! Era nuestra amiga, pero no entiendo que, a estas alturas, intentes defenderla. Yo no pienso cuestionar la versión oficial.

Había pensado comentarle nuestras sospechas sobre el fraude electoral y su vínculo con el tanatorio, pero desistí ante sus opiniones.

El despido de Laura y la presentación de IDeath habían aplazado nuestras indagaciones, pero aquella misma tarde volvimos a reunirnos las tres para planear la estrategia de ataque.

Behite tenía clara la culpabilidad de Rita.

—Debemos tener todas las pruebas en la mano antes de aventurarnos a denunciar, ya visteis lo que dijo la inspectora Ocaña…

—Yo puedo intentar acceder a su ordenador.

—Martha, no quiero que te impliques más de la cuenta…

—No tengas miedo, Claudia. Nos conocemos desde hace años y no sospecharía de mí jamás. Además, desde mi puesto puedo estar realizando cualquier comprobación, soy la administradora de red, el ojo que todo lo ve, ¿recuerdas?

—A veces me pregunto por qué estás en nuestro bando…, ¿no serás una espía? —le pregunté con un guiño.

—¿Necesitas oír que es por ti?

—¡Eh eh! ¡Que me dais envidia, chicas! Tanto caramelo me empalaga… —nos interrumpió Behite.

—Mañana llamaremos a la inspectora y se acabó la tontería. Ella sabrá cómo actuar y dónde buscar.

—Nos repetirá lo mismo: sin pruebas, no hay diligencias… Y nos falta saber quién descargó los carnés —zanjé.

Martha miró su reloj.

—Debo ir a revisar la cápsula, aunque el sistema está probado de sobra, mañana lo estrenamos y no me gustaría que tuviéramos un fallo.

—Acércame, que tengo ensayo. Nos vemos mañana en el tanatorio, Claudia.

—Yo me quedaré poniendo orden en esta casa. *No todo va a ser follar,* que diría mi admirado Javier Krahe.

Decidí prepararle un bizcocho para la cena, a Martha le encantaba el dulce. Y después pasaría la aspiradora.

Me reí de mí misma. ¡Menuda maruja estaba hecha!

Despedida de la vida

Martha entró sonriente al tanatorio.

El recuerdo de lo que había ido a hacer le cayó como un jarro de agua fría. La granja de las impresoras 3D funcionaba correctamente y el sarcófago estaba terminado: era otro el objetivo de su visita. Cuando al día siguiente fueran a ver a la inspectora Sara Ocaña, llevarían algo más que intuiciones y sospechas. No les había dicho nada a Claudia ni a Behite para no preocuparlas. Tantas novelas negras que había leído en su vida tenían que servirle para algo.

Conseguiría las pruebas para emplumar a Rita.

Saludó al limpiador, ocupado en encerar los suelos, y accedió a la zona de oficinas encendiendo las luces a su paso. Dejó el abrigo en su despacho y se dirigió al de enfrente. La gerente no cerraba su puerta con llave. Pulsó el interruptor y comprobó que no estuvieran su chaqueta en la silla ni el bolso encima de la mesa.

Miró las estanterías, detrás de los libros, dentro de los archivadores. Mientras encendía el ordenador, fue abriendo los cajones en busca de un *pendrive*, un DVD, alguna prueba que la incriminara. Contuvo la respiración creyendo haber oído un ruido. Se asomó al pasillo: nadie. Tal vez un coche que pasaba. Regresó delante del ordenador de Rita. Más cuidadosa que

Laura, no tenía la contraseña visible, así que se dispuso a probar cómo saltársela. Estaba a punto de ejecutar el tercer intento cuando sonaron tacones lejanos procedentes de la entrada posterior, la directa. Martha conocía muy bien ese paso enérgico. Se puso en pie de un salto, apagó el aparato y valoró cruzar a la carrera a su despacho. Las pisadas sonaban cada vez más cerca. Se soltó la melena, cogió un taco de folios y asomó la cabeza al pasillo.

—¡Rita! ¡No te esperaba!

—Ya lo veo. ¿Qué haces en mi despacho?

—Se me acabó el papel y tenía que imprimir una cosa. Por no ir al almacén de material, he cogido del tuyo…

—¿Por qué estás aquí? ¿Cuándo has llegado?

—Hace un rato, estaba comprobando la estabilidad de IDeath cara a mañana, ya sabes que nuestro primer usuario estará aquí a las diez.

Fue a sentarse a su mesa. Rita, detrás.

—Pues tienes el ordenador apagado para llevar tiempo trabajando. Y ahí veo hojas. —Señaló la impresora.

—Son pocas, iba… a imprimir el manual.

—¿Así que estuviste mirando el sarcófago, comprobando que funcionara?

—¡Sí! —contestó aliviada—. Ya está listo para su uso.

—Bajaré a verlo.

—¿Te acompaño?

—No hace falta. Por cierto, ¿te suena un sitio llamado Viesca?

Martha se estremeció antes de negar.

Rita se dio la vuelta y desapareció.

Temblaba como una hoja cuando le mandó el mensaje a Claudia: «Andaba a la caza de pruebas en su despacho y me ha pillado». «Sal de ahí corriendo», fue su respuesta. «Ahora no puedo.» No le quedaba más remedio que disimular. Puso a imprimir el primer documento que encontró y se concentró en la pantalla. Oyó cómo la gerente se marchaba taconeando y decidió esperar un rato más para no tropezársela otra vez.

El teléfono la sobresaltó.

—¿Rita? —contestó sorprendida—. ¿Dónde estás?

—Estoy abajo, creo que IDeath tiene un fallo. La tapa no cierra bien. Me he metido en el sarcófago y no hace clic; si no cierra herméticamente, corremos el riesgo de que el nitrógeno salga.

—No hay problema, en ese caso se bloquearía el chorro emisor.

—No podemos cometer ningún error, Martha. Los periodistas vendrán con el cargador lleno de balas y todo debe funcionar a la perfección.

—Bajo y lo compruebo. Si es una pieza pequeña se puede volver a fabricar, es lo bueno de haberlo hecho modular y que tengamos esas gallinitas ponedoras. —Le encantaba llamar así a las impresoras.

Mandó otro mensaje a Claudia: «IDeath da problemas. No sé a qué hora volveré. Besos». Y se encaminó a la sala donde lo habían instalado.

En la puerta rezaba: «Despedida de la vida». Era un espacio circular, en forma de ruedo con gradas que permitían la visión desde todos los ángulos. Las persianas laminadas podían descorrerse y ofrecían una relajante vista al Bosque de la Memoria. Había quien elegía abandonar el mundo en soledad y quien prefería hacerlo rodeado de los suyos, como el del día siguiente, un profesor de Ética que había convocado a sus alumnos tras haber superado la entrevista con IDeath. En el centro se levantaba el sarcófago inteligente, erguido sobre un catafalco cilíndrico. El ataúd, de material plástico y colores azul y oro, semejaba una nave espacial. Cuando el proceso terminara, las compuertas inferiores se abrirían para hacer descender la cápsula, con él dentro, a la zona de incineración.

Rita la estaba esperando al lado del aparato.

—¿Qué pieza dices que no funciona?

—El cierre interior.

Martha palpó desde fuera el mecanismo. No parecía estar roto. Entró en el sarcófago y consultó el manual en su *tablet:* la pieza era la correcta. ¿Quizá un reborde de la impresión? A veces no quedaban perfectos. Hizo otra comprobación y cerró la tapa sin problemas. Clic. Intentó abrirla de nuevo. Clic. Ese no lo había provocado ella. Intentó abrir, pero alguien había puesto el seguro desde fuera. A través de la lámina semitransparente vio la sonrisa de triunfo de Rita. ¡Había conectado el mecanismo externo! El corazón empezó a latirle con violencia. Lanzó un grito.

—Da igual que grites o que llores. Mañana, cuando vengamos a estrenarla, te encontraremos dentro. La gente pensará que te has adelantado. Es una pena tanto talento desperdiciado, así aprenderás a no meter las narices donde no te llaman. ¡Adiós, bonita!

Apretó el botón, comprobó que el piloto se encendía y salió por tacones, subiendo rápida las gradas. Estuvo a punto de apagar las luces, pero decidió dejarlas encendidas, no sería lógico que se hubiera suicidado a oscuras. En el centro del ruedo, IDeath comenzó a girar muy suavemente. Le pareció oír el siseo del gas letal y contuvo la respiración. Vio cómo los ojos de Martha se dilataban mientras una mueca horrible contorsionaba su rostro, y cerró la puerta de golpe. No pensaba quedarse a contemplar su muerte, no era una asesina, tan solo una mujer que resolvía problemas. Había desconectado las cámaras previamente, así que no quedó rastro alguno de su incursión nocturna. Salió por la puerta trasera.

Mientras marcaba su destino en el GPS, recordó al Señor Lobo de *Pulp fiction,* sintiéndose como Harvey Keitel. Había demasiado en juego para andarse con tonterías, en esta ocasión ya no se trataba de un amaño de facturas, desviación de fondos o financiación ilícita. Cuando se dio cuenta de que la auditoría exigiría a Martha blindar la seguridad del sistema, la gerente realizó una descarga masiva de los carnés sin tener claro para qué iba a utilizarlos, quizá para abrir más cuentas bancarias cuando se aplacase el tema.

La idea le surgió viendo un documental sobre el voto rogado. Estudió su funcionamiento: las peticiones, los sobres, las listas, el censo... Y encontró la debilidad del sistema, su punto flaco. Valoró pros y contras. Era arriesgado, pero podía funcionar si cada interviniente no sabía nada del resto. Como en el caso de Inés, solo ella tendría la visión de conjunto, para los demás se trataría de un pecado aislado, callado y bien remunerado.

Fueron miles de votos decisorios.

Jefa del Gabinete le parecía poco por tanto esfuerzo. Las elecciones habían sido un éxito, qué menos que consejera. Al fin y al cabo, gracias a ella las ganaron. ¿Y no podría proponerla como ministra? Y así se alejaría de aquella mierda... Decidió llamar al presidente al día siguiente, después de que descubrieran el cadáver. Miró el reloj. Las 00:00. Lo consideró un buen augurio. Solo le faltaba procurarse la coartada.

Le indicó un nombre a Siri. Al otro lado descolgaron rápidamente.

Inteligencia artificial

Yo fui quien la encontró.

Cuando me escribió que iba a llegar tarde, decidí ir al tanatorio para llevarle un trozo del bizcocho recién hecho con un termo de chocolate caliente. Si se enfrascaba en la reparación, no saldría de allí hasta la madrugada.

Accedí al edificio por la puerta delantera. El operario de limpieza me saludó desde lejos.

No la encontré en su despacho, así que puse el bizcocho en un plato, volqué el chocolate en la taza de gatitos que le había regalado y me encaminé hacia la sala donde estaba instalado IDeath, a buen paso para que no se me enfriara. Me extrañó no encontrar abierta la puerta. A través del montante vi que la sala estaba iluminada. La llamé. No me contestó. «Como no cuenta conmigo, está con los cascos puestos», pensé. Marqué mi código de acceso y sostuve la hoja abierta con la pierna mientras entraba con mi mejor sonrisa.

Me quedé paralizada.

La imagen de un sacrificio ritual asaltó mi mente. La bandeja que llevaba en las manos cayó y el chocolate se derramó, achicharrándome. No sentí su quemadura.

Corrí hasta el epicentro de la tragedia con un alarido. Pedí una ambulancia urgente y marqué el número privado de la inspectora Ocaña. No sabría explicar cómo hice todo eso. Juraría que no me moví de su lado, que solo lloraba encima del cuerpo de mi novia, del gran amor de mi vida.

La inspectora se presentó casi a la vez que la ambulancia.

Al rato apareció Behite a la carrera y me encontró sentada en la grada, rígida y ausente, con la mirada fija en un ominoso IDeath todavía erguido sobre el catafalco.

—Voy a matar a Rita. Ha sido ella —le dije sin saludo ni transición.

Me había bastado con tocar el león tatuado en su brazo.

—Necesitamos evidencias. Las cámaras están desconectadas, no hay prueba de su presencia —puntualizó la inspectora Ocaña de pie a mi lado—. Behite, ¿por qué no la llevas a tomar algo a ver si se relaja un poco? Rita está llegando.

—¡No necesito calmarme!

—Es mejor que no estés presente cuando la interrogue. Te prometo que te mantendré informada.

Me levanté con dificultad. No podía retrasarlo más. Me dirigí hacia tanatopraxia empujando la camilla con la bolsa del cadáver encima.

Behite me acompañó desolada, sin saber cómo ayudarme.

—Dime qué puedo hacer…

—Déjame, quiero estar a solas. No quiero que nadie vea cómo lavo su cuerpo, cómo maquillo su cara... —Lancé un gemido.

—Yo me quedo a la puerta. No entrará nadie, no te preocupes —me aseguró Behite.

Mientras ella salía, sentí llegar a Rita. Behite la detuvo:

—¡Ha sucedido otra desgracia, Rita! ¡Martha se ha suicidado dentro de IDeath!

—¡Dios mío! ¡Martha! ¡No!

La inspectora Ocaña llegó corriendo por el pasillo. Escuchaba perfectamente sus voces y tuve que morderme el interior de las mejillas hasta dejarlas en carne viva para no intervenir.

—¿Me puede explicar cómo funciona el sarcófago? —Me dio la impresión de que la inspectora hablaba alto para que yo pudiera oírla.

La gerente le ofreció una prolija explicación.

—¿Y ese aparato puede abrirse desde dentro una vez apretado el botón?

—No, imposible. El proceso es irreversible una vez iniciado.

—Pero ese proceso puede ser activado por la persona que está en el interior o desde el exterior, ¿verdad? Entonces, alguien pudo forzarla a meterse y ejecutar la orden mortal desde fuera.

—¡No creo! Estaríamos hablando de un asesinato, no de un suicidio. Seguro que utilizó el botón interno.

—Por la posición parecía como si estuviera intentando escapar. Y estaba consultando la configuración del mecanismo de apertura en la *tablet*.

—¿Ha sido un accidente laboral, entonces? ¡Dios mío, sería el primero! Es cierto que había un *bug* en el código, eso la tenía preocupada. Tal vez detectó un fallo, entró dentro a corregirlo, cerró la tapa y luego no la pudo abrir.

—¿Y apretó el botón sin querer? Me extraña. Me inclino a creer que alguien accionó el mecanismo de nitrógeno desde fuera. Las cámaras desconectadas, es demasiada casualidad…

—Y dice que la ha encontrado Claudia…

—Sí. Venía a traerle algo de comer.

—¿No es un poco sospechoso venir al tanatorio de noche no teniendo guardia? Mire, inspectora, yo no digo nada, pero Martha y ella son… lesbianas. Están viviendo juntas, de hecho. Precisamente, la chica me comentó ayer que pensaba dejar a la tanatopractora y no sabía cómo decírselo. ¿Usted se ha fijado en Claudia? Por lo visto, es muy celosa y estaba obsesionada con ella: le estoy hablando de maltrato físico y psicológico. Entre los homosexuales hay mucha violencia, aunque no se considere violencia de género.

Estuve a punto de salir con el escalpelo en la mano. Y matarla. No sé qué me retuvo.

—Lo tendremos en cuenta. Esa podría ser una explicación, sí.

—Tal vez vino con buena intención, no lo niego, pero al comunicarle la otra su decisión de abandonarla la empujó dentro, cerró la tapa y accionó el botón.

—Tendría que haber estado previamente dentro del edificio, las cámaras fueron desconectadas poco después de las 23:00, el suceso tuvo lugar a las 23:45 según registra el aparato y ella llegó, según su versión, pasadas las 00:00.

—Bien puede haber mentido…

—¿Y sabría Claudia cómo anular el sistema de seguridad? ¿Está accesible a cualquiera?

—¡Por supuesto! En esta empresa impera la transparencia y, como responsable del área de Tanatopraxia y miembro del *staff,* Claudia conoce bien sus entresijos. Y las cámaras son para uso colectivo. Están puestas en los pasillos y cada departamento tiene una pantalla.

—¿No debería tener una instalación como esta un guardia nocturno?

—¡Quién va a robar a los muertos!

—Con la racha que llevan, igual van a tener que plantearse en serio contratar uno. La última pregunta: ¿dónde estaba usted entre las 23:00 horas de ayer y la 1:00 de hoy?

—Preferiría que habláramos en privado. ¿Podemos ir a mi despacho?

La conversación no duró mucho, lo que tardó la inspectora en realizar una llamada comprobatoria. Cuando se despidieron, Sara Ocaña vino a la sala de tanatopraxia.

—La gerente tiene una coartada irrefutable. Y su declaración te convierte en la principal sospechosa. Además, el limpiador declara haberos saludado solo a Martha y a ti anoche.

Me desmoroné.

El funeral por Martha fue un acto civil, sencillo e íntimo, presidido por una gran foto suya con el pelo recogido y la vista clavada en un ordenador, su viva imagen. Cubrimos el féretro con una bandera arcoíris, y flores, cientos de flores de vivos colores. Le pedí a la orquesta que interpretara nuestra banda sonora, las canciones de la lista de Spotify. Su escasa familia ocupaba la primera fila con expresión de incredulidad.

Rita intervino la primera con una breve e hipócrita semblanza.

Laura se encargó de leer un poema de Adrienne Rich, ahogada en algún momento por las lágrimas.

Yo fui incapaz de decir nada. En todo momento, Behite permaneció a mi lado.

—Vosotras me habéis devuelto la juventud que nunca disfruté. Me niego a que esto termine así. Alguien debería pagar los platos rotos —me dijo indignada a la salida.

—¿Qué más da que tengamos clara la culpabilidad de Rita si no hay forma de demostrarlo?

—¿Seguro? No hay nada imposible…

Nos despedimos a la puerta de mi casa y la vi alejarse a grandes zancadas.

Su amistad era impagable. Y ella, imparable.

Estación término

No había transcurrido una semana cuando Jaime empezó a detectar anomalías en su despacho.

—¡Rita! —clamó asomándose a la puerta.

—¿Qué pasa? —preguntó sorprendida por su tono imperioso.

—¡Alguien ha estado desordenando mis cosas! —dijo muy alterado.

Con una rápida mirada, la gerente comprobó que todo parecía estar igual.

—Mis lapiceros de colores están clasificados por el Pantone y el 17-1456, el Lirio de Tigre, está descolocado.

Rita contuvo un improperio.

—¡Vaya! Avisaré al limpiador que no te los toque.

Aunque perteneciente a una empresa externa, el hombre llevaba con ellos desde la apertura del tanatorio y lo negó en redondo.

—Le recuerdo que me dio una regla para medir al milímetro la separación entre un lápiz y otro, y la utilizo a diario después de limpiar la mesa, ¡como para cambiarle uno de sitio!

Al día siguiente, la misma historia.

—El 18-3943, el Iris Azul, ¡¡me lo han puesto antes del 18-2120!! ¡Alguien quiere volverme loco!

El limpiador volvió a negarlo.

La gerente decidió revisar las cámaras de seguridad. No vio nada raro. ¿Y si al director se le estaba yendo la olla? Nadie entraba ni salía por aquella puerta más que Jaime, el limpiador y ella misma. Llamó a la empresa de limpieza y pidió que le mandaran a otra persona.

Como los lápices se mantuvieron en su orden durante los días sucesivos, Rita se despreocupó. Hasta que volvió a oír la voz entrecortada de Jaime, que la llamaba desde su apartamento, a la semana siguiente.

—Me han cambiado las estaciones de lugar.

—¿De qué estaciones hablas?

—De las de tren, tú las viste. Estaban situadas a la derecha en el sentido de la marcha y ahora las casetas están a la izquierda de la vía.

—¿Alguien que haya querido gastarte una broma?

—¿Por qué no vienes a comer a mi casa y te lo enseño?

—Estoy apurada, la sustituta de Martha se está familiarizando con las aplicaciones…

Antes de marchar, debía dejar el tanatorio funcionando en perfecto estado. Era la condición que el presidente le había puesto, a instancias del fiscal:

«Una mierda se va a marchar y dejar a mi hijo con ese fregado de los suicidios en cadena, ¡ni hablar!».

«En realidad el suicidio de la artífice de IDeath en su propia máquina ha multiplicado el número de demandantes, ya sabes, la banca siempre gana.»

Pero no había logrado convencerlo y allí estaba ella, intentando dejar el negocio encarrilado y buscando a alguien que la sustituyera. Jaime la sacó de su ensimismamiento:

—¿Quedamos por la noche entonces?

—De acuerdo. —No le convenía tenerlo a malas.

Horas después, Jaime la recibió desencajado.

—¡Ha desaparecido el traje de Leia!

Aquello la preocupó de verdad. Constituía un ataque directo a la línea de flotación.

—¿No lo habrás puesto en otro armario? Lo habrán lavado…

—¡No lo envié a lavar! Me gusta conservar tu olor…

En algún arrebato de fetichismo le había pedido que dejara también las bragas y más de una noche había vuelto a casa sin ellas. Le preocupaba dónde las guardaría. Cenaron absortos, Jaime no parecía tener muchas ganas de fiesta y Rita volvió a su casa pronto y con la ropa interior puesta.

Abrió la puerta.

—¿Alfonso? ¿Eres tú?

No había avisado y tampoco era frecuente que su marido pisara la ciudad un día entre semana; sin embargo, las luces estaban encendidas y en el centro de la mesa alguien había dejado un ramo. De crisantemos. Y un sobre apoyado contra el jarrón. Recorrió la casa con él en la mano para asegurarse de que no había nadie más dentro. Dejó todas las luces encendidas sin reconocer el miedo. Se sentó en la cocina y lo abrió con manos trémulas. Dentro, una fotocopia del DNI de María Sánchez Fernández.

Dio un grito.

Corrió a comprobar que su seguro de vida permaneciera intacto. Era un regalo de Alfonso, una caja de madera tallada con forma de libro antiguo y pintada de grana oscuro con los cantos dorados. Al principio la desdeñó considerándola una frikada de las suyas, pero luego le había encontrado utilidad. Colocada en la sección de libros antiguos de su biblioteca, no destacaba. Cada vez que veía uno con el lomo parecido lo compraba. ¿Cómo pasa un elefante desapercibido? En medio de una manada de elefantes.

Lo que guardaba dentro no podía dejarlo en el trabajo ni llevarlo a Viesca. Revisó uno a uno los documentos, sus papeles y lápices de memoria, no le faltaba nada. Pensó en cambiarlo de sitio, pero si quien había entrado lo iba buscando y no lo encontró, era donde más seguro estaba. Aquella noche se atiborró de pastillas para dormir. Cuando se despertó y recordó lo sucedido, miró encima de la mesita. No estaban ni el sobre ni el carné. Se incorporó sobresaltada y fue al salón. El *libro* estaba en su sitio, pero no había ni sombra del ramo. Ni una hoja suelta, ni un pétalo ni una rama. Le temblaron las piernas. ¿Podía haberlo soñado? ¿Se habría levantado medio grogui por efecto de los somníferos y se había deshecho de él? Rebuscó compulsivamente en el cubo de basura. Conectó el teléfono. Veintitrés llamadas de Jaime. Lo llamó en el acto.

—¿Por qué no me lo cogías? —sonaba histérico.

—Lo apagué para dormir en paz, acababa de dejarte y no imaginé que me llamaras. ¿Qué sucede?

—Rita..., no sé qué está pasando... Anoche vi a Leia...

—¿A la princesa Leia?

—Pero no era ella...

—¡Vaya! ¿Quién era, Madonna?

—No. Era Martha. Daba vueltas por el jardín levitando y luego pegó su cara a la ventana, por eso pude vérsela bien.

—Ya. Martha, que está muerta y enterrada, se disfraza de Leia y pasea por tu jardín. Sin tocar el suelo. ¿Y tú qué hiciste?

—Esconderme en la planta baja. Y llamarte.

—Los fantasmas no existen, Jaime, más bien alguien quiere armarnos una jugarreta.

Le contó lo sucedido en su casa.

—Los crisantemos son las flores de la muerte, Rita. ¿Y si es una amenaza?, ¿y si quien lo está haciendo pasa a la acción y nos ataca? ¡Ven a casa, por favor! No vayas hoy a trabajar, no quiero estar solo...

—Te estoy diciendo que solo es una broma. Y vete saliendo de debajo de la cama, que en una hora tenemos que estar en la facultad de Psicología.

—Podemos venir juntos luego... ¡Quédate a dormir esta noche! Tengo mucho miedo...

Lo notó histérico y se arrepintió de haberle comentado nada; al fin y al cabo, no quedaba resto alguno de las flores y su puerta no había sido forzada. Demasiada tensión acumulada los últimos días, no descartaba que todo hubiera sido un mal sueño. Casi le preocupaba más lo de Jaime: ¿Quién podía conocer su fijación con *Star Wars*?

Aquella mañana recibían el premio que el Ministerio de Cultura había otorgado a la Biblioteca de la Buena Muerte, una colección circulante de libros seleccionados por Laura que viajaban en un furgón funerario. Junto al ministro del ramo estaría el secretario de Estado para una Vida Digna. Rita había invitado a la psicóloga pues su ausencia era difícilmente justificable, tras años de trabajo en común con la red de bibliotecas.

Fue al ver a Laura recogiendo el premio cuando se dio cuenta de que ella sí conocía la afición de Jaime por los disfraces. Lo suyo podía haber sido una alucinación provocada por los fármacos, pero lo de ir a molestarle a él, simulando ser Martha, claramente era cosa de Laura. A nadie más se le podía ocurrir semejante fantasmada. ¡Una muerta viviente! Era su venganza por el despido.

La abordó a la salida del acto. La psicóloga iba charlando animadamente con una de las intervinientes.

—Sé lo que hiciste anoche —le soltó a bocajarro.

—No he estado en Viesca ni he vuelto a saber de Alfonso —le contestó fríamente, dejándola desconcertada.

—No hablo de eso y lo sabes muy bien.

—Rita, esta mujer que nos escucha perpleja y que todavía no te he presentado, se llama Gloria y es la presidenta de la Federación Internacional de Asociaciones de Bibliotecarios y Bibliotecas, la IFLA. Ha venido a pasar unos días a mi casa para asistir a la entrega del premio. Ella puede decirte que anoche asistimos a un concierto y luego cenamos con más de cincuenta personas del sector del libro. ¿Verdad, Gloria? Te presento a mi exjefa.

Sobreponiéndose, Rita se excusó y saludó a su acompañante. Estaba perdiendo los papeles de mala manera.

Aquella noche Jaime y ella cenaron juntos en un tenso silencio. Rita observó que el mantel estaba desplazado a la derecha, sin que él hiciera nada por ponerlo en su lugar. Además, miraba la puerta de forma compulsiva, como si temiera verla abrirse y que entrara por ella una procesión de ánimas.

—Hoy después de la entrega del premio vino la inspectora Ocaña a hablar conmigo —soltó él de pronto.

—¡No la vi! ¿Qué quería?

—Confirmar las horas que pasaste conmigo la noche del suicidio de Martha.

Rita se estremeció. Esa era su baza.

Después de salir del tanatorio dejando a Martha dentro de IDeath, Rita se dirigió a casa de Jaime tras haberlo llamado. A la inspectora Ocaña le contó que había pasado la noche con él pidiéndole la máxima discreción: ella estaba casada y él era su jefe, el hijo del fiscal superior; además ella iba encaminada a algún sillón, «desde donde podría hacer cualquier cosa por usted, inspectora, desde luego…».

—Quizá... no fue buena idea decir que habías venido a cenar conmigo. En realidad…, llegaste cerca de la una.

—Te expliqué veinte mil veces que tuve un pinchazo y estuve casi una hora en el arcén cambiando la rueda.

—¿Por qué le mentiste a la inspectora?

—Nadie me vio, a esa hora debería estar en tu casa, fue cosa del azar. Hubiera tenido que dar demasiadas explicaciones y me pareció más sencillo. Oye, si quieres cambiar tu declaración, tendrás que desdecirte… y a mí me harás una putada. ¿Quieres que tu padre sepa en qué inviertes las ganancias del tanatorio?

—¡Es mi dinero!

—No exactamente. El capital social de Memento Mori lo han puestos los amigos de tu padre y les acabamos de pedir una ampliación de fondos para IDeath. Hasta que no recuperen algo, no les gustaría saber lo que te ha costado el traje original de C-3PO.

Jaime asintió compungido.

Rita le pasó un catálogo por encima de la mesa. Palo y zanahoria.

—Mira lo que he encontrado en esta casa de subastas escocesa.

—¡Oh, dios! ¡La capa original de Darth Vader!

Jaime no volvió a acordarse del tanatorio y el resto del encuentro transcurrió por los cauces habituales. Cuando despidió a Rita en la puerta, eran las doce. Jaime cerró corriendo. «La hora de los fantasmas», pensó fugazmente. Oyó pasos fuera y estuvo a punto de meterse debajo de la mesa. La voz de su padre lo hizo reaccionar.

Abrió la puerta con cara de alivio.

—Parece que te alegras de verme, eso me gusta —dijo el fiscal sentándose en el sofá. Miró a su alrededor antes de empezar a disparar—. ¿Qué te tengo dicho?

Jaime tuvo miedo de que se hubiera enterado de la compra del traje de androide dorado.

—¿Crees que no veo entrar a esa zorra todas las noches? ¿Piensas que no me entero de nada?

—¡Papá!

—Te lo dije el primer día: no metas la polla en la olla. Y tú, ¿qué haces? Te lías con esa tía, que debe tener el coño como el túnel de Guadarrama. ¡Y ojito con no dejarla preñada, que se las sabe todas! Ahora, también me alegro de que seas un punta brava, llegué a pensar que eras maricón…

—¡Es mi amiga!

—Como pretenda aprovecharse de ti, se convertirá en mi enemiga número uno. Y no tengo muy claro que esos suicidios no sean obra suya o que haya intervenido de alguna manera. ¿No crees que es muy raro?

—¡Se demostró que Inés era culpable!

—Se demostró que tú no habías sido, era de lo que se trataba, no seas iluso. No irás a decirme que te has enamorado de ella…

Jaime se lo pensó. Hacía tres años, dos, uno incluso, estaba convencido. Aunque Rita mantenía las formas, cada vez lo trataba con menos respeto, y sobre la aparición de Leia —o Martha, lo que fuera—, se había mostrado muy despectiva. Encima, lo había amenazado. Se disfrazaba con menos entusiasmo que cualquier chiquilla de las que contrataba en la agencia. Además, si Inés era una delincuente, ella tenía que haberse percatado antes, para eso le pagaba una barbaridad. Empezó a surgirle una rabia incontenible.

—No, papá, no me he enamorado. La utilizo, nada más.

—Todavía harás que me sienta orgulloso de ti, hijo. Si al final vuelve a la política, deberías hacerte cargo tú de la gestión directa, sin mandos intermedios. Ya es hora de que Memento Mori empiece a dar dividendos. Quizá me tome un año sabático y me implique contigo en la empresa. Tengo algunos planes que podríamos acometer juntos…

Jaime flotaba en una nube mientras acompañaba a su padre a la puerta. Por fin el viejo reconocía sus cualidades. Si suprimía el puesto de Rita, con la pasta que les costaba, podría duplicar su sueldo. Y comprarse la capa. Se dirigía al dormitorio cuando golpearon la puerta con los nudillos. ¡Vaya! Algo se le había olvidado. Abrió de golpe.

—Dime, padre.

Fuera no había nadie. En el jardín, oscuro, una hilera de luces mostraba el camino a la casa familiar, totalmente apagada. Se coló un aire frío estremeciéndolo.

Se apresuró a cerrar. Y entonces, volvió a verla, flotando sobre la piscina, envuelta en un aura: la princesa Leia. Con la cara de Martha. Y su blanca túnica pegada al cuerpo… y cubierta de sangre.

—¿Por qué encubres a Rita? —preguntó la aparición con voz lóbrega y cavernaria.

Jaime cayó de rodillas.

—¡Ella me pidió que lo hiciera!

La inspectora Ocaña salió de la oscuridad.

—Creo que tiene algo nuevo que contarme, don Jaime.

Las luces de la casa se encendieron.

—¿Qué está pasando? ¿Llamo a la Policía? —El fiscal apareció ajustándose la bata.

—No hará falta, inspectora judicial Sara Ocaña. —Le mostró la placa.

—¿Qué hace aquí, inspectora? —preguntó avanzando amenazador hacia ella—. ¿Trae una orden de registro?

—Excelentísima, su hijo me ha llamado: está decidido a confesar que la gerente de Memento Mori no estuvo aquí cenando la noche del supuesto suicidio de Martha, como declaró en un principio, sino que llegó a primera hora de la madrugada.

—¿Eso es cierto? ¿Tú has llamado a esta mujer? ¿Estás encubriendo a Rita?

Jaime miró en derredor. Ni sombra de Leia.

—Sí... sí... ¡sí!

Rita, mientras, había llegado a su domicilio. En el garaje, el de la plaza contigua había dejado el coche invadiendo la suya, como cada vez que iba de farra, y tuvo que maniobrar varias veces para aparcar. Respiró hondamente al coger el ascensor y lo detuvo en la planta cero. Atravesó el portal y salió a la calle.

Necesitaba serenarse.

La noche estaba estrellada y el frío nocturno la despejó. La luna llena le recordó a Laura, cuando eran niñas y creían que estaba habitada. Se podían pasar horas elucubrando cómo serían quienes estuvieran mirándolas a ellas desde el cercano satélite. ¿Tendrían también ojos y boca? ¿Serían espíritus intangibles? ¿Seres mitológicos? Por un instante, la echó de menos.

Se había quedado sin ninguna amiga. Su padre y su madre le vinieron a la cabeza. ¿Cuánto hacía que no iba a verlos?

Abrió el portal, inmersa en sus pensamientos. Al día siguiente los llamaría. Y al presidente. Decidió no coger el ascensor para hacer algo de ejercicio y subió andando. Tenía que salir de ese puto tanatorio antes de que se volviera loca.

Se paró en seco.

La música sonaba dos pisos más arriba. En el suyo. La identificó enseguida: era la *Marcha fúnebre* de Chopin. Le temblaron las piernas y se agarró al pasamanos. La escalera quedó a oscuras. Consiguió encontrar la llave de la luz y subió corriendo. Salía claridad debajo de su puerta y la sonata se oía ya a todo volumen. El vecino entreabrió una rendija para decirle algo. Ni siquiera lo miró. Temblorosa, sacó la llave. La giró. Estaba cerrada con tres vueltas, como la había dejado. La empujó despacio. Un sendero de fotocopias de DNI pulcramente recortadas conducía a la mesa del salón, presidida por un enorme ramo de crisantemos.

La música cesó. El móvil sonó en su bolsillo.

Cuando logró cogerlo le castañeteaban los dientes.

—Soy la inspectora Ocaña. Estoy en casa de don Jaime. Será mejor que llame a su abogada.

La mirada de Rita se dirigió inconscientemente hacia la estantería.

La caja camuflada entre los libros había desaparecido. Con su salvavidas dentro.

Acoso y derribo

«Políticos y altos funcionarios implicados en la trama Tánatos.»

«Renovación de todos los cónsules implicados
en el voto fraudulento.»

«El Partido en la cuerda floja: Comprobada la utilización
de recursos ilícitos para el gasto de campaña y ventaja ilegal
en la publicidad en anteriores elecciones.»

Los titulares no dejaban lugar a dudas.

La Fiscalía acusó a Rita de sustracción de datos personales y falsificación de documentos, entre otros delitos relacionados con la comisión del fraude electoral. Las pruebas acusatorias les llegaron en un sobre que alguien depositó en una comisaría. Dentro había varios lápices de memoria con grabaciones determinantes, la relación de los carnés entregados al Partido, a quién, dónde y por cuánto, amén de otros documentos comprometedores. No conseguimos inculparla por el intento de asesinato de Martha ni involucrarla en el suicidio de Inés, aunque yo estaba segura de que la sombra de mi visión era ella.

Levantada la alfombra, se descubrió que la Fuente del Diablo había sido la empresa tapadera usada para enmascarar pagos y donativos irregulares en la campaña de la que ella había sido coordinadora. La diferencia entre el concepto real del gasto y el concepto de la factura se detallaba minuciosamente en los archivos encontrados en su poder. Eso les había servido para desviar fondos y financiar mítines saltándose la ley. El Partido arguyó que Rita se había servido de aquel montaje financiero exclusivamente en su propio beneficio, y se presentó como acusación particular.

Al verse abandonada por quien la encumbró, la gerente se erigió en la mayor colaboradora de la Policía. Adela, bien aleccionada, dejó claro por qué Rita había invertido tanto en ella y le devolvió el favor con creces. La abogada puso el ventilador en marcha y, a cambio de negociar una rebaja de la condena, arrastró por el fango a la cúpula política y judicial del país.

«La Fuente del Diablo: Descubierto el picadero de políticos y empresarios.»

«Exclusiva. Habla una de las menores secuestradas y violadas en el complejo turístico rural: "Me trajeron de mi país haciéndome creer que mi hermana me reclamaba".»

«La Asociación de Fiscales pide la inmediata dimisión del fiscal superior de la Comunidad Autónoma.»

El padre de Jaime salía en uno de los vídeos de La Fuente del Diablo, con una menor «a la que dejó tan desbaratada, que no se sostenía ni de pie ni sentada», rezaba el auto. Pese a que siempre negó que fuera él y achacó su presencia en la grabación a un montaje, le abrieron un expediente y tuvo enfrente no solo a las asociaciones progresistas, sino a los de su cuerda, en un largo proceso que minaría su prestigio y su salud. La última vez que supe de él, solo salía de casa en silla de ruedas, acompañado por su mujer.

No fue solo a él, los vídeos pusieron en evidencia a muchos altos cargos que se vieron obligados a dimitir o fueron apartados. Al expediente judicial del caso Tánatos se le abriría una pieza separada, creada a partir de las acusaciones particulares de espionaje y difamación realizadas por los afectados contra Rita.

El asunto venía de lejos.

Confiando en su ejemplar discreción, políticos y empresarios empezaron a celebrar fiestas privadas en Viesca. En una ocasión, desde el Partido le ofrecieron una cantidad suculenta por espiar a un mandatario territorial que iba con su amante, y así descubrió un nuevo alcance para su *business*.

Empezó a registrar con cámaras ocultas las actividades de sus exclusivos clientes en La Fuente del Diablo, donde disfrutaban a capricho de sus vicios y depravaciones. Rita les suministraba las provisiones y la compañía. Cuando vio lo que le cobraban en los burdeles patrios, acudió a la mafia rumana para que le salieran más baratas. Sobre todo, las niñas, muy demandadas y mejor cotizadas. La carta de servicios ponía los pelos de punta.

Un chantaje de libro.

Cuando los implicados arremetieron contra Rita, esta señaló como culpable a su responsable de seguridad, Antonio. Adela presentó las pruebas que refrendaban esa acusación, pero, antes de enfrentarse a la Justicia, Antonio apareció con un tiro en la cabeza, un día como otros tantos que había ido a cazar solo. La pieza se cerró. Sin embargo, las revelaciones escabrosas continuaron, convirtiéndose en carnaza para los programas del corazón.

De Jaime, nunca más se supo.

Alfonso, aunque figuraba como titular del negocio, prefería no indagar en lo que sucedía a su alrededor, en cierta forma era como Inés. En una ocasión le preguntó extrañado a Rita por qué si aquella semana había estado vacío en la gestoría figuraba la ocupación completa y ella le explicó que lo facturaba al Partido, haciéndoles un favor para cuadrar unas subvenciones. Rita le quitó el acceso a la tesorería del establecimiento temiendo que, en un ataque de lucidez, le diera por descubrir sus tejemanejes. Al verse pillada, lo intentó inculpar, primero como cabeza de turco y después como cooperador necesario, pero precisamente por haberle quitado la firma, le resultó imposible involucrarlo.

En el terreno político, tanto el presidente como el Partido se vieron seriamente comprometidos. Los periodistas desvelaron, pueblo a pueblo, el entramado de los falsos padrones y el voto por correo manipulado. Su vinculación con Memento Mori salió a la luz y sirvió de excusa a los sectores más reaccionarios para poner en entredicho los avances conseguidos. Pese a la victoria en las urnas, con las pruebas del fraude electoral y el escándalo destapado, no les quedó más remedio que convocar nuevas elecciones.

Esta vez, la oposición lo tuvo más fácil. Pero la nueva presidenta del Gobierno, presionada desde diferentes ámbitos, propuso en su primera intervención derogar la Ley de Muerte Voluntaria.

Lo peor que podía pasarnos a los defensores de la eutanasia era que se nos asociara con la delincuencia y temí que todo lo conseguido se fuera al traste. No habíamos nadado tanto para ahogarnos en la orilla. Las asociaciones salimos en bloque, respaldadas por el grueso de la sociedad civil, a exigir que se mantuvieran los logros conseguidos. Convocamos manifestaciones simultáneas en todo el territorio nacional, reuniendo a más de un millón de personas en la capital del Estado.

«¡Libertad para vivir, libertad para morir!»

La etiqueta *#LaMuerteEsMía* volvió a inundar las redes. Tuvimos enfrente a los medios, y los tertulianos de la carcundia no escatimaron admoniciones, ni faltaron los sermones apocalípticos procedentes del sector eclesial. Pero esta vez triunfó la voluntad popular. Habíamos dado respuesta a una necesidad social y no hubo vuelta de hoja.

La ley se quedó como estaba.

Puedo decir con orgullo que, aunque el grupo Memento Mori desaparezca y a pesar de la mala fama provocada por sus irresponsables dirigentes, la buena muerte se ha convertido en un derecho inalienable. El signo de los tiempos mudará, así como las modas en los ritos funerarios, pero volver atrás no será fácil: ¿quién va a renunciar voluntariamente a una vida digna?

Carpe diem

Behite hizo sonar el timbre y corrí a abrir la puerta.

—¡Eres la primera! —comenté alegre.

—Traigo un par de botellas de vino y un ramo de flores.

—¡Mientras no sean crisantemos!

Las dos nos reímos mientras caminábamos por el pasillo.

Habían pasado un par de meses desde la detención de la gerente y la calma había vuelto, tras un rosario interminable de visitas a la comisaría y al juzgado. Habíamos tenido que contratar un equipo de seguridad para contener a periodistas y curiosos, pero ya no quedaba ninguno alrededor. Memento Mori estaba inmersa en una nueva auditoría, se rumoreaba la inminente disolución del grupo y la puesta a la venta del Tanatorio de la Corte. No me preocupaba. Deseaba alejarme, cuanto más mejor.

No más visiones. No más dolor.

Estaba considerando ceder parte de mis materiales al museo que me lo había solicitado y, si me iba al paro, aprovecharía para terminar mi *Ensayo sobre el arte del buen morir*, ya encontraría quien me lo publicara. Tenía dinero ahorrado, había llegado el momento de dedicarme a mí misma. Solo ansiaba ser feliz.

Sonó el timbre por segunda vez y entró Laura seguida de Alfonso.

—¡Por fin logramos juntarnos!

—Menos Víctor, es una pena.

—Sí. Mandó un mensaje disculpando su ausencia.

—Como si no supiéramos que es por Adela, menudo papelón tiene la hija defendiendo a Rita. ¡Aunque os diré que la veo encantada! Hasta donde alcanzo a saber, le ha prometido una fortuna...

—¿No le han embargado las cuentas?

—Tendrá alguna en un paraíso fiscal, no lo dudes. ¿Tú sabes algo, Alfonso?

—Creo que soy el que menos sabía. Utilizaba La Fuente del Diablo para sus fines y yo sin enterarme. Así que es posible, no iba a haber armado semejante entramado sin cubrirse las espaldas.

Nos sentamos a la mesa.

Sobre ella, las viandas necesarias para una celebración por todo lo alto. Y no era para menos. Brindamos repetidamente y comimos haciendo cábalas sobre el destino de la gerente, en prisión provisional sin fianza por riesgo de fuga. Por Víctor, sabíamos que Adela estaba negociando su salida hasta el juicio.

—Como la suelten, se pira del país volando.

—Ojalá se tire dentro una temporada, a ver si aprende algo.

—¡Rita sería capaz de flotar entre la mierda!

—¿Está sonando el timbre? ¿Esperamos a alguien?

Me levanté de un salto hacia la puerta.

—¡Es Sara, la inspectora! Le he pedido que se pasara al café.

Sara llegó con una bandeja de pasteles, a la clásica usanza. Nos puso al día de los últimos acontecimientos, desencadenantes de una crisis institucional que todavía estaba coleando:

—Ha caído la red que traficaba con menores, vuestra exjefa no está dejando títere con cabeza. Una vez desarmada su coartada y, sobre todo, una vez repudiada por el Partido los naipes van cayendo uno tras otro. Rita conservaba en su poder información susceptible de derribar un Gobierno.

—¡Como así fue! —dije divertida.

—Sí, pero si no llega a confesar Jaime, podíamos habernos visto en un apuro. La sustracción de esa caja en su piso no deja de ser un delito de allanamiento de morada —nos reconvino con media sonrisa—. Menos mal que funcionó…

—Vale vale…, actuamos en su piso sin tu consentimiento, pero es que dudábamos de que el plan para atosigar a Jaime saliera bien.

—Yo acabo de llegar del pueblo y estoy flotando en la inopia —dijo Alfonso—. Si pudierais ser más precisas…

—Tienes razón —dijo Sara—. Vayamos al principio. Martha, cuéntanos cómo lograste salir de IDeath, después de que Rita se marchara convencida de dejarte muerta…

—¡Quiso matarla y aquí está, vivita y coleando! —Le apreté una mano con fuerza, emocionada. Ni yo misma podía creerlo todavía.

—Estoy viva gracias a Laura y a la inteligencia artificial. ¿No es así, colega?

—En efecto —contestó la psicóloga—. A mí me preocupaba que IDeath pudiera fallar en su diagnóstico o que la persona suicida no tuviera opción de volverse atrás una vez dentro del sarcófago. Una vez que el nitrógeno empieza a salir, las facultades disminuyen y en pocos minutos ya no puedes ni mover un dedo.

—A mí me contagiaste esa aprensión. Estaba previsto utilizar la inteligencia artificial en la entrevista para valorar las condiciones mentales de la persona, no dentro del sarcófago. En principio, no se contempló posibilidad alguna de interacción con su ocupante, una vez que entraba se abría la espita y punto. Pero cuando implementamos el código y descubrí lo que se podía hacer, diseñé con Homero un programa de detección facial que actuara *in extremis*. Contemplamos la posibilidad de que te arrepintieras en el último momento y el proceso pudiera detenerse sin necesidad de que nadie lo desconectara desde fuera, solo por la expresión de tu cara.

—Me parece magia…

—No lo es, no. Lo expliqué durante la presentación. Las muecas faciales reflejan nuestras emociones: si te enfadas la frente se arruga, si te sorprendes los músculos se alzan. Hay siete expresiones programadas en el cerebro, comunes a todos los seres humanos, que se remontan a cuando vivíamos a la intemperie y los signos no verbales formaban parte de nuestra supervivencia: alegría, sorpresa, desprecio, tristeza, ira, asco y miedo. Sobre esta última centré mis desarrollos. IDeath puede fijar con precisión cuándo una persona desea salir del sarcófago con todas sus fuerzas gracias a los movimientos de los músculos de la cara. Una vez que lo detecta, la válvula de emisión del gas se bloquea y la tapa se abre de forma automática.

»Al accionar Rita el mando, sabía cómo debía obrar, pero tuve que esperar a que se alejara. La clave de la muerte dulce que el sarcófago te proporciona es el nitrógeno, que hace disminuir el ritmo cardíaco. El problema es su inmediatez, enseguida noté cómo mis músculos se convertían en chicle y tuve que realizar verdaderos esfuerzos para abrir los ojos y la boca en modo *grito de terror*. Menos mal que lo había ensayado mil veces frente al espejo. Aunque casi me cuesta la vida, he demostrado mi propio experimento.

—¿Nadie sabía que habías añadido esa opción?

—Rita lo descartó cuando se lo planteamos, dijo que era peligroso para el negocio, que si existiera esa posibilidad la mayoría se arrepentiría. Algo que no es cierto, la experiencia del australiano era concluyente. No quiso escucharnos. Únicamente tú, Laura, conocías mis intenciones, pero no llegaste a saber que lo había conseguido, te despidieron antes.

—Entonces, cuando Rita te encerró en ese sarcófago, lo hizo pensando que no podrías salir —recalcó Alfonso horrorizado.

—Así es. La suerte es que no se quedara en la sala, si llega a estar allí un segundo más, hubiera visto abrirse la tapa y no sé qué hubiera pasado. Yo estaba muy débil, podía haberme matado de un golpe o estrangulándome, habría sido incapaz de defenderme.

—Por puro azar llegué a tiempo. Imaginaos: veo la cápsula entreabierta y, por la rendija, asomando la cabeza de mi pobre niña con la melena hasta el suelo.

Me estremecí al recordarla, desmayada, con la piel cenicienta. En ningún momento creí que se tratara de un accidente. Ni pensé que estuviera viva. Con los ojos cerrados acaricié su brazo, posando los dedos sobre mi nombre tatuado en la melena del león, intentando reconstruir sus últimos segundos. Me obsesionaba no cometer el mismo error que con Inés, esta vez quería ponerle cara al mal. No hubo zumbido ni visión ni sombra. En su lugar, sentí latir su pulso, la sangre correr por sus venas. Abrí los ojos y con el mismo grito saqué el móvil mientras la sujetaba.

—A medida que el oxígeno sustituía al nitrógeno en mis pulmones, fui recobrando la consciencia.

—Cuando por fin vomitó, me pareció que había pasado una eternidad. En cuanto abrió los ojos me contó lo sucedido e inmediatamente telefoneé a Sara.

La inspectora completó la narración:

—Acudí al tanatorio esperando encontrar por mi cuenta alguna prueba, fue cuando descubrí que las cámaras habían sido desconectadas. Y Martha estaba bien, así que era inútil llamar a Homicidios, no había cadáver. Las huellas de Rita no tenían valor alguno, formaba parte de su entorno de trabajo. Para colmo, se había procurado una coartada con el director. Me invitó a entrar en su despacho y desde allí llamé a Jaime, que la secundó.

—¡Y no se cortó de acusarme a mí! —Aquello me había resultado indignante.

—¡Qué bruja! —exclamó Alfonso descubriendo las caras ocultas de su mujer.

—Y los detalles de las flores y los carnés en su casa...

—¡Eso fue cosa de Behite!

—Ya sabéis que lo mío es el arte de aparecer y desaparecer, las cerraduras no tienen secretos para mí. Como Martha había revisado su despacho y no había encontrado nada, supuse que lo guardaría en su casa. ¡Algo tenía que delatarla! Fue una apuesta empezar por el piso de la ciudad, bien podía esconderlo en Viesca. Me colé en su apartamento a colocar un par de microcámaras en las lámparas, desde donde pudiera controlar las habitaciones, y al ver aquel jarrón en el centro de mesa fue cuando se me ocurrió la puesta en escena. El primer día pensaba solo dejar las flores, pero cuando vi que se atiborraba de somníferos volví a retirarlas. Ahí ya empezó a entrar en crisis. ¡Si hubierais visto su cara de terror cuando se levantó y no vio los crisantemos!

—Fue cuando detectamos la importancia que tenía para ella esa caja con forma de libro. Behite se la llevó a la mañana siguiente —continué—. Pero yo quería también que confesara *haber asesinado* a Martha, y para eso era crucial que Jaime se retractara. Por eso te llevamos a su casa la noche siguiente, Sara.

—Cuando me enseñasteis aquel material comprendí que el escándalo estaba servido —dijo Sara tomando de nuevo el testigo—. Pero iba a ser un problema justificar su obtención así que no consideré tan mala idea aquella *performance* que teníais montada. Además de parecerme francamente divertida. Asumí el riesgo de que nos descubrieran, no dejaba ser otro allanamiento de morada, colarse en su jardín sin una orden judicial... pero nunca fui muy ortodoxa y el efecto dominó no suele fallar: en cuanto cae la primera mentira, van todas detrás.

—A mí me sorprendió la pregunta que me hiciste durante las *exequias* de Martha —planteó Laura—. ¿Recuerdas, Claudia?

—Sabía que Rita te había consultado algo sobre Jaime y necesitábamos conocer sus flaquezas para atacarlo.

—Una vez que me despidieron, no tenía que guardar ninguna lealtad. Y te revelé lo que me había contado sobre sus particulares gustos y costumbres.

—Fue entonces cuando decidisteis entrar en su despacho y moverle las cosas, a sabiendas de lo maniático que era —coligió Alfonso.

—Esa fue Behite, que es un hacha. Manipular las cintas de vídeo fue lo más complicado.

—No lo habría conseguido sin la ayuda de Claudia. Fue ella quien se coló en la cabina de seguridad, detuvo las grabaciones justo cuando yo aparecía por el pasillo y las conectó de nuevo cuando salí del despacho. Pero lo más difícil, con diferencia, fue hacerme amiga del perro que tienen en el chalé, tardé varios días para que no ladrara al verme. Aluciné cuando vi el vestidor que tenía en el sótano. Había allí más disfraces que en el Carnaval de Venecia. ¡Y de mi talla! Laura ya nos había advertido de la obsesión que tenía con Leia, si no, habría dudado sobre cuál escoger. Ya lamento haberle llenado de mercromina, podía haberlo conservado de recuerdo…

—¡Y que debajo de la capucha se viera mi cara fue una genialidad! Barajamos que fuera yo misma, pero Claudia se opuso… —Me miró con ternura.

—¡Lo que faltaba! Ya te habías expuesto demasiado…

—¡Y jamás hubiera podido caminar sobre las aguas como Behite!

—Es otro de los trucos que no pienso revelar, sobre todo porque lo incorporaré a mi nuevo espectáculo. —Imitó el susto de Jaime al verla levitar sobre la piscina, haciendo que nos troncháramos de risa.

—¡Él juró que se trataba de Martha! ¿Cómo conseguiste una réplica exacta de su cara?

—La hicimos en 3D a partir de la proyección de sus datos faciales y la cubrimos de látex.

—Luego yo la maquillé. El resultado fue increíble… —dije orgullosa.

—¿Y a quién se le ocurrió hacernos creer que estabas muerta? —preguntó Laura.

—Fue idea mía —dijo Martha risueña—. La saqué de una novela de Agatha Christie. Me pareció la mejor forma de que Rita se confiara y cometiera un desliz. Que luego no fue así, hubo que forzarlo.

—¡Lo que yo te lloré en el funeral! —dijo Laura.

—Entre las cuatro decidimos que cuanta menos gente lo supiera, mejor. Solo se lo dijimos a mis padres. De hecho, hasta que detuvieron a Rita y comprobamos fehacientemente que el plan había funcionado, estuve encerrada en casa sin asomarme siquiera a la ventana.

—¿Y a quién se enterró en tu lugar?

—A una mendiga que llevaba meses en la cámara frigorífica de los forenses, esperando que alguien la reclamara —aclaré—. Probé a usar una peluca y sus gafas como complemento, pero al final me decidí por un ataúd sin apertura, no podíamos correr riesgos.

—¿Y el certificado de defunción? —preguntó Alfonso—. ¿Falsificasteis también ese documento?

—No sabes de lo que es capaz una superusuaria. —Martha le guiñó un ojo.

—¡Todas hicisteis un magnífico trabajo! —alabó Laura.

—Lo fundamental es que Sara nos siguió el juego, sabiendo que se jugaba un expediente si se nos iba de las manos. Y te damos las gracias. Desde ahora, puedes considerarte una de las nuestras.

—¡Muchas gracias a vosotras! Me siento honrada. Se lo debía a vuestra amiga Inés, debí darme cuenta de que estaba siendo engañada…

—¡Con lo felices que éramos! —exclamé dolida—. Parece mentira la que armó esa mujer. No me impresionan tanto los millones de euros que pudo acumular en sus negocios sucios como el daño que sembró a su paso. Cuando llegó nos parecía la salvadora y casi se convierte en la liquidadora. ¡A un pelo estuvimos de que se volviera a prohibir la eutanasia!

—¡Aún no logro creerlo! ¿Qué haríais si os la encontrarais? Yo no sé si la saludaría, la abofetearía o cambiaría de acera.

—Yo solo tengo clara una cosa: no lloraré si un día tengo su cadáver delante —sentencié.

—Y tú, Alfonso, ¿qué vas a hacer?

—La Justicia ha embargado Viesca; por tanto, me he quedado sin ocupación. He empezado a tramitar la separación, pero creo que va para rato, Rita se niega a dármela. Aunque no me importa… —Miró a Laura y esta sonrió emocionada.

—He suspendido la excedencia y me reintegro a mi anterior empleo. Nos iremos a vivir juntos a Canadá.

Todas aplaudimos entusiastas.

—Como allí se ha legalizado el cannabis, se han creado un montón de puestos de trabajo de lo más diverso, ya he hecho algún contacto…

—¡No todo va a ser fumar!

De nuevo la estancia se llenó de risas.

—Noticia por noticia, nosotras tenemos otra —anuncié tomando la mano de Martha—: nos vamos a casar.

En cuanto lo dije, las luces se apagaron. Exclamaciones de sorpresa se superpusieron a los amagos de felicitación. La tarde había caído y nos buscamos en la sombra. La llave girando en la cerradura nos sobresaltó. La puerta de la calle se abrió con un lento chirrido y alguien la cerró de golpe. El corazón me saltó a la garganta. Contuvimos la respiración. Y entonces…, algo nos puso los pelos de punta: el sonido de sus tacones avanzando por el pasillo, firmes, inconfundibles…

«*Como si el bastón de un lacayo la precediera*», había dicho don Olegario.

Alfonso intentó esconderse detrás del sofá y creí que Laura se desmayaba, tuve que sostenerla. Sara se puso de pie de un salto y sacó la pistola. Martha y yo, atónitas, mirábamos hacia el pasillo esperando verla aparecer.

—¡Y Pandora será la madrina!

Nuestra amiga se plantó en medio de la sala envuelta en fuegos de artificio, sin que nadie se hubiera percatado de su ausencia. En sus manos, las invitaciones.

—¡Joder, Behite, casi nos matas del susto! —dije entre carcajadas.

—Por un momento creí de verdad que era Rita… —El pobre Alfonso seguía demudado.

—¡Tranquilo! Tu mujer está en el talego y no creo que salga en mucho tiempo.

—Allí tendrá tiempo para recapacitar —sentenció Laura ayudándolo a levantarse.

—Si eso fuera cierto…

Genio y figura

—¡Esto es una puta mierda! ¡¡Voy a volverme loca!! ¡¡¡Quiero mooooriiir!!!

La reclusa recién llegada se mordía las uñas en una esquina mientras se daba cabezazos contra la pared con ojos de ida. Había sido guapa, pero le faltaban algunos dientes y en sus brazos esqueléticos se notaban las mordeduras del caballo. Algunas se reían de ella con descaro, otras jugaban a las cartas sin inmutarse y la mayoría fumaban y mascaban chicle ajenas mientras daban un paseo circular por el patio. Las guardias que hacían la ronda hablaban del colegio de sus hijos sin dejar de mirarla de reojo.

Dos mujeres mayores la observaban, sentadas en un banco cerca de ella.

—Joder con la nueva, vaya escándalo.

—¡Haberlo pensado antes, guapi! —le gritó la que ejercía el proxenetismo cuando la detuvieron—. Con ese cuerpo te hubiera yo puesto a vivir…, las drogas son una mierda.

—Es una vergüenza, debería estar en la enfermería.

—Tranquila, cari, pronto se le pasará. —Señaló con el mentón una figura que cruzaba el patio con brío animal.

No había perdido el estilo.

—¡Ahí va la enchufada!

—¿Te lo puedes creer? —Buscó a la pareja de guardianas con la vista. Habían desaparecido—. ¿Dónde se metieron esas cabronas? Si fuéramos una de nosotras, se nos caía el pelo.

—¡Baja la voz! Era lo que me faltaba, meterme en problemas teniendo tan cerca la condicional. ¿Viste lo que le pasó a la Mercé por amarrarse con ella? Siempre hay alguna intocable…

Se levantaron muy dignas. Al pasar a su lado, se apartaron. La más alta no le llegaba ni al hombro. Ella las miró desde arriba, con desprecio e indiferencia. Cuando la rebasaron, escupieron al suelo.

—Ya olió carnaza…

—En cuanto detecta una presa no la suelta, ¡qué hija de puta! Debe estar haciéndose de oro.

Aguzaron el oído. Se había agachado al lado de la nueva y le cuchicheaba algo.

La respuesta no se hizo esperar:

—¡Joder, tía! ¡No me lo puedo creer! ¿Todo eso tienes? Vale vale, no grito, pero eres la hostia, tía, eres Dios, no me jodas… ¿Cómo me dijiste que te llamabas?

—Rita.

Agradecimientos

En este capítulo siempre me faltará alguien, pues fueron muchas las personas que aportaron su granito de arena a esta novela.

En primer lugar, estás tú, lectora, lector, que la has comprado en una librería, la has encontrado en la biblioteca o me sigues en las redes. Que leíste mis novelas anteriores o me acabas de descubrir con esta. Has de saber que solo por ti escribo. Y si además acudes a mis presentaciones o participas en un club de lectura, tienes ganado mi corazón.

José Antonio Martínez Nieto, jefe de Administración de Funeraria Gijonesa, me facilitó el trabajo de campo y me ilustró con un recorrido inolvidable por los tanatorios y sus *atrases.* A través de él, conocí el excelente portal del sector funerario www.revistafuneraria.com y *Adiós Cultural,* la revista cuya redactora jefa es la gran Nieves Concostrina.

Gracias a Blanca Rosa Roca, que confió en mí desde el principio, cuando esta novela era un embrión, y a Esther, que con su exhaustivo *editing* es capaz de sacar de mi historia lo que no está escrito. Extensivas, por supuesto, a todo el equipo de Roca Editorial, con mención especial a mi querida y peleona Silvia, que se dejará la piel promocionándome, como siempre. En cuanto a la distribución, Santos siempre está dispuesto a dar respuesta a mis inquietudes, que no es poco.

Las librerías son las mejores amigas de una escritora. Es un ejercicio imposible destacar una sobre otra, sobre ellas no tengo más que buenas palabras de Cádiz a Cangas del Narcea, pero Chema, Mónica y Rafa, en Gijón, y Conchita en Oviedo son más que prescriptores de libros para mí.

Llegué a José Antonio a través de Carmen, y ello no hubiera sido posible sin la implicación de Montse y Ana, que me pusieron la pista en bandeja en el Chelsie, donde Renata nos acoge por la mañana. Sororidad a tope.

Manu Martín, tanatopractor y reconocida autoridad en materia funeraria, me ilustró sobre algunos extremos con gran amabilidad a golpe de teléfono.

Gracias muy especiales a Arantxa, gran devoradora de *best sellers* y mi querida hermana, que se come todas las versiones y me sube la autoestima desde la primera.

A Mar, por los buenos momentos y sus acertadas aportaciones.

A Cristina, que detecta enseguida los agujeros y no da puntada sin hilo.

A Xuan, que se encargó de aleccionarme sobre el fascinante mundo de las granjas 3D y me fabricó el *merchandising* en la suya.

A Luci, que me aclaró los entresijos de la facturación en la empresa privada.

Igualmente a Nerea, que me prestó sus *tatoos* para implantárselos a Martha. De una boda salió otra.

A Álvaro, por lo que él y yo sabemos.

Todo esto no sería lo mismo sin Ángel, con su minuciosidad extrema y capacidad crítica, mi apoyo en la novela de la vida, y también, cómo no, en esta que tienes entre las manos.

Y a Homero, esa inteligencia natural que algún día enterrará a Lina Sandoval, todo mi cariño. Infinito. Para siempre.